बस सूरज की तरफ पीठ है उनकी

बस सूरज की तरफ पीठ है उनकी

शशिकला राय

वाणी प्रकाशन

वाणी प्रकाशन

4695, 21-ए, दरियागंज, नयी दिल्ली 110 002

शाखा

अशोक राजपथ, पटना 800 004

फ़ोन : +91 11 23273167 फ़ैक्स : +91 11 23275710

www.vaniprakashan.in
vaniprakashan@gmail.com
sales@vaniprakashan.in

BAS SOORAJ KEE TARAF PEETH HAI UNKI
by Shashikala Rai

ISBN : 978-93-5229-647-7
Criticism

प्रथम संस्करण
मूल्य : ₹ 395

सिटी प्रेस, दिल्ली-110 095 में मुद्रित

वाणी प्रकाशन का लोगो मक़बूल फ़िदा हुसेन की कूची से

‘मैनेजर पांडेय जी के लिए’

ऋण निर्देश

इस पुस्तक के प्रकाशन में टंकण से लेकर अन्य सभी प्रकार के सहयोग के लिए चेतना राजपूत, प्रतिभा, निखिल पवार, सचिता सावन्त, प्रेरणा उबाले, प्रकाश माघाडे के प्रति भरे मन से कृतज्ञता ज्ञापित करती हूँ।

वाणी प्रकाशन का ऋण अनुभव करती हूँ जिनके सहयोग के बिना इन आलेखों का पुस्तक रूप में आना सम्भव नहीं था।

भूमिका सा कुछ

देवीशंकर अवस्थी जी ने उदयभान मिश्र को एक पत्र लिखा था उनके इस पत्र में प्रखर आलोचक की पीड़ा की गूँज व्याप्त है। ''इस बीच इतने जोर-शोर से 'आलोचना' की निस्सारता या विपथ गमिता की चर्चा की गयी है। मन में सचमुच ही कभी-कभी सारे समीक्षात्मक प्रयासों की व्यर्थता का एहसास होने लगता है।'' देवीशंकर जैसे विलक्षण आलोचकीय प्रतिभा के धनी की यदि यह व्यथा है तो, हमें यह मान लेना चाहिए कि ईंटें खाना आलोचना की नियति है पर आलोचना ने पूरी गरिमा के साथ इस नियति को स्वीकार किया है।

मेरे सहयोगी मुझसे बार-बार पूछते हैं, हिन्दी साहित्य में आलोचना के मानदण्डों को निर्धारित करने वाली किताब कौन-सी है? मुझे समझ में नहीं आता क्या कहूँ? कितना जटिल बहुअर्थीय, सृजन हो रहा है! इन रचनाओं के विविध जटिल स्तरों का उद्घाटन करते समय एक ही तरह की सामान्य प्रणाली कैसे अपनायी जा सकती है। हाँ हाशिये का जीवन जब से केन्द्र में आया और जिस वेग से भोगे जीवन का वृत्तान्त लिखा गया और लिखा जा रहा है स्वागत योग्य था और है भी, लेकिन उसने संघर्ष का एक फ्रेम तैयार किया ''भूख, शोषण, मारपीट, गाली-गलौज।'' इसी आधार पर इन रचनाओं को देखा जाने लगा। जहाँ संघर्ष अस्मिता और आत्मसम्मान का है, वहाँ रचना लगभग खारिज होने की स्थिति में आ गयी, उदाहरण के तौर पर 'गुड़िया भीतर गुड़िया' (मैत्रेयी पुष्पा) 'मला उध्वस्त व्हायच' (मल्लिका शेख)। फिर अगर देवीशंकर अवस्थी के ही शब्दों में कहूँ तो—''वास्तव में न साहित्य स्थिर है, न ही साहित्य शास्त्र। बदलते युग और साहित्य के विकासमान 'क्षणे-क्षणे नवता' प्राप्त करने वाले स्वरूप के कारण एक शाश्वत नियम की स्थापना न तो हो सकती है और न सम्भव है।'' अपेक्षा इतनी है कि बस विचार से कृति की ओर आने के बजाय कृति से विचार की ओर जाना चाहिए।

इवान क्लीमा का मानना है कि एक सच्ची साहित्यिक कृति सर्जक की

पुरअसरार 'चीख' की शक्ल में हमारे सामने आती है। मानवीय सरोकारों एवं मानवीय संवेदना के ऊपर जो स्मृतिभ्रंश के बादल मँडरा रहे हैं, उनके प्रतिरोध में रची जाने वाली कृतियों के साथ पाठकीय साझीदारी का राजमार्ग बनना अनिवार्य है। साहित्य का नया स्वर भविष्य में उभरने वाले संघर्षों का पूर्वाभास है। जो कुछ हिन्दी साहित्य में इन दिनों रचा जा रहा है, उनमें से बहुत कुछ सुकून व उम्मीद देने वाला है। बहुत कुछ मौलिक और अनुवाद के माध्यम से भी हिन्दी में इतनी सहज और सुन्दर रचनाएँ आ रही हैं जिनसे पाठक बँधे बिना नहीं रह सकता। यह देखकर लगता है कि किताबों के दिन कभी भी कहीं गये नहीं थे।

इस पुस्तक में संकलित आलेखों में से लगभग सभी हंस, कथाक्रम, वागर्थ, वर्तमान साहित्य, पाखी, मंच आदि पत्रिकाओं में समय-समय पर प्रकाशित हो चुके हैं।

–शशिकला राय

अनुक्रम

रचना की भूमि आलोचना का बीज

विश्व के तमाम साहित्यकार आलोचना को असमर्थ एवं गैरजरूरी मानते रहे हैं, कहा जाता है, शब्द और चेतना का जन्म एक ही साथ हुआ होगा। मुझे यह कहने में कोई संकोच नहीं कि रचना भी अपने जन्म के साथ अपने जन्म की कहानी बताने वाले को लेकर पैदा हुई होगी। रचना और आलोचना के बीच प्रेम भी है, घृणा भी। उत्तर प्रदेश में एक कहावत है, 'अन्हरा के देख के अंखिया फूटै, अन्हरा बिना रहियो न जाय'। 'रिल्केजी ने 'फ्रांज जेवियर काप्पुस' को लिखे पत्र में कहा था—''मेरे विचार में समीक्षाकर्म किसी कला को छूने तक की क्षमता नहीं रखता, उसके बारे में भ्रान्तियों का प्रसार जरूर करता है।' अधिकांश अनुभव अकथनीय होते हैं, एक ऐसे स्पेस में घटते हैं, जहाँ शब्द का प्रवेश नहीं, दूसरी तमाम अकथनीय चीजों में से कलाकृतियाँ सर्वाधिक अकथनीय है, उनका रहस्यपूर्ण अस्तित्व हमारे छोटे से नश्वर जीवन से अधिक स्थायी है।'' कथाक्रम की संगोष्ठी में दूधनाथ सिंह जी ने आलोचना से दोस्ताना होने की अपील की थी और काशीनाथ सिंह जी ने कहा था रचनाकार को आलोचना की परवाह नहीं करनी चाहिए। प्रश्न यह है, कि सृजन व्यापार में आलोचना का अस्तित्व अगर संदिग्ध है, तो रचनाकार के भीतर शिद्दत से यह आकांक्षा क्यों छिपी रहती है? कि उनकी रचनाओं पर लिखा जाना चाहिए। दरअसल आलोचनात्मक एवं निन्दात्मक लेख का स्पष्ट एवं निर्णायक विभाजन जब तक नहीं होता तब तक भ्रम के कुहासे नही छँटने वाले हैं। रचनाकारों से भी अनुरोध है कि हमेशा नारदीय भ्रम में न रहें जो उनके मनोनुकूल है, वही शुभ होगा, अगर विपरीत है तो किसी की खैर नहीं। सम्बन्धों की इस तनातनी के खेल में जब आलोचनात्मक कृतियों की ओर देखती हूँ तो, खूब गहरी तसल्ली की साँस लेती हूँ। गर्व करने लायक कितना कुछ लिखा गया है। तू-तू, मैं-मैं की सधी हुई रस्सी पर चलते हुए हमारे समय की आलोचना क्या खूब परवान चढ़ी है। अपनी गति, अपने लय, अपनी रिदम् में सृजनात्मकता की अद्भुत छाप छोड़ी

है। आज की आलोचना कुछ रचनाओं की समीक्षा करके उसका गुण दोष बता कर केवल अपना कर्तव्य पूरा नहीं करती बल्कि कविता कहानी में प्रयुक्त शब्दों के स्मृति संकेतों और सन्दर्भों को उजागर करती चलती है। कुछ कृतियों का अवश्य उल्लेख करूँगी। जिनका नहीं कर पा रही हूँ, वह मेरे अध्ययन की सीमा है कला का जोखिम, दूसरे शब्दों में लेखक की आस्था (निर्मल वर्मा) उपन्यास का काव्यशास्त्र (बच्चन सिंह) दुर्गद्वार पर दस्तक, कुछ जीवन्त कुछ ज्वलन्त (कात्यायनी) स्त्रीत्व का मानचित्र (अनामिका) इतिवृत्त संरचना ओर आलोचना (रोहिणी अग्रवाल) ज्ञान का स्त्रीवादी पाठ (सुधा सिंह) रचना और आलोचना की द्वन्द्वात्मकता (कमला प्रसाद) महादेवी (दूधनाथ सिंह) कविता का अर्थात (परमानन्द श्रीवास्तव) कविता का आत्मपक्ष (एकान्त श्रीवास्तव) कवि की नोटबुक से (राजेश जोशी) हिन्दी कतिवा का अतीत और वर्तमान, आलोचना में सहमति असहमति, भारतीय समाज में प्रतिरोध की परम्परा, उपन्यास और लोकतन्त्र, संवाद और परिसंवाद आलोचना के गम्भीर कर्म का प्रमाण हैं यह कृतियाँ। स्वयं रचनाकारों का आलोचना की भूमि पर बलपूर्वक खड़े होना आलोचना में उनकी आस्था का पारिचायक भी। ये वो आलोचनात्मक कृतियाँ हैं, जो विचार से कृति की ओर नहीं बल्कि कृति से विचार की ओर जाती हैं, निर्मल वर्मा की दृष्टि से रेणु, मुक्तिबोध, अज्ञेय नाबाकोव का व्यक्तित्व व उनकी रचनाएँ पाठकों के समक्ष जब आती हैं, तब साहित्य में अनकहे का अर्थ कितना महीन हो सकता है यह स्पष्ट हो जाता है, इतना ही नहीं, मौन का कितना बहु-आयामी अर्थ हो सकता है, यह भी स्पष्ट हो जाता है। निर्मल वर्मा की दृष्टि पूर्णतः पूर्वाग्रह से मुक्त है और उदात्तीकरण के सापेक्ष में कृति का अंडरटोन पकड़ने की पूरी क्षमता के क्या मायने हैं? और आलोचक की संवेदनात्मक दृष्टि से ही सृजनात्मक कृति अपनी सम्पूर्णता से कैसी खुलती एवं खिलती है उसके लिए रेणु के सन्दर्भ में उनका एक उदाहरण काफी है–(उद्धरण बडा है पर उसे देने का लोभ मैं संवरण नहीं कर पा रही हूँ।) ''वह समकालीन हिन्दी साहित्य के सन्त लेखक थे। यहाँ मैं सन्त इस्तेमाल कर रहा हूँ-एक ऐसा व्यक्ति जो दुनिया की किसी चीज को त्याज्य और घृणास्पद नहीं मानता-हर जीवित तत्व में पवित्रता और सौन्दर्य और चमत्कार खोज लेता है-इसलिए नहीं कि वह इस धरती पर उगनेवाली कुरूपता, अन्याय, अँधेरे और आँसुओं को नहीं देखता, बल्कि इन सबको समेटनेवाली अबाध प्राणवत्ता को पहचानता है, दलदल को कमल से अलग नहीं करता, दोनों के बीच रहस्यमय और अनिवार्य रिश्ते को पहचानता है। सौन्दर्य का असली मतलब मनोहर चीजों का रसास्वादन नहीं बल्कि गहरे अर्थ में चीजों के पारस्पारिक सार्वभौमिक,

दैवी रिश्ते को पहचानना होता है–इसलिए उसमें एक असीम साहस और विवेक तथा विनम्रता छिपी रहती है। इस अर्थ में हर सन्त व्यक्ति अपनी अन्तर्दृष्टि में कवि अपने सृजनात्मक कर्म में सन्त होता है। रेणुजी का समूचा लेखन इस रिश्ते की पहचान है, इस पहचान की गवाही है और यह गवाही वह सिर्फ अपने लेखन में ही नहीं ज़िन्दगी के नैतिक फैसलों, न्याय और अन्याय, सत्ता और स्वतन्त्रता की संघर्षभूमि में भी देते हैं।''

निर्मल वर्मा कहते हैं–''मार्क्सवाद के अलावा और कौन-सा दूसरा दर्शन हो सकता है, जो एक साथ वैज्ञानिक हो और मानव मुक्ति का वाहक भी। मुक्तिबोध के गद्य की बात करते हुए कहते हैं–''हम उनकी कहानियों, निबन्धों, डायरी के बीच कोई विभाजन रेखा खींच नहीं सकते। उनका गद्य सब परम्परागत विधाओं को भेदता हुआ एक पैनी पीड़ित सोच बन जाता है।'' आलोचना और रचना दो स्वतन्त्र इकाई है। परन्तु क्या एक इकाई द्वारा दूसरे का मूल्यांकन किया जा सकता है। रचना के धरातल पर आलोचना समस्त इकाइयों के अन्तःसम्बन्ध उद्घाटित कर देती है। मुक्तिबोध की कहानियाँ निर्मल वर्मा जी को प्रतीक्षा करती हुई कहानियाँ लगती हैं। मुक्तिबोध की कहानियों में सब कुछ स्थिर है, सिर्फ बात चलती है। मुक्तिबोध के लेखन की बदहवासी, बेचैनी, पीड़ा, छटपटाहट निर्मल वर्मा आलोचना में उतारते हुए दरअसल अनुसृजन कर रहे होते हैं। और वह आलोचना कर्म के प्रति पूर्णतः सचेत हैं और उसके महत्त्व से बखूबी परिचित भी, वे कहते हैं–''आलोचक की दृष्टि उतनी ही महत्त्वपूर्ण है, जितनी कलाकृति की स्वायत्तता दोनों के टकराव से ऐसी बिजली पैदा होती है, जो हमारी चिन्ताओं सरोकारों के समूचे परिवेश को आलोकित कर जाती है। रेणु की मानवीय दृष्टि अज्ञेय की आधुनिक पीड़ा बोध को लेकर भी अपनी बात को बलपूर्वक, रेखांकित करते हैं, आलोचना के हस्तक्षेप को गहरे व्यापक अर्थों में नैतिक हस्तक्षेप मानते हैं। निर्मल वर्मा मुक्तिबोध की साहित्यिक डायरी को आधुनिक साहित्यिक चिन्तन की सर्वाधिक महत्त्वपूर्ण पुस्तक मानते हैं।

स्त्री साहित्य के सन्दर्भ में देखें तो एक लम्बे समय तक आलोचना में स्त्री लेखन का स्पेस एक पैराग्राफ से आगे नहीं बढ़ पाया। जब की स्त्रियों की रचनाधर्मिता इतनी नयी भी नहीं जितनी समझी जाती रही। गम्भीर से गम्भीर आलोचनात्मक कृतियों को पढ़ते हुए भीतर निम्न शेर टीस बन कर कसकता रहा–

महफिल उनकी साकी उनका
आँखें अपनी बाकी उनका,

'ज्ञान का स्त्रीवाद पाठ' सुधा सिंह की कृति स्त्री कथा भाषा को लेकर आलोचना के क्षेत्र में मील का पत्थर तो है ही। साथ ही आलोचनात्मक अभाव की क्षतिपूर्ति भी और स्त्री लेखन के साथ न्याय भी। सुधा जी लिखती हैं—''स्त्री कथा संरचना में ऐसी भी संरचनाएँ हैं, जिनका न सिर्फ टेक्सचर अलग है। उनके पाठ में आए चरित्र या घटनाओं के आधार पर ही नहीं, जिस विधा में वे काम कर रही हैं, उसकी रूढ़ियों और संरचना में भी अन्तर है, उनकी कहानी भिन्न परिघटनाओं को समेटे होती है और उनके यहाँ पाठ भी भिन्न तरीके से कार्य करता है। कभी-कभी शिल्प बनता ही नहीं और कई बार उनके उपन्यासों में लोकप्रिय कथा संरचना से भिन्न जटिल औपन्यासिक शिल्प उभरता है। इस स्त्री विमर्श के पाठ में जितना संरचनागत कोडिंग होता है, उतना ही अर्थगत गाम्भीर्य भी होता है।''

साम्प्रदायिकता के सन्दर्भ को लेकर सुभद्र कुमारी चौहान के 'हिंगवाला' होमवती देवी की 'स्वप्नभंग' कृष्णासोबती 'सिक्का बदल गया' कहानी को लेकर गम्भीर विमर्श करती हैं और यह अफसोस जताती हैं—हिन्दी कथालेखन का यह दुर्भाग्य है, कि आलोचना और इतिहास में स्त्री कथा लेखन की निरन्तर उपेक्षा हुई है। सुधा जी स्त्री रचनाकारों की कथाओं की गम्भीर अर्थवत्ता न केवल उजागर करती हैं, बल्कि इस बात के लिए तर्कसंगत ढंग से कनविंस करती हैं, कि साहित्य केवल व्यक्तियों से नहीं पैदा होता है बल्कि किसी समूह के साझे मूल्यों, विचारों और इच्छाओं की संरचना, उससे जन्म लेती है। प्रेमचन्द की पत्नी शिवरानी देवी अच्छी कहानी लेखिका थीं। उनकी कहानियाँ सरस्वती, विशालभारत, विश्वामित्र, माधुरी, चाँद, सुधा जैसी पत्रिकाओं में छपती थीं। सुधा जी लिखती हैं, लेकिन तत्कालीन आलोचना इतिहास लेखन में इनका सन्दर्भ गायब है।

निकोलाई अलेक्जान्द्रोविच दोब्रोल्युबोव का कथन है, ''सत्य बुद्धि की उपज नहीं है। वह जीवन की वास्तविकता की देन है। अपनी बोधोन्द्रियों द्वारा हम उसे प्राप्त करते हैं।'' अलेक्जान्द्रोविच के इसी कथन को पुष्ट करने वाले सुधा सिंह के कुछ उदा. सामने रखती हूँ—

- स्त्रियों ने इस बात की परवाह किए बेगैर ही कि कला के स्थापित मानदण्डों पर उनकी रचना खरी उतरती है कि नहीं, लिखा।
- स्त्रियों ने इन कथारूपों के जरिए एक बड़ा काम यह किया कि पितृसत्ता के खिलाफ पाठ के स्तर पर वैचारिक मुहिम छेड़ी।
- हिन्दी के अधिकांश लेखन में स्त्री का परिवर्तित रूप नदारद है।

- स्त्री जब बोलती है, तो अपने भावों की अभिव्यक्ति नही करती बल्कि अपना संसार नये सिरे से बनाती है।

अतीत की क्षतिपूर्ति, वर्तमान का गर्व और भविष्य की शक्ति अगर मैं 'ज्ञान का स्त्रीवादी पाठ' को कहूँ तो आप अतिशयोक्ति न समझें। यह पढ़ जाने की अनिवार्यता की माँग करती है यह एक लम्बी जिरह है, कथा रूपों से लेकर भाषा तक कई-कई पाठ।

कथा कविता के विर्मश के बहाने अन्तर्राष्ट्रीय धरातल पर स्त्री साहित्य का एक नव्य संश्लिष्ट शास्त्र रचती हुई नजर आती हैं, अनामिका 'स्त्रीत्व का मानचित्र में' उनका आग्रह है पर उस आग्रह के लिए मेरा अनुरोध यह है, कि उसे ज़ेंडर सापेक्ष नहीं बल्कि स्त्री-साहित्य के परिप्रेक्ष्य में समझें। ''यह बात नही भूली जा सकती की कोई भी स्त्री सिर्फ स्त्री नहीं होती, उसका एक विशिष्ट वर्ग, नस्ल, राष्ट्र, परिवार, कबीला और स्थान होता है, जिस पर अलग से विचार होना चाहिए मन्नू भंडारी से लेकर मृदुला गर्ग एवं मैत्रेयी पुष्पा तक की कथाओं से जो विचार विमर्श उभरता है, वह बने बनाए समाधानों व उत्तरों का पैटर्न बिगाड़ देता है ताकि एक बार फिर अपने समय की शंकाओं, पीड़ाओं, और संघर्षों का नया अर्थ ढूँढा जा सके।'' गम्भीर आलोचना की बात करते हुए न तो कात्यायनी को अनदेखा किया जा सकता है, न रोहिणी अग्रवाल को। कात्यायनी लिखती हैं–''आज के समाज में जिस हिंसक शत्रुतापूर्ण परिवेश में लड़ते हुए औरत को जीना पड़ता है, उसमें कुछ भी रचना बहुत कठिन है''। इसके बावजूद यह सत्य है , कि स्त्रियाँ रच रही हैं और उस रचे हुए को तवज्ज़ो देने के लिए किसी पैरोकार की मोहताज नहीं हैं।

रोहिणी अग्रवाल की मानसिक बुनावट ही आलोचनात्मक है। वह पन्द्रह मानक उपन्यासों पर न केवल गम्भीर विमर्श करती हैं, बल्कि लेखक और शब्दों के बीच से ध्वनित होती हुई लेखकीय प्रतिबद्धता को बहुत शिद्दत से उभारती हैं। इनकी आलोचना कृतियों से गुजरती हुई जीवन की याद दिलाती है। बकौल निर्मल वर्मा आलोचना का हस्तक्षेप गहरे और व्यापक अर्थों में नैतिक हस्तक्षेप है।

मैं सहर्ष यह कहना चाहूँगी कि हमारे समय की आलोचना समर्थ आलोचना है, वह अर्थों का लोकतन्त्र स्वीकार करती है, वह मूल्यों को गहरा सम्मान देती है। फिर कात्यायनी की आलोचनात्मक दृष्टि याद करती हूँ वह केवल कविता पर नहीं थमती बल्कि कथा की यहाँ तक, पत्र-पत्रिकाओं में स्त्रीलेखन के सघन विचारों को बेहद सुलझे रूप में सामने रखती है। शशिप्रकाश की डायरी व अप्रकाशित

कविताओं में भी अपने समय की चिन्ताओं सरोकारों व प्रतिबद्धताओं को उजागर करती हैं अन्त में इतना ही कि मैं निर्मल वर्मा से पूर्णतः सहमत हूँ कि "जिस समाज में स्वतन्त्र और आलोचनात्मक चिन्तन के लिए स्थान नहीं है, वहाँ कोई जीवन्त कला और संस्कृति साँस ले सकती हे, मुझे सन्देह है।" आलोचना के स्वास्थ्य सजीवता एवं विकास के लिए जिस तरह की अनुकूल जलवायु अपेक्षित है, वह उसे मुनासिब होगी इसी अपेक्षा के साथ।

कथाकोलाज : समय कई रंगों में

कीचड़ से हो रही है जिस जा जमीं फिसलनी
मुश्किल हुई है वां से हर एक को राह चलनी।

–नजीर अकबराबादी

समय स्वयं एक कथा है, जिसका पाठ हर भोक्ता के साथ बदल जाता है। समय अपने काल, कैलेंडर के साथ, समय घड़ी के भीतर टिक-टिक की ध्वनि के साथ लगातार बीतते जाने का बोध देता है। महीने, वर्ष, ज्योतिष आचार विचार, त्योहार, देश स्थान, जन्म, मृत्यु यश अपमान, लांक्षन, बाढ़, तूफान और दूसरी तरफ बढ़ता तकनीकी ग्राफ, दंगा हत्याएँ, नन्दीग्राम सेज बलात्कार साजिशें समय के बीच उठती गिरती धारें हैं। इसी समय के भीतर समय के साथ व्यक्ति का एक निजी रिश्ता होता है, मनुष्य के साथ उसके खास 'समय' को एक कॉमन मैन का चेहरा कैसे दिया जा सकता है? किसी भी व्यक्ति के निजी समय की कथा कैसे रची जा सकती है? परन्तु एक समय देश का भी होता है और इस समय में साझेदारी होती है, देशवासियों की। इस समय में घटनेवाली घटनाएँ व्यक्ति के भीतरी समय को बदल देती है। यह समय ही देश की उन्नति और अवनति का निर्णायक बनता है। साझे समय पर गहराता संकट साझी चिन्ता को जन्म देता है और यह चिन्ता ही अनेक शक्लें अख्तियार कर लेती है। जिसमें एक कथा साहित्य (कहानी) भी है। समय की गति पहचानने वाले लेखक के भीतर की संवेदनतन्त्रियाँ निश्चित ही औरों से अलग होती होगी। इस विशिष्टता का बोध अखिलेश 'वह जो यथार्थ था' में कराते हैं–''लेखक होने की वजह से मेरी त्वचा स्पर्श के साथ एक और स्पर्श अनुभव करती है। मैं कोई रंग देखता हूँ तो उसका एक और रंग देख लेता हूँ। तमाम ध्वनियों के कोलाहल से मैं एक खोई हुई ध्वनि भी सुनता हूँ। सत्य के साथ एक और सत्य, यथार्थ के साथ एक और यथार्थ देख सकता हूँ, ऐसा केवल आज ही के लेखक के साथ नहीं है। हर समय

हर युग में और धरती के हर किसी भू-भाग के लेखक को उक्त नियामत हासिल हुई है।'' दरअसल सारी जद्दोजहद अपने साझे समय को बचाने को ही लेकर है। (इस समय के भूत, भविष्य, वर्तमान में नहीं बाँटा जा सकता) तब समय विहीन रचना की कल्पना भी नहीं की जा सकती। (हर रचना की घटना किसी न किसी काल किसी न किसी स्थान में घटती जरूर है) जादुई यथार्थ, फंतासी, मिथ, मेटाफर के माध्यम से समय के भीतर एक पारदर्शी समय ही रचा जाता है। क्रिकेट की भाषा में कहूँ तो यह (कथासाहित्य) समय का एक्शन रिप्ले है। इनसानी चूक को समझाता और दिखाता हुआ। चिन्ता यह नहीं है कि समय के सीने में सूराख करने वाली ताकतें कितनी कद्दावर हैं बल्कि चिन्ता इस बात की है कि प्रतिरोध इतना भोथरा क्यों हैं?

आकाश यहाँ एक सुअर की उँचाई भर है
यहाँ जीभ का इस्तेमाल सबसे कम हो रहा है
यहाँ आँख का इस्तेमाल सबसे कम
हो रहा है।

–आलोक धन्वा

समय के सबसे बड़े रोबीले प्रत्यय का नाम है वैश्वीकरण। इसी रोबीले प्रत्यय को मूर्त करती हुई अरूंधती राय लिखती हैं–''इस समय सबकुछ हमारे घर, हमारी जमीन, हमारी नौकरियाँ बिजली पानी यहाँ तक कि संघर्ष करने के हमारे बुनियादी अधिकार और हमारे स्वाभिमान पर हमला हो रहा है। मानवता का यही तीखा और जबरदस्त एहसास आनेवाले दिनों में हमारा हथियार होगा। हमारी लड़ाई का आधार बनेगा।'' यही तीखा एहसास कथा में ढलता है तो बकौल इवानक्लीमा सर्जक के गले की 'पुरअसरार चीख' बन जाता है। मृत्यु का प्रतिरोध करती अँधेरे समय की चीख। समकालीन कहानी (आज की कहानी) को सर्जक के गले की पुरअसरार चीख कहा जा सकता है। आज की कहानी में समय कई रंगों में मौजूद है। कई जगहों पर रंग छूटकर एक दूसरे में गड्मगड् होकर समय के अद्भुत लेकिन भयावह कोलाज का निर्माण करते हैं। ऑपमॉकेर्ट में बदलते हिन्दुस्तान का समाज। इस समय कथाकारों की कई पीढियाँ सक्रिय हैं कहानियाँ लिख रही है। ये तीनों पीढियाँ कथा-परिदृश्य में मौजूद समय को देखने की सार्थक कोशिश कर रही हैं। कई महत्त्वपूर्ण कथाकारों की कहानियाँ मुझे उपलब्ध नहीं हो पाई। दलित और स्त्री का मुद्दा इसमें शामिल नहीं हो पाया। (क्षमायाचना सहित)

बेलें फिर हरी रही हैं

बेलें पेड़ पर पके-पके पुनः हरी होने लगती है। समय के साथ ताल मिलाने का अद्भुत करिश्मा साठोत्तरी के कहानीकारों की सक्रियता बेल के इसी धर्म की याद दिलाता है। ये काल से होड़ लेनेवाले कथाकार हैं। समय की सारी बारीकियाँ इनके कथा रूपबंधों में समाती गयी। काशीनाथ सिंह, दूधनाथ सिंह, गोविन्द मिश्र, विजयदान देथा, ममता कालिया, चित्रा मुद्गल, मृदुला गर्ग। विजयदान देथा की लोककथा के रस से भीगी कहानियाँ समय के अनेक बड़े सवालों से टकराती हैं। 'वैतरणी' कहानी का सीधा सम्बन्ध किसान और उसके जीवन से है। भारत का कोई विकास किसानों की तकदीर क्यों नहीं बदलता? एक तरफ महाजन तो दूसरी ओर कर्मकांड (कभी ब्याह कभी मृत्यु पर पानी की तरह पैसा बहाने के लिए) वैतरणी कहानी की नायिका 'बगुली' गाय है जिसे दान कर देने के बाद भी (पिता की मृत्यु पर गोदान) कथा दम्पती वापिस लाता है कर्मकांडों का निषेध करता हुआ। ब्राहमणी पोथियों का प्रतिरोध करता हुआ! भारतीय किसान भारतीय कथा साहित्य के परिदृश्य से गायब नहीं हो सकते। गोविन्द मिश्र की कहानियों में परिवार मौजूद है समय के ताप में तपते सम्बन्धों के चढ़ते-गिरते ग्राफों को लगातार रेखांकित करती है उनकी कहानियाँ। लेकिन कई बार लगता है सम्बन्धों को लेकर उनकी दृष्टि पीड़ा की गहराई तक नहीं जा पाती इसीलिए उनका कथा वर्णन कई बार सतही चीज बनकर रह जाता है। गोविंद मिश्र उपन्यासों में समय को जिस शिद्दत से रेखांकित कर पाते हैं, कहानियों में नहीं! दूधनाथ सिंह और काशीनाथ सिंह के पास अद्भुत कथा भाषा है जिसके जरिए भ्रष्ट राजनीति, बाजार के दबाव, साम्प्रदायिकता, उपभोग का नशा, दलित व्यथा, लोकतन्त्र का बधियाकरण और इन सारी चीजों के बीच से गुजरते व्यक्ति का बदलता अन्तर इन सभी को वे अपनी कथा का हिस्सा बनाते हैं। काशीनाथ को अपनी बात की सच्चाई पर इतना विश्वास है कि वे भारत के छोटे से हिस्से को लेकर कथा रचते हैं (कौन ठगवा नगरिया लूटत हो) बनारस उसमें भी 'अस्सी' क्योंकि वहीं से उनको मिलती है, एक विद्युत तरंग। कहानी में समय के भीतर और बाहर यह तरंग प्रवाहित होती हुई मनुष्य की भोथरी होती जा रही संवेदनतन्त्री को शॉक देती है। टोटल टेरर समय को लाफ्टर चैनलों के बढते जा रहे भरमारों के बीच भी सम्पूर्ण सामर्थ्य से उजागर कर पाती हैं इन कहानियों में जीवितों की बात कहने के लिए जीवित भाषा भी है काशीनाथ सिंह के पास। आज का समय जहाँ हर तरह की चालबाजी और आतंक द्वारा मनुष्य की नैतिक चेतना के अनुकूलन

किया जा रहा है। (वह स्वयं भी कर रहा है) वहाँ कला ही बची है जो सत्य की भाषा के प्रति पूर्ण प्रतिबद्ध है। भूमण्डलीकरण ने मानवीय रिश्तों की जो गत बनाई है—''यह प्यार किसी सड़क छाप टुच्चे युवक का नहीं है इसमें गुणा-भाग भी और जोड़ घटाना भी जितना गहरा था उतना व्यापक भी (रेहन पर रग्घू) इसी समय में 'दूसरा घर' (ममता कालिया) की 'तमन्ना' भी है जो अपने शौहर और परिवार के भीतर बिना शोर, बिना किसी दुहाई दिये अपने लिए मुकम्मल जमीन बनाने के लिए न केवल प्रयासरत है, बल्कि आश्वस्त भी है। अपने भीतर की कसमसाती हुई शक्ति के स्वतन्त्र अस्तित्व की पहचान नकारात्मक समय में भी समय की सकारात्मक उपलब्धि ही कही जायेगी। क्योंकि दलित और स्त्रियाँ पुराने समय में लौटना नहीं चाहेंगे। यह पीढी उस समय की भोक्ता है, जिसे हमने इतिहास (अर्धसत्य) के माध्यम से जाना। इनकी कथाएँ हिन्दी साहित्य में समय की थाती हैं। बाजार और सिद्धान्त की लड़ाई में जिन बातों को प्रायः भूला दिया जाता है उन्हीं न मालूम सी बातों की वाजिब चिन्ता करती हुई।

क्योंकि यह समय बहुत डरावना है

''कहानी में ऐसा पुरातन तत्व कायम रहता है, जिसमें चीजें समय के खिलाफ नहीं बल्कि समय के सन्दर्भ में याद की जाती हैं।''

—निर्मल वर्मा

''यह उस समय की बात है जब मैं यह कहानी आपके लिए जिस भाषा में लिख रहा हूँ उस भाषा के भीतर मैं बगदाद के अबू गरीब जेल में इराकियों की तरह हूँ। या 1943 की जर्मनी के किसी चेंबर में यहूदियों की तरह....या किसी बीमार प्रदूषित ठहरे हुए पानी में डूबी हिलसा मछली की तरह...या अभी भी संग्रामरत राघव धनुहार''

—उदयप्रकाश मोहनदास

उदयप्रकाश, अखिलेश, संजीव, स्वयंप्रकाश, शिवमूर्ति, अलका सरावगी, गीतांजलि श्री, जयनन्दन, संजय खाती कहानीकारों की सशक्त पीढ़ी है स्टारडम के चोंचलों से दूर (बावजूद इसके स्टार हैं) एक दो कहानियों के बूते रातों रात लाइमलाइट में नहीं आये बल्कि आज की कहानी का परिदृश्य बुनने में इनकी ठोस एवं सार्थक भूमिका है।

कहानियों का फ्रेम बदल दिया इस पीढ़ी ने और कहानी इस परिवर्तन पर खुश भी हुई। इनकी कहानियाँ घर से सफर शुरू करके देश दुनिया की यात्रा तय

करती है कोई वाद या धारा इनकी सीमा नहीं बना। मानवीय संवेदना (संवेदना मानवीय ही होती है) जीवित मर्म है, उसे बतौर विज्ञापन इन कहानीकारों ने इस्तेमाल नहीं किया (क्या आप को नहीं लगता बाजार में 'जित देखूँ तित लाल' वाली स्थिति में इस प्रलोभन से बचना बड़ा काम है?') खुदा की कसम में मंटो ने लिखा है—''पत्रकार कहानी लेखक कलम उठाए अपने शिकार में व्यस्त थे लेकिन कहानियों और कविताओं का सैलाब था जो उमड़ चला आ रहा था कलमों के कदम उखड़–उखड़ जाते थे। सब बौखला गये थे। कमोबेश ऐसे ही समय के दबावों को झेलते हुए इन कथाकारों की मानसिक भूमि ने हायपर टेंशन वाली कथाओं को जन्म दिया। (क्या यह मिथक ध्वस्त नहीं होता साहित्य मनोरंजन करता है?) साहित्य पीड़ा देता है बेचैनी देता है। क्रूर यथार्थ को भूलने नहीं देता मरम्मत की जाती सड़क पर लगे उस नोटिस बोर्ड की तरह जहाँ लिखा रहता है 'कल की बेहतरी के लिए आज कष्ट सहें) इलिया एहरनबुर्ग का मानना है कि ''महान कला जीवन का दर्पण नहीं होती। वह ज़िन्दगी में हिस्सा लेकर उसे बदल रही होती है''। भारतीय मध्यवर्ग, निम्न मध्यवर्ग, की ज़िन्दगी में इन हिन्दी कहानियों ने ही उनका हाथ थामे रखा (मीडिया, सिनेमा उन्हें कब का अकेला छोड़ चुका है।)

समय के खाली कैनवस में किसी भी देश का समाज रंग भरता है। भारत देश के समाज का यदि मोटे तौर पर क्लॉसीफिकेशन किया जाय तो तीन तरह की बिरादरी (समाज) बनती है राजनीतिक समाज, धार्मिक समाज और अमीर समाज। गरीब समाज तो 'इत्यादि' है। समय के आधे हिस्से में राजनीति रंग (स्याह स्यापे का) एक तिहाई में धर्म रंग (मटमैला) और एक तिहारी में अमीरी रंग (पथरीला) और गरीबी का रंग पानी की तरह होता है जो केवल अपने समय के रंगों को घोलने के काम में आता है। रंगों की आपसी गड्मड् से समय का रंग धूसर हो गया। ऐसे रंग में नहीं दिखाई देता आप कहाँ और किनके साथ खड़े हैं? प्रतिबद्धताओं की चूलें हिल गयी। जिसके साथ खड़े होने में आप का हित सधता है। वही न्याय है। (शुद्धता की गारण्टी पैराशुट नारियल तेल में और सच्चाई 'हमाम' साबुन में समा गयी) स्वार्थ सत्ता की लोलुपता से समय का मकड़जाल बुना जा रहा है। ईमानदारी फैशन हो गयी जो समाज के अधिकांश दा साहब (स्त्रियाँ भी, सवाल पॉवर का है) के बगल में दबी रौब-दाब बनाए रखने के काम आती है। शक्ति और न्याय दो विपरीत ध्रुव हो गये। क्योंकि शक्ति और शोषण पर्यायवाची हो चले थे। सामाजिक न्याय की दुहाई देने वाले, सामाजिक न्याय की हत्या का कोई मौका हाथ से नहीं जाते देते। ऐसे समय के बारीक तन्तुओं और जीवन के छोटे-छोटे बिन्दुओं को भीतर और बाहर समय की

लय पकड़ने की कुवत ही कहानी की कसौटी हो जाती है। इन कथाकारों की कहानियाँ भीतर और बाहर के समय की नालबद्धता को उजागर करती हैं। इसके लिए कहानियों मे नये मिथ गढ़ने पड़ते हैं। रोलांबार्थ का कहना है—''कहानीकार दरअसल हर रोज एक नये मिथ को तैयार करता है और वे मिथ-रोजमर्रा के जीवन के मिथ होते हैं।'' कहानीकार इतिहासकार नहीं होता इसीलिए अपने समय की सत्ता के दामन में लगे दाग धब्बों को छिपाता नहीं। उदय प्रकाश की कहानी 'मोहनदास' समय का सच्ची दास्तांन है। खबरों की कथा और मोहनादास की कथा एक दूसरे से गुंथे हुए हैं। कहानी जीवन के दर्द का अनहद नाद बन जाती है—''क्या व्यवस्था जस्टिस डिलीवर कर सकती है हमें? क्या वह योग्य व्यक्ति को उसकी जगह दिला सकती है? (उदयप्रकाश) सबसे बड़े लोकतान्त्रिक देश में योग्य व्यक्ति के सार्थक स्पेस की तलाश में उदयप्रकाश कहानी का समूचा परम्परागत पैटर्न ध्वस्त कर देते हैं योग्य प्राध्यापकों की नजर में अनुशासनहीन उद्दण्ड छात्र की तरह। लेकिन जिन सामयिक घटनाओं की खातिर वे ऐसा कर गुजरते हैं वही अवान्तर कथा बन जाती है मोहनदास में। समय का विश्वसनीय इतिहास जहाँ लगभग एक ही समय में पाठक, पाठक और पात्र की भूमिका में कहानी में आवाजाही करता है।

समय के भीतर खबरों से परे भी एक समय होता है। यहाँ जीवन की विभिन्न संवेदनाएँ, अनुभव, विश्वास और शंकाएँ मूर्तिमान होते हैं। ''न वह पूरा प्रेम कर पाता हैं, न पूरी घृणा, क्या हो गया है उसे। वह उदास हो गया। एक लाचारगी की लहर उसकी धमनियों में दौड़कर अँधेरे में पसर गयी''। उन लाखों होनहार युवाओं की मुक्ति अखिलेश दास्ताँ है जिनकी शक्ति को इस देश की व्यवस्था ने क्षीण कर दिया। बेरोजगारी है। भ्रष्ट व्यवस्था है। आर्थिक संरचना में इसलिए आर्थिक सत्ता के बढ़ते ग्राफों के बावजूद युवाओं की निश्छल मुस्कान गायब हो गयी। इस छिनी हुई मुस्कान के दर्द का विस्तार 'मुक्ति' (अखिलेश) से लेकर 'भूलना' (चन्दन पांडेय) तक में पाया जा सकता है। इसने प्रेम छीना परिवार छीना, सम्मान छीना और व्यक्ति को लाचार असहाय पंगु बना दिया। स्वंयप्रकाश की कहानी 'पिता जी का समय' समय के परिवर्तन और समय के फ्रीज हो जाने की स्थिति है। सृंजय (कामरेड का कोट), संजय खाती (पिंटो का साबुन), मनोज रूपड़ा (दफन) जैसे कथाकारों का धीरे-धीरे परिदृश्य से मिसिंग होना धक्कादायक है। (इस समय इनकी कहानियाँ मिल नहीं पा रही हैं, पढ़ने को) भारत की तिल-तिल मारने वाली गरीबी किसी भी हालत में कांसन्ट्रेशन कैम्प या नीग्रोसेग्रीशन की यातना से कम नहीं हैं। मनोज रूपड़ा की 'दफ़न'

कहानी इस निर्मम समय को सजीवता से अभिव्यक्त कर देती है। उपभोक्ता संस्कृति में रिश्तों की भयावहता को चित्रित करने के लिए नहाने का साबुन एक बहुत बड़ा अस्त्र बन जाता है। (पिंटो का साबुन) इन कहानियों में वैश्विक पटल पर उथल-पुथल मचा देने, समूचे विश्व को बदल देने वाली घटनाओं का जिक्र नहीं है, परन्तु धीरे-धीरे इनके प्रभाव से परिवर्तित होने वाला समय है। प्रियंवद की 'बहुरूपिया' कहानी को देखें ना तो सोमालिया की गरीबी, ना आतंकवाद, ना लश्करे तय्यब, ना लिट्टे, ना अमेरिका का नंगा क्रूर बीभत्स चेहरा ही (देखें कमल भसीन की मात्र पाँच मिनट की फिल्म 'अमेरिका') ना ही सूचना क्रान्ति। पर इन सारी स्थितियों ने समूचे मानव सम्बन्धों को बदल दिया। प्रकृति और पुस्तकों से मनुष्य का सम्बन्ध टूटने लगा किताबें हो गयीं दीमकों के हवाले। बूढ़ा व्यक्ति कितने दिन सुरक्षित रख पायेगा इन्हे? संवेदनात्मक ज्ञान का सम्बन्ध मनुष्य से टूटने के कगार पर है। सूचनात्मक ज्ञान ने बुद्धि के नये प्रत्ययों की रचना की है। 'नागारिक मताधिकार' शीर्षक से लिखी गयी जयनन्दन की कहानी अपने शीर्षक से लेख का बोध कराती है। 'जागो इण्डिया जागो' जैसे आज के नारे को बहुत पहले जयनन्दन की इस कहानी मे देखा जा सकता है। लोकतन्त्र के लिए भारत का पैसिव समाज ही सबसे बड़ा खतरा है यह कहानी इस ध्रुव सत्य को बिना किसी लाग लपेट के उजागर कर जाती हैं गीतांजलि श्री की 'रिश्ते' कहानी पड़ोस के रिश्ते में आए डॉट डॉट डॉट अर्थात उस खाली जगह का चित्रण किया गया है। जिसे हमने कृत्रिम व्यस्तता के हवाले कर दिया है। अलका सरावगी मिसेज डिसूजा के नाम पत्र एक स्त्री नहीं बल्कि एक से दूसरी दूसरी से तीसरी जुड़ती-जुड़ती आधी आबादी का प्रश्न बन जाती है। एक स्त्री अपने कैरियर व परिवार दोनों के साथ अपना जीवन सहजगति से क्यों नहीं जी सकती? अलका सरावगी की यह कहानी जीवन के चरम लक्ष्य के तलाश की कहानी है। हम भौतिक संसाधनों के दर्प में डूबे जिस जीवन को सही जीवन कहते हैं। उन्हीं पर कहानी सवलिया निशान लगाती है। सभ्यता, शिक्षा, धर्म, रंग ने आदमी और आदमी के बीच कितनी दूरी कायम कर दी है? यह समय है आत्मविश्लेषण का। संजीव की 'मानपत्र' अपने समय में महानता के शिखर पर खड़े विभूति की महानता में सेंध लगाती कहानी है। वह इस मिथ की पुर्नव्याख्या करती है कि सफल पुरुष के पीछे स्त्री का हाथ होता है। कहानी कहती है, सफल पुरुष के पीछे अनिवार्यतः स्त्री की बलि होती है। 'मानपत्र' समय के मौन में छिपी अन्तर्वेदना का क्लोजअप है। समय की भीतरी तहों में बनने वाली भीतरी सलवटों को देखने की अन्तदृष्टि संजीव और स्वंयप्रकाश में है। ये समय को

बाहरी व्यक्ति की तरह नहीं बल्कि समय के भीतर रह कर अपने पूरे समय को और उसकी जटिलताओं को देखते हैं फिर अपने आख्यान में रचते है। 'तिरिया चरित्तर' कहानी स्त्री जीवन का सबसे बर्बर अमानवीय सत्य है। स्त्री चरित्र के लिए समय एक खास फ्रेम में फिक्स है और समाज के साथ उसकी फिक्सिंग भी है। बड़ा अजीब लगता है कहने सुनने में पर शिवमूर्ति जी उत्तरआधुनिकता के दौर के रचनाकार हैं। उत्तरआधुनिकता रचना के सन्दर्भ में कहती है कि रचना जन्म लेते ही रचनाकार से अपना नाता तोड़ देती है। यह सत्य है कि कहानी एक की नहीं सबकी होती है। पर अपने रचनाकार को आजाद करके। क्यों? स्त्रियों को चारित्रिक प्रमाणपत्र बाँटने के अनुष्ठान में सभी जाति व सभी क्लास के पुरुष व पितृसत्तात्मक मानसिकता के लोग तुलसीदास की तर्ज पर सगनुहि—अगुनहि नही कछु भेदा, की तरह अद्वैत हो जाते हैं। 'स्त्री और आग' का पुराना सम्बन्ध है (समय फिर आया न वह सोम वही मंगल स्त्री के जीवन में) जब तक समाज में इस निर्णायक भूमिका वाले लोग रहेंगें। 'क्या करें दागने का मन नहीं है, लेकिन कर्म का भोग'। यहाँ हर व्यक्ति न्यायाधीश और चरित्रवान होगा और हर विमली चरित्रहीन। फिर कहानी के भीतर हर वह सबूत भी तो मौजूद है जो विमली को...? भ्रष्टाचार, साम्प्रदायिकता, आतंकवाद, राजनीतिक छल—छदम् सब खत्म हो जाये तो क्या स्त्रियों के लिए बेहतर समय आ जायेगा? न्याय पर विश्वास रखने की बात करने वालों से यह यक्ष प्रश्न है?

यह चेतावनी है!

*"लेखक अपने अनुभव का फॉर्म नहीं चुनता अनुभव
एक खास फॉर्म में ही लेखक के भीतर उदित होता है।"*

—निर्मल वर्मा

*यह चेतावनी है
मैं बचा हूँ
किसी होने वाले युद्ध से
मैं अपनी
अहमियत से मरना चाहता हूँ*

—विनोदकुमार शुक्ल

हर समय में बहुत से प्रसिद्ध कवियों ने कहानियाँ लिखी। यद्यपि इन कवियों की कविताओं में पूरा समय समाया रहता है, फिर भी पीड़ा का विराट जगत कहानी के फॉर्म में आने को छटपटाता है। एक कवि 'कथाकार' के रूप में प्रसिद्धि पाना

चाहता हो। यह बात बेमानी है। छायावाद काल की तरफ देखे तो पंत, निराला और माखनलाल चतुर्वेदी ने भी कहानियाँ लिखी (प्रसाद व महादेवी वर्मा प्रसिद्ध कथाकार थे ही।) निराला को सम्भवतः सशक्त कथाकार नहीं माना जा सकता बावजूद इसके 'चतुरीचमार' और 'देवी' जैसी कहानी काव्यात्मक फ्रेम से बाहर की ही बात लगती है। 'मजदूरनी','वह तोड़ती पत्थर' जैसी कविता और 'राजा साहब को ठेंगा दिखाया' जैसी कहानी को आमने—सामने रखकर देखा जाय तो एक बात साफ हो जाती है कि अपने समय के इतिहास को नंगी नुकीली इमेज से भेदने में कहानी ज़्यादा सक्षम है। उदयप्रकाश जी कहते हैं मैं मूलतः कवि हूँ, मेरी कहानियाँ कविता का ही विस्तार है। पर पाठक उन्हें कहानीकार ही मानता है। (उदयप्रकाश जी अच्छी कविताएँ भी लिखते हैं।) उदयप्रकाश जिस तरह से बहुरंगीय बहुपरतीय समय को कहानियों में समाहित करते हैं। वह कविता में शायद...हाँ ये कवि अपनी कहानियों में काव्यात्मक उपकरणों का इस्तेमाल करके अपने कथ्य को अधिक धारदार बना देते हैं। विनोदकुमार शुक्ल, कुमार अंबुज, गीत चतुर्वेदी, संजय कुंदन, देवी प्रसाद मिश्र, वसंत त्रिपाठी और भी। (देवी प्रसाद मिश्र, वसंत त्रिपाठी की कहानियाँ पहले पढ़ी थी। इस समय मुझे उपलब्ध नहीं हो पायी) अस्सी के दशक में 'पहल' में छपी 'महाविद्यालय' (विनोद कुमार शुक्ल) कहानी में बाज़ार के आतंक और मध्यवर्गीय जीवन के अभाव और त्रासदी को रेखाकिंत किया गया। और उस समय को भी जिसमें व्यक्ति की मार्केट वैल्यू चालाकी, मुनाफाखोरी, बेईमानी से बढ़ेगी। अगर व्यक्ति यह नही कर पाएगा तो उसे अपने समय से बेदखल कर दिया जायेगा। ''बाजार के रहते हुए भूखे नंगे बिना दवा के मर जाइए फिर भी बाज़ार से मेरी दोस्ती थी। 'खुशी' और माँ रसोई घर में रहती थी (कुमार अंबुज) जैसी कहानी मध्यवर्गीय जीवन के उस समय की बात करती है जो कभी नहीं बदलता। सत्ता बदली, राजा बदले, बड़ी से बड़ी घटनाएँ बदली, नहीं बदला तो मध्यवर्ग और निम्नमध्यवर्ग का जीवन और स्त्री की स्पेस रसोईघर वह एक मात्र दुनिया है। जहाँ किसी की दखल नहीं है, इसीलिए माँ (स्त्री) को वहीं सुकून है। वहीं मुक्ति। इस बात से बेख़बर कि यह रसोई ही वह बेड़ी है जिसने युगों-युगों से स्त्रियों को उलझाए रखा। 'खुशी' कहानी लाखों परिवारो के घुटते हुए उन मध्यवर्गीय पुरुषों की दास्तांन है, जो स्थितियों से निरन्तर जूझते रहने के कारण घर की एकाध हारी-बीमारी में ही पस्त हो जाते हैं। शीर्षक कथ्य का विलोम रचता है और उसकी मार्मिकता को और गहरा कर देता है नौकरी बीमारी की कितनी चिन्ताएँ मध्यवर्गीय पुरुष अकेले भोगता है और अपनी पत्नी से भी छुपा जाता है। हालाँकि विमर्शों के इस

दौर से कॉमनमैन और उसका समय हाशिए पर होता जा रहा है। इस समय में मशीन, सामान्य दिनचर्या एक ढर्रे पर चलने वाले अनुभव, आदत तथा यन्त्रवाद के अमानवीय प्रभाव के प्रति अत्याधिक झुकाव प्रत्येक व्यक्ति का हो ही गया है। इतने शोरगुल में भी एकाकीपन का भयंकर भय है। मानव मानस में भौतिक पदार्थों की घुसपैठ है। इन सबने मिलकर जीवन को कितना क्रूर बना दिया है। संजय कुंदन की "महानगर के किस्से" पाँच स्वतन्त्र लघुकथाएँ मिलकर एक कहानी बनती है जिनमें उपर्युक्त कटु यथार्थ को देखा जा सकता है। यह कहानी उस समय को रेखांकित करती है जिसपर बहुधा ध्यान नहीं दिया जाता। पर ये ध्यान न देना कितना खतरनाक है। भविष्य में रोबोटनुमा मानव का समाज कैसा होगा? इस भयावह समय में सन्तुलन पाने की तीव्र इच्छा, एक स्थिर केन्द्र की तलाश है। वह मानव की सृजनशीलता ही है, जो समाज और व्यक्ति दोनों के लिए मूल्य और अर्थ निश्चित कर सकती है। आज के ही समय में विश्वसुन्दरियों, रैम्प शो और राखी सावन्त के स्वंयवर, स्त्री विमर्श के पैरोकारों के मध्य डर के लिहाफ में लिपटी अनावृत्त दौड़ती भव्य स्त्री को यदि आप देखना चाहते हैं तो कृपया गीत चतुर्वेदी कहानी पढ़ें। स्त्री जीवन का सच–

मैं सच कहूँगी हार जाऊँगी।
वो झूठ बोलेगा लाजावाब कर देगा।

पुरुष सबसे हँस कर बात करे तो मिलनसार और विनम्र है और स्त्री हो तो 'डिम्पा की माँ'। कॉलोनी वालों की माने तो उन्होंने न जाने कितने मर्दों के साथ देखा है पर किसने देखा है? यह किसी को नहीं मालूम। आर्थिक संरचना के जाल के भीतर पनपने वाली सुविधाएँ भी चरित्र का खाँचा तय करती हैं। बेटा चाचा की बुरी नीयत का इस्तेमाल अपने दुबई जाने के लिए करना चाहता है। माँ और पुत्र सम्बन्धों का व्यवसायीकरण एक स्त्री के जीवन का सबसे बड़ा शोकगीत है। गीत चतुर्वेदी के पास अद्भुत भाषा है। बेहद खूबसूरती से वह मराठी गीतों और कविताओं का कथा में प्रयोग करते हैं। कवियों की कहानियाँ कोई शौकिया तफ़रीह नहीं हैं बल्कि अपने समय की धड़कती तस्वीर है और कथा साहित्य की समृद्धि का पुख़्ता चरण भी।

नव पर–नव स्वर

"सौन्दर्य का निकष, स्पष्टता और जीवन है। जो वस्तु जितनी जीवन्त होगी वह उतनी ही सुन्दर उतनी ही स्पष्ट होगी।"

–हीगेल

यह समय 'कहानी' का है। पत्रिकाओं में कहानी विशेषांकों की बाढ़ यही बात कहती है। इन विशेषांकों को यूँ ही टरकाया भी नहीं जा सकता है। यदि विश्व की गति और भारत का समय आप जानना और समझना चाहते हैं तो युवादृष्टि का सहारा लेना ही होगा। वह भी पूरे विश्वास के साथ। वसुधा का युवा कहानी विशेषांक (दो खंडों में) साहित्य की धरोहर है। अपनी कहानियों और लेखों के कारण सहेजे जाने लायक। इतनी कहानियाँ और हुनरमन्द कहानियाँ। ग्लोबलाईज़ेशन के इस दौर में घटनाओं की तीव्रता मानव मस्तिष्क में अपने ठहराव के लिए जगह नहीं बना पाती। भूलना आदत नहीं, लापरवाही नहीं, समय का शाप है (देखें चन्दन पाण्डेय की कहानी 'भूलना') यह ठीक है बड़ी से बड़ी घटनाएँ बड़ी तेजी से विस्मृति की खोह में चली जाती हैं परन्तु प्रभावहीन होकर नहीं, मानव और मानस प्रभावित करती हुई शनैःशनैः विनाश के रास्ते पर बढ़ती हुई। ऐसे समय में युवा कहानियाँ ध्वंस की ढेरी पर बैठकर इतिहास रचती हुई भविष्य बचाने की जद्दोजहद से जूझ रहीं है। यह जितना आश्वस्त करता है उतनी ही आशंकित भी। इन्हें लम्बे समय तक अच्छी कहानियाँ देना चाहिए। (बिना दोहराव के) क्या ऐसा होगा? ईश्वर करें ऐसा ही हो, आमीन। राहुल, चन्दन पांडेय, कुणाल, वन्दना राग, अल्पना मिश्र, नीलाक्षी सिंह (कहाँ हो भाई) प्रत्यक्षा, पंखुरी स्नोवाबार्नो, विमलचन्द्र पांडेय, मनोज पांडेय, योगिता यादव, ज्योति चावला, उमाशंकर चौधरी इनके अतिरिक्त बहुत से महत्त्वपूर्ण कथाकार जिनकी कहानियों के बारे में बात न कर पाना उनकी नहीं मेरी अपनी सीमा है।

प्रगतिशील समय का सर्वाधिक प्रतिगामी चरण साम्प्रदायिक कट्टरता है लगातार अपने अर्थ में विस्तार करता हुआ ये केवल हिन्दू-मुसलमान भइया (यू.पी. वालों के लिए मुम्बई में प्रचलित शब्द जिसका प्रयोग बहुधा गाली की तरह किया जाता है।) मराठी, बिहारी, आसामी, मीणा, गुर्जर और भारत, आस्ट्रेलिया। 'हाथी के पाँव में सबका पाँव' की तरह। ऐसा नहीं है सन 1992 के पहले ऐसा कुछ नहीं हुआ था इसके बावजूद बाबरी मस्जिद के ध्वंस ने भारत और भारतीय समय को बदल दिया। भारत के सांस्कृतिक दर्प का अवसान हो चुका था। सहिष्णुता और 'सफेद कबूतर' का झूठ सारी दुनिया के सामने आ चुका था। गोधरा के मारो-काटो का खेल इतिहास में एक और अध्याय बन कर जुड गया था। नानावटी आयोग की रिपोर्ट भारतीय न्याय व्यवस्था का कफ़न लेकर आ गया। कहा जाता है कि मानव इतिहास की गलतियों से सीखता है। झूठ, महाझूठ। इतिहास नाम और तारीखों के अलावा कुछ सच नहीं बोलता और कथाएँ नाम तारीखों के अलावा सब सच बोलती हैं। इतिहास पुरस्कृत होता है और कथाओं को देश निकाला दे

दिया जाता है। साम्प्रदायिकता का सर्वाधिक दुष्परिणाम स्त्रियों को भोगना पड़ता है। (अखिल भारतीय मुस्लिम महिला संगठन की अध्यक्ष रजिया पटेल का भी यही मानना है) नीलाक्षी सिंह का 'परिंदे के इंतजार का कुछ', वन्दना राग की 'युटोपिया' कुणाल की 'डूब', और रोमियो जूलियट और अँधेरा, चन्दन पांडेय की 'नकार' (सबीहा की फिल्म 'खामोश पानी' भूलाए नहीं भूलती) सैलाब का पानी थम जाय तो महामारी लाता है और महामारी में मरने वाले संख्या और सांख्यिकी का खेल बन कर रह जाते हैं। दंगे के बाद इस महामारी की चपेट में सर्वाधिक स्त्रियाँ ही आती हैं ('डूब' कुणाल) नश्वर शरीर की और अनश्वर आत्मा की बात करनेवाले देश के लिए स्त्रियों के सन्दर्भ में देह ही सब कुछ हो जाती है। देह और पवित्रता को जोड़कर जिस तरह से व्याख्यायित किया जाता है उससे स्पष्ट हो जाता है भारतीय धर्म स्त्रियों के लिए फ्रॉड और धोखाधड़ी के अतिरिक्त और कुछ नहीं है। नज्जों (युटोपिया) डरावने समय के साये तले बडी हो रही है और सहमी-सहमी आ रही है उसकी जवानी। जिन्हें भविष्य में न जाने कितने अच्युतानन्द की भेट चढ़ जाना है, ये अच्युतानन्द पैदा नहीं होते बनाए जाते हैं। 'कट्टरता' की फैक्ट्री बन रह गया देश। समय की बर्बरता का विश्लेषण करने के लिए, अपनी मानवता का मूल्यांकन करने के लिए, भारत के जगतगुरु के अहंकार के परखच्चे उड़ाने के लिए, आनेवाले समय को इन कहानियों में लौटना होगा।

मानवीय सम्बन्धों के संत्रास, बाजार के दबाव, स्त्रियों के सन्दर्भ में न बदलने वाली मानसिकता (स्त्रियों की भी) मानव की जीजिविषा और प्रेम सभ्यता और मानव विकास के लगातार बोनसाई होते जाने की प्रकृति को अपनी कहानियों में बेहद सशक्त ढंग से उठाया है अल्पना मिश्र ने (रहगुजर की पोटली) 'जीन्स' कहानी में। अतीत में जाने के लिए मनोज पाण्डे कहानी में आईने का इस्तेमाल करते हैं। इस आईने के कारण ही कहानी पद और पदार्थ, कार्य और कारण का बारीकी से विश्लेषण कर पाती है। स्नोवा बार्नो की कहानी 'बादल को घिरते देखा है' खूबसूरत कहानी है जिसमें नागार्जुन ने उनकी कविताओं को मिथ की तरह इस्तेमाल किया है। पहाड़ का जीवन उतना ही कठिन है। अभाव, गरीबी, प्रेम का विरोध इन स्थितियों के आगे भी एक स्थिति है 'जीजिविषा' है तो जीवन रहेगा, का नारा बुलन्द करने वाली। यहाँ प्रेम है। व्यवसाय नहीं, कठिन स्थितियों में सरल ज़िन्दगी सहज गति से साँस लेती है सारी जटिल स्थितियों के बीच क्या हमें जीवन की यही लय नहीं तलाशनी चाहिए?

अपने समय के दबावों और तनावों को रचती अद्भुत कहानी है क्विज़मास्टर।

(पंकज मित्र) ''भारत के भावी(?) बूढ़े अपना पिछला भूल कर सुखी रहेंगे।'' (एक था बुझवन, नीलाक्षी सिंह) ''क्या तकदीर ने इसीलिए चुनवाए थे तिनके। बन जाये नशेमन तो कोई आग लगा दे? नशेमन की आग पर अफसोस करने का समय नहीं रहा। एक भारतीय की औसत उम्र बढ़ गयी है। अच्छा हुआ या...? वृद्धों के जीवन की बढ़ती त्रासदी, असुरक्षा उन्हें जीवन घर और समय से निकाल फेंकने की बहादुरी यह परम धर्म गर्व का विषय है जीवन में। अब दो कौड़ी के कहानीकार अपनी कहानी में इसे शर्म का विषय बनाते है, तो बनाए अपनी बला से। कौन पढ़ता है?

अन्त में वह दो कहानियाँ जिन्हें पढ़ने में कई बार मरना पड़ा। 'भूलना' (चन्दन पांडेय) निम्न मध्यवर्गीय जीवन को बदलने की ख्वाहिशें दरअसल इस भयावह दौर में का खास किस्म का दुस्साहस है जिसके अन्तर्बाह्य के खतरनाक परिणामों के लिए तैयार रहना चाहिए। कुणाल की 'रोमियो जूलियट और अँधेरा' कहानी में प्रारम्भ होने से पूर्व ही व्यक्त किया निर्मम हलफनामा कहानी पढ़ने का साहस तोड़ देता है। लेकिन मानवमूल्य विरोधी समय, संवेदनहीन मनुष्य, निष्क्रिय समाज के लिए और किस ढंग से लिखा जाय। इन दोनों कहानियों पर स्वतन्त्र रूप से फिर कभी क्योंकि यह कहानियाँ अपने साथ और भी कई खतरनाक सच खोलती हैं। क्योंकि यह शुद्ध साहित्यिक पाठ भर नहीं है बल्कि एडजस्टमेन्ट प्रोग्राम की गति और क्षमता से खत्म किए जा रहे लोकतन्त्र का आईना है।

यह आलेख आज के कथा परिदृश्य की एक अधूरी तस्वीर प्रस्तुत करता है। (स्त्री और दलित कहानियाँ नहीं है। प्रसंग वश कुछ आ गया हो तो दीगर बात है) और यह विच्छिन्न भी है क्योंकि विशृंखल समय को बाँधने और साधने की कला नहीं है, इसमें। यह कोलाज कुछ कथारंगों से एक पोस्टर बनाता है जिसमें समय की संगति कहीं बनती तो कहीं बेमेल होती नजर आती है।

यह भूमण्डल की रात है

दिन बड़ा गरीब सा गुजरे
शाम बड़ी थकी-थकी
भूख हों, पर लगे नहीं
हरारत हो, पर दिखे नहीं
बातें सतरंगी करो
यह भूमण्डल की रात है।

–पंकज राग

पंकज राग की कविता भूमण्डलीकरण के मिथक, स्वप्न, यथार्थ को एक साथ अपने सही रंगो में डिसप्ले करती है। साहित्य परिवेश पुत्र है और परिवेश समय के महीन जाल से बुना जाता है। मनुष्य तो क्या कीड़ा-मकोड़ा तक समय निरपेक्ष नहीं रह सकता। पृथ्वी का ताप, अभाव, अराजकता, प्रतियोगिता, वैश्वीकरण द्वारा निर्मित सुख सौन्दर्य के नये मिथक से पशु-पक्षी भी उतने ही आहत है, जितना कि सामान्य आदमी। फर का कोट पहने किसी अद्वितीय सुन्दरी पर कोई भोगी पुरुष उत्तेजित और आसक्त हो सकता है, लेकिन कोई संवेदनशील पुरुष उस फर के पीछे एक जानवर का चेहरा न केवल देख सकता है बल्कि उसकी चीत्कार सुन भी सकता है। यही चीत्कार उसे उस स्त्री से विरक्त भी कर सकती है। यह 'चीत्कार' ही भोगी दुनिया की प्रतिरोधी दुनिया है। ध्वंस के विरुद्ध निर्माण की एक शपथ। साहित्यकार इसी निर्माण की दुनिया का साझीदार है। और यह विश्व के किसी भी कोने का हो सकता है। विश्वबाजार द्वारा निर्मित भूमण्डलीकरण के बरअक्स भूमण्डलीकरण का सच्चा मित्र। विश्व का साझा मंच और साझी चिन्ताएँ। पर्यावरण मानवाधिकारों, मानव जीवन की मूलभूत आवश्यकताओं और मानवीय संस्कृति के बुनियादी सरोकारों से जुड़े लोग बेहतर दुनिया की तलाश में है। इसी तलाश में हिन्दी साहित्य की तमाम विधाएँ निकल चुकी हैं।

'वसुधैव कुटुम्बकम' की प्राचीन अवधारणा भारत की ही है। क्या 'भूमण्डलीकरण' शब्द भी वही मायने रखता है। सच्चिदानन्द सिन्हा संवेदना के आधार पर दोनों की भिन्नता स्पष्ट करते हैं। अन्तर तो आप भी जानते हैं। एक में भाई चारे की निस्वार्थ गन्ध है तो दूसरे में स्वार्थ की गन्ध। यह केवल मार्केट वेल्यू की बात करता है। आप कितने में बिक सकते हैं, और क्या खरीद सकते हैं? आज सम्पूर्ण विश्व एकाकी समाज की अवधारणा में बद्ध होता जा रहा है। मानव विकास प्रतिवेदन (2000) में वैश्वीकरण के जिन चार प्रमुख लक्षणों की चर्चा की गयी है, नये विचार, नये उपकरण, नये कार्यकर्ता, नये बाजार इन प्रमुख स्रोतों ने समय और स्थान की दूरियाँ मिटा दी। समय और स्थान की सघनता के विरुद्ध एक ही घर में रहने वालों के बीच की दूरियाँ बढ़ी भी है। ऐसे में यह याद आना लाजिमी है। उपभोक्ता संस्कृति ब्राण्डसंस्कृति, कूल संस्कृति से समूची दुनिया के मानवीय रिश्ते छिन्न-भिन्न हो गये हैं। हिन्दी साहित्य में कविता, कहानी, उपन्यास कथेतर गद्य, आलोचना या विमर्शपरक कृतियाँ दौड़ (ममता कालिया) रेहन पर रग्घू (काशीनाथ सिंह), डूब वीरेन्द्र जैन मोहनदास (उदयप्रकाश) दीवार में खिड़की रहती थी (विनोदकुमार शुक्ल) ग्लोबल गाँव के देवता रणेन्द्र। भूमण्डलीकरण की चुनौतियाँ (सच्चिदानन्द सिन्हा) भूमण्डलीकरण ब्राण्ड और संस्कृति (प्रभा खेतान) भूमण्डलीकरण पर लिखने वाले गिरीश मिश्र अन्य भी। भूमण्डलीकरण के नाम पर बढ़ते भूमण्डलीकरण के खतरों और दुष्परिणामों से आगाह कराया है। भूमण्डलीकरण की नीतियाँ तो ठीक ही हैं पर नीयत ठीक नहीं है। ग्लोबल सिटी नही, ग्लोबल मार्केट नहीं, 'ग्लोबल विलेज' की संकल्पना। कितना मासूम मगर दिल फरेब चेहरा इस चेहरे ने लाखों को लूटा। 'दौड़' और 'रेहन पर रग्घू' में मानवीय रिश्तों की कसमसाहट को महसूस किया जा सकता है। इस ग्लोबल गाँव में आकर हमारी पुरानी आस्थाएँ लड़खड़ा गयी और संस्कृति निस्तेज हो गयी। वैश्विक दृष्टिकोण के साथ भूमण्डलीकरण संस्कृति का जन्म हुआ। इसमें छः साल की बच्ची को ही आतंकवादी करार दिया जा सकता है। विश्व बाजार की धक्कामुक्की में अपनों के चेहरों से अपनापन गायब हो गया। माँ-बाप तो क्या पति-पत्नी ही आपस में महीनों नहीं मिल पाते। (दौड़) अत्याधुनिक समाज बनाने की हवस ने अन्ततः हमें क्या बना डाला कि हम भूख से मरते किसानों की रोटी को अनदेखी कर उन्हें मोबाइल और इंटरनेट दिलाने में लगे हैं। विश्व व्यापार में भारत की साझीदारी नगण्य है। भारतीय वनचरों का आस्तित्व ही संकट में है जबकि मानव की पहचान विश्वमानव के रूप में होने जा रही है। इसी संकट से रणेन्द्र का उपन्यास 'ग्लोबल गाँव का देवता'

जूझता है। प्रभा खेतान लिखती हैं—"भूमण्डलीकरण गैर पश्चिमी संस्कृतियों के लिए मारक सिद्ध हो रहा है।" अपनी बात को ठोस तर्क व प्रमाण के साथ आगे बढ़ाते हुए कहती हैं—"हमारा परिचय किसी भारतीय मैडोना से नहीं होता। हम किसी चीनी 'माइकल' को नहीं जानते। कोई मोरोक्कन जूलिया राबर्टस या फिलीप्पीनी किड्स टी.वी. चैनलों पर नहीं देखते। ब्राजीलाई शेक्सपियर की चर्चा नहीं की जाती। उसके नाटक नहीं खेले जाते। न ही हिन्दी-उर्दू की कविता का पाठ मिलता है।" वास्तव में भूमण्डलीय मंच अपने आप में पश्चिमी मंच है। यह पश्चिमी सत्ता और नियन्त्रण का ही व्यक्तिकरण है। भूमण्डलीकरण के चेहरे से प्रभा खेतान छद्म को उघाड़ देती हैं। इस निर्मम व्यवस्था ने मनुष्य के लिए केवल एक पर्यायवाची शब्द छोड़ा है उपभोक्ता। ब्रांड और कूल संस्कृति से उपजा समाज दरअसल विसंगतियों का समाज होता जा रहा है। इसी समाज का भयावह परन्तु सत्य चित्रण रजनी गुप्त उपने उपन्यास 'एक न एक दिन' में करती हैं। बहुराष्ट्रीय कंपनियों का विरोध पिज़्ज़ा खाकर, कोकाकोला पीकर, नाइक के जूते और टी-शर्ट पहन कर किया जा सकता है। गाँधीवादी होना या गाँधीछाप टी-शर्ट पहनना क्या एक ही बात है? वैश्विक संचार व्यवस्था ने दरिद्रीकरण, रोजगार में कमी, तीसरी दुनिया की खेती पर हमला, बायोपायरेसी (जैव सम्पदा की चोरी) गरीब तबकों की बेदखली तथा हिंसा और वर्चस्वी संरचनाओं में बढ़ोत्तरी किया है। कितनी दोहरी ज़िन्दगी हम जी रहे हैं।

एक स्तर पर सब कुछ प्रगतिशील है। जीन्स, पेप्सी, हाथ में सैमसंग फोन यह है भारतीय युवाओं की हँसती-खेलती तस्वीर दूसरे स्तर पर वे जिनके सामने अन्धकारपूर्ण भविष्य और गहरी खाई है। क्या वे गिर कर उठ पायेंगें? क्या मजदूरों के शरीर पर अच्छे कपड़े व जूते नजर आते हैं। ठीक उसी समय में जिस समय कास्मेटिक उद्योग कम्पनियाँ दुबलेपन के साथ चिरयौवन को प्रमोट कर रही हैं ग्लोबल गाँव का देवता अपनी पहचान के संकट से जूझ रहा है।

शिल्पी की कहानी 'क्वॉलिटी लाईफ' ध्रुवीकरण के जादुई यथार्थ से टकराने वाली कहानी है। भूमण्डलीकरण सपनों का सौदागर है। इस सौदागर ने हमारे किशोरों का जो रोल मॉडल पैदा किया है। वह पराजय से घृणा करता है। तेरह वर्षीय आकांक्षा को भी पराजय से घृणा है। वह सुन्दर है, और सुन्दर होना चाहती है। सम्पन्न है और सम्पन्न होना चाहती थी। वह सबसे आगे होना चाहती थी। इस बढ़-चढ़ कर दिखने के लिए झूठा संसार रचा जाता है जिसमें इनफॉरमेशन टेक्नॉलोजी का इन्तजाम किया जाता है। यहाँ नकली अभावों का परिवेश गढ़ा जाता है। कहानी का अन्त त्रासदी मे बदल जाता है।

हिरोहोन्डा की सबसे ज़्यादा बिक्री के नये आँकड़े दिखाए जाते हैं। आटोमोबाइल की अच्छी बिक्री के नये आँकड़े रोज दिखाए जाते हैं। यवतमाल के 'थेलीटंडी' नाम की जगह के तीन गाँव में एक दिन के अन्दर बेच दिया गया। यवतमाल में जहाँ सैकड़ों किसान आत्महत्या कर चुके हैं। जीरो डाऊन पेंमेन्ट पर कर्ज़ दिया गया और सारे नौजवान हिरो होन्डा उठा कर ले गये। दो किश्तों के बाद लोन नहीं दे पाए। ऋण का संशोधन हुआ बीस हजार और खर्च हो गये। जो पैसे खेती में लगने थे हिरोहोन्डा के लोन में खर्च हो गये। शिक्षा का निजीकरण दरअसल आम विद्यार्थी की पहुँच से शिक्षा को बाहर करने की घातक प्रक्रिया है। इन विषयों को लेकर धीरे-धीरे रचनात्मक प्रतिरोध मुखर हो रहा है, लेकिन पत्रिकाओं को बेहतर तरीके से इसमें लगना होगा। वरना 'सुपर बेवफाई विशेषांक' स्त्री-पुरुष के सम्बन्धों में नहीं बल्कि मानवीय दायित्व से ही बेवफ़ाई कर जायेगा।

'क्यूबा' के एक विश्वविद्यालय के दीक्षान्त समारोह में फिदेल क्रास्त्रो का वक्तव्य दरअसल एक योद्धा के गले की पुरअसरार चीख है जो मृत्यु के प्रतिरोध में जिन्दगी का नारा रचती है। वे कहते हैं वे पूरे विश्व की भूमि को खरीद रहे हैं क्योंकि अपने देश में भूमि खरीदने की अपेक्षा यह सस्ता है। और भविष्य के लिए बेहतर निवेश भी। उन्होंने निवेश और मुक्त व्यापार क्षेत्रों के मामले में तृतीय विश्व के देशों को एक दूसरे के मुकाबले प्रतियोगी के रूप में लाकर खड़ा कर दिया है। नवउदारवाद जो भविष्य दे रहा है, वह श्रमिकों के लिए नहीं है। बहुराष्ट्रीय कम्पनियों को अपने देशों की अपेक्षा दूसरे देशों में प्रयोगशाला व धन पर एकाधिकार कर रखा है। ये लोग गरीब देशों से उनके वैज्ञानिक ही नहीं बल्कि खिलाड़ी भी ले जाते हैं।

मानवीय आवश्यकता के लिए आवश्यक वस्तुओं का उत्पादन, पर्यावरण, मानवीय संवेदना, रिश्तों की आत्मीय संस्कृति की सम्भावनाओं को बरकार रखते हुए भी मानव समाज प्रगति कर सकता है। पर्याप्त टिकाऊ और सुरक्षित जीवन का मतलब आरोपित खपत प्रणाली नहीं। इस दृष्टि से भारतीय मन और भारतीय जीवन का उपन्यास 'दीवार में खिड़की रहती थी' (विनोदकुमार शुक्ल) को देखा जा सकता है। बाजार और भूमण्डलीकरण के साम्राज्य के बरअक्स एक छोटी सी खिड़की प्रकृति, सृष्टि से, मानव का सम्बन्ध जोड़ती हुई सीमित संसाधनों में मानवीय जीवन को सँवारती हुई। और यह संवाद करती हुई कि मनुष्य के जीवन की सार्थकता प्रकृति की जड़ो में तलाशनी होगी। आकाश के समानान्तर अपनी हथेली करनी होगी। भूमण्डलीकरण के प्रतिरोध में भी मानवीय सम्बन्धो

के हितों के खातिर भूमण्डलीकरण अर्थात सच्चे भूमण्डलीकरण की तलाश करनी होगी, वरना–

एक कदम गलत उठा था राहे शौक में
मंजिल तमाम उम्र मुझे ढूँढ़ती रही।

1. दौड़ (ममता कालिया)
2. रेहन पर रग्घू (काशीनाथ सिंह)
3. दीवार में खिड़की रहती थी (विनोदकुमार शुक्ल)
4. ग्लोबल गाँव का देवता (रणेन्द्र)
5. क्वॉलिटी लाईफ (शिल्पी)
6. भूमण्डलीकरण की चुनैतियाॅ (सच्चिदानन्द सिन्हा)
7. भूमण्डलीकरण ब्रॉड संस्कृति और राष्ट्र (प्रभा खेतान)
8. भूमण्डलीकरण के दौर में जीने का अधिकार (पी. साईनाथ)

जिजीविषा है तो जीवन रहेगा

"जिजीविषा है तो जीवन रहेगा, जीवन रहेगा तो अनन्त सँभावनाएँ भी रहेंगी। सब चलता रहेगा। प्रकृति को सुनियन्त्रित रूप से चलाने का ही नाम संस्कृति है।"

–अनामदास का पोथा

हर कलाकार अपने दुःख और अनुभवों को खराद पर चढ़ाकर अभिव्यक्त करता है, उसकी कसौटी तो इस बात की होती है कि उसका दुःख एक स्वकेन्द्रित कृति को जन्म देता है या इस विराट जगत के दुःख के साथ साझेदारी करता है। विराट जगत से तादात्म करने वाली संवेदना ही क्लासिक व सिगनिफिकेट फार्म को जन्म देती है। ऐसा कलाकार अपने इर्द-गिर्द प्रभामण्डल नहीं बुनता। वह स्वयँ अपनी कमियों का आईना बन जाता है। द्विवेदीजी 'अनामदास का पोथा' की भूमिका में लिखते हैं' पीछे की ओर देखता हूँ, विराट रिक्तता। जो कुछ करता रहा हूँ क्या सचमुच किसी काम का था? अपनी सीमाओं, त्रुटियों, ओछाईयों को छिपाकर अपने को कुछ इस तरह ढ़ंग से दिखाना कि मैं सचमुच कुछ हूँ। यही तो किया है। छोटी-छोटी बातों के लिए संघर्ष को बहादुरी समझा है, पेट के लिए छीनाझपटी को कर्म माना झूठी प्रशंसा पाने के लिए स्वांग रचे हैं, इसी को सफलता मान लिया किसी बड़े लक्ष्य को समर्पित नहीं हो सका, किसी का दुःख दूर करने के लिए अपने को उलीच कर नहीं दे सका। सारा जीवन केवल दिखावा, केवल भोंडा अभिनय, हाय-हाय करने में बीत गया। आत्मान्वेषण का यह सूत्र कबीर से लेकर गालिब तक में देखा जा सकता है–

आता है दागे हसरते-दिल का शुमार याद
मुझसे मेरे गुनाह का हिसाब ऐ खुदा न मांग

–ग़ालिब

‘अनामदास का पोथा’ की कथा का आधार ‘छांदोग्य उपनिषद’ है। कथानायक है, ‘रिक’ ऋषि पुत्र ‘रैक्व’। भारतीय चिन्तन पद्धति ही मिथकीय व प्रतीकधर्मी है। लोकमानस में इतिहास की अपेक्षा मिथक की अधिक गहरी पैठ है। कुबेरनाथ राय लिखते हैं—‘मिथक’ एक निरन्तर उर्जा देने वाला ‘पावर हाऊस’ है, जो अतीत के साथ मरता नहीं, बल्कि जीवन्त शक्ति के रूप में भविष्य में कार्य करता है। (अन्धकार में अग्निशिखा पृष्ठ 154) द्विवेदी जी को ऐसे चरित्र की आवश्यकता थी जिसे वह समयानुकूल आकार व रंग दे सके। प्राचीनता एवं आधुनिकता के विरुद्ध स्थितियों का परिणाम विरुद्ध नहीं था। बल्कि एक-सा ही था सामाजिक सरोकारों का ह्रास। द्विवेदी जी की वैज्ञानिक दृष्टि इस समस्या की भयावहता का उपचार तलाश रही थी। द्विवेदी परम्परा की जमीन में आधुनिकता के बीज बोते हैं, और भारतीय मन से सींचते हैं। परिणामस्वरूप इस वृक्ष का फल, स्पेस की सीमाओं को न मानता हुआ वैश्विक आँगन में जा गिरता है, छद्‌म पोस्ट मॉडर्निटी और ग्लोबलाइज़ेश्न से बचता हुआ। अतीत का एकान्त में तप करता हुआ और बाहूय-उपभोक्तावादी लक्षणों में फंसा हुआ व्यक्ति एक दूसरे का विलोम दिखता हुआ भी अद्‌भुत साम्य रखता है। दोनों ही ‘जन’ से कटे हुए है। साहित्यिक परम्परा का सार्वभौमिक सत्य केवल लोकोन्मुखता ही है। कबीर से लेकर पवनकरण तक। भारतेन्दु से लेकर उदयप्रकाश तक।

द्विवेदी जी की अपनी पीड़ा है कि किसी का दुख दूर करने के लिए अपने को उलीचकर दे नहीं सके, परन्तु यही पीड़ा वह प्रत्येक व्यक्ति की बना देते हैं। द्विवेदीजी जीवन और जीवन की पूर्णता के पक्षधर हैं इसीलिए उनका अन्तःफलक कभी रिक्त नहीं होता। ‘अनामदास का पोथा’ कर्म-सिद्धान्त पर बल देता है ताकि आत्मा और देह का सन्तुलन बना रहे। ‘अनामदास का पोथा’ सन् 1976 की रचना है। यह वह समय है जब परम्परा और विकास को दो विपरीत ध्रुवीय संप्रत्ययों में व्याख्यायित किया जाने लगा था। द्विवेदी जी इस भ्रम को ‘अनामदास के पोथा’ में दूर करते हुए दिखाई देते हैं। परम्पराओं में निहित प्रकट और प्रच्छन्न उर्जा को प्रतीक और बिम्बों के माध्यम से वर्तमान और भविष्य के लिए अर्थवान और मूल्यवान बनाते हैं। सच्चे विकास की बुनियाद के अनिवार्य रूप से चार तत्व प्रमुख हैं। प्रभावशाली आर्थिक व्यूह रचना, सांस्कृतिक संवेदना, सामाजिक न्याय, पर्यावरण बोध। अनामदास का पोथा पारम्परिक परिप्रेक्ष्य में इन्हीं तत्वों को पुष्ट करता हुआ दिखाई देता है। ग्रामीण संस्कृति और कृषि व्यवस्था। भारत के आर्थिक संरचना की बुनियादी रीढ़ हैं। राजा जानश्रुति के लिए आँधी-तूफान से बेटी का लौट आना इतनी बड़ी खुशी है, कि काल के क्रूर पहिए के नीचे दबी

गाड़ीवान की मृत देह अनाथ, पत्नी और बच्चे दिखाई नहीं देते। राजा प्रजापिता होता है। प्रजा का संताप राजा का संताप होना चाहिए इसीलिए ऋषि राजा की अनवधानता को श्राप देता है। जिस राज्य में स्त्री और बच्चे भूखे रहते हैं। उस राज्य का विनाश होना ही उचित है। द्विवेदी जी की दृष्टि चार शब्दों के स्तम्भ से 'अनामदास का पोथा' का स्ट्रक्चर बुनती है ये शब्द हैं, जिजीविषा, विवेक, कर्म और प्रेम इन्हीं शब्दों के बूते वे पाठक को कनविंस कर पाते हैं, कि मुक्ति न तो सम्प्रदाय में है, न ही धर्म के कर्मकांडों में बल्कि यह तो जीवन के सच्चे अर्थ को समझने में है। उपन्यास के कम्पोजीशन (संपुजन) को रूस में 'मोटिवेशन' कहा जाता है। विद्वान सेवेलन इसे सर्वाधिक सटीक शब्द कहते हैं। उनका मानना है कि 'मोटिवेशन' शब्द आख्यानात्मक रचना के साथ-साथ मनोवैज्ञानिक सामाजिक, दार्शनिक, सिद्धान्त की आन्तरिक संरचना का भी कुछ संकेत करता है, इस बात का भी संकेत कि लोग जैसा आचरण करते हैं, वैसा ही क्यों करते हैं? तापस कुमार 'रैक्व' पद और पदार्थ का भेद नहीं जानता। वह सौ प्रतिशत शुद्ध सोने जैसा खरा है, परन्तु द्विवेदी अपने इस चरित्र से न ही अभिभूत होते हैं न ही समाज के लिए इसे आदर्श छवि मानते हैं। बल्कि अपनी विलक्षण मेधा से उसकी गम्भीर सात्विकता को हास्य के स्तर तक ले आते हैं। क्योंकि मानव जीवन का सबसे बड़ा धर्म वह लोकहित मानते हैं। मनुष्य की देह जिस देश की मिट्टी में आकार लेती है, जिस समाज के अन्नकणों से उसका वैचारिक चिन्तन सींचता है, क्या उस समाज के प्रति उसका कोई दायित्व नहीं। समाज से कटकर व्यक्ति के विकास की कौन-सी परिभाषा है? लोककल्याण से विमुख भीष्म की प्रतिज्ञा को भी द्विवेदी भीषण मानते हैं, इसलिए अक्षम्य भी।

द्विवेदी ने हिन्दी जगत को एक भी कहानी नहीं दी परन्तु चार विलक्षण उपन्यास दिये हैं। द्विवेदी अपनी इन कलाकृतियों में ऐतिहासिक व सामाजिक सत्यों के वाहक बनकर आए हैं। उनकी कृतियाँ दस्तावेज बन गयीं। कथा कहते हैं द्विवेदी जी। कथा कहने की जादुई कला है उनके पास। साथ ही तनी हुई रस्सी पर चलने का अद्भुत कौशल भी। इसलिए वह गम्भीरता और हँसी को एक साथ साध पाते हैं। रैक्व ऋषि की पीठ की खुजली का वर्णन करते हुए द्विवेदी जी की मुस्कराती हुई भंगिमा पाठक के मानस पटल पर उपस्थित हो जाती है, साथ ही यह निष्कर्ष भी "कुछ हरकतें मनुष्य जानबूझकर नहीं करता, किसी प्रयोजन से भी नहीं करता वे उसकी लत होती हैं।"

भाषा के मामले में द्विवेदी जी पाठक की दृष्टि में वही हैं जो द्विवेदी की दृष्टि में कबीर। बहुधा साहित्यकार अपनी आधुनिक बातों को सही सिद्ध करने

के लिए प्राचीन सन्दर्भों से तर्क तलाशते हैं, वहीं द्विवेदी प्राचीनता की पुष्टि में आधुनिक दृष्टान्त देते हैं। भाषा की आयरनी हतप्रभ करती है। राजा जानश्रुति के भाषाई ज्ञान के महत्त्व की पुष्टि के लिए चुटीले अन्दाज में कहते हैं–''आजकल भाषा की जानकारी ज्ञान की कसौटी मानी जाती है। खास करके अंग्रेजी की जानकारी। जो आदमी अंग्रेजी जानता है और झमाझम उसको बोल देता है, वह चतुर माना जाता है।''

'अनामदास का पोथा' वर्णाश्रम पद्धति का अतिक्रमण करता है। 'स्त्री' चिन्तन और कर्म के लिए उन्मुक्त है। 'स्त्री' की स्थिति 'वाद और विमर्श' से मुक्त सहज है। स्वयं द्विवेदीजी की ही दृष्टि में सहज का अर्थ रास्ते में बटोरा हुआ नहीं। द्विवेदी जी के समक्ष निःसन्देह एक सहज समाज की अवधारणा थी। क्योंकि सायास स्थापित चीजों का स्थायित्व संदिग्ध होता है। जाबाला, ऋजुका औसस्ति ऋषि की पत्नी या स्त्रियाँ विवेकशील, कर्मनिष्ठ, स्वाधीन वैश्विक मनुष्य के रूप में हमारे समक्ष आती है। अकर्मण्यता भारत का वह भीषण वृक्ष है, जिसमें लाखों अनैतिक शाखाएँ फूट निकली हैं। द्विवेदी इसी कमजोर नब्ज़ की दार्शनिक परन्तु व्यवहारिक व्याख्या करते हैं, वे लिखते हैं–''ज्ञान मनन के बिना नहीं हो सकता, मनन श्रद्धा के बिना असम्भव है, श्रद्धा केवल सोचते रहने वालों के वश की बात नहीं। जो कर्मण्य नहीं वह निष्ठावान भी नहीं।'' 'अनामदास का पोथा में' जीवन के ऐसे तमाम सूत्र हैं। जिनसे मानव जीवन उर्ध्वमुखी होता है। दूसरों के दुख को समझता है। द्विवेदी जी इसीलिए राज्य के बरअक्स मामा का फक्कड़ चरित्र खड़ा करते हैं, मामा लोकतप्त से तापित ऋषियों की दुनिया में अकेला चरित्र है। खलील जिब्रान के शब्दों में कहूँ तो–

''ऐसे भी लोग हैं जिनके पास थोड़ा ही है
लेकिन वे अपना सब दे डालते हैं।''

मामा झूठी कहानियाँ सुनाता है बच्चों को, झूठा क्रोध दिखाता है। तथाकथित संतई का कोई आवरण नहीं, परन्तु इसी मामा को देखकर, ऋषि रैक्व अपनी निरर्थकरता महसूस कर पाता है। वह इस बात को समझ पाता है। कोरी वाग वितण्डा, ज्ञान नहीं है। निष्काम तरुण तापस रैक्व ज्ञानी है। इन सारे विशेषणों के साथ द्विवेदी जी एक और विशेषण जोड़ते हैं 'निष्क्रिय'। यह विशेषण रैक्व को समाजविहीन कर देता है। बेहतर दुनिया की तलाश द्विवेदी जी और आधुनिक विचारक किशन पटनायक को एक धरातल पर खड़ा करती है। किशन पटनायक वही प्रश्न बुद्धिजीवी और व्यवस्था के समक्ष खड़ा करते हैं। जिसे द्विवेदी भारतीय मानसिकता को समझकर अध्यात्म का हल्का-सा रंग दे देते हैं–''दुखिया सुखी

हो आए, भूखा अन्न पाए, प्यासा-जल पाए, कमजोर आश्वासन पाये, वे सब पुण्य है।'' द्विवेदीजी आगे बढ़कर यह भी लिखते हैं–''ऐसा तप वास्तविक तप नहीं है जिसमें समस्त प्राणियों के सुख-दुख से अलग रहकर केवल अपने आप की मुक्ति का ही सपना देखा जाता है।''

ऋषि रैक्व की दुनिया में जाबाला का आना कथा नायक और नायिका का मिलन मात्र नहीं है। बल्कि दो दुनियाओं का मिलन है। एक दूसरे का विलोम रचती हुई दुनिया एक दूसरे को अभिभूत करती हुई दुनिया। तापस ऋषि को पूर्ण दृष्टि देती हुई दुनिया। वैश्वानर की उपासना करने को प्रेरित करती हुई दुनिया। जहाँ सामन्ती चरित्र नहीं है। जगत की सेवा में अनुराग पनपता है और यही प्रेम सत्य का साक्षात्कार कराता है।

जीवन की कठिनतम स्थितियों में भी जीवन के सौन्दर्य को महसूस किया जा सकता है। जीवन का सौन्दर्य जिजीविषा में है। द्विवेदीजी इतिहास, स्मृति, परम्परा, शास्त्र को समझ कर एक सहज समाज की अवधारणा करते हुए पुनर्आख्यान की रचना करते है। द्विवेदी जी की आस्था का केन्द्र मनुष्य है। और यह आस्था समय सीमान्तों को पार करती हुई सर्वदेशीय, सर्वकालिक, सार्वभौमिक रचना को जन्म देती है। प्रवाह कभी नहीं रुकता चक्र, की तरह आवर्तित होता रहता है। जीवन शाश्वत है, जीवन की निरन्तरता शाश्वत है। जीवन की आस्था की ज्योति ही 'अनामदास का पोथा' है। गजब के विपर्यय दृश्यों की संगति बनाता हुआ समाज। इतिहास परम्परा, उपनिषद-यथार्थ फैंटेसी का एक सार्थक कोलाज रचता हुआ। मनुष्य की भूमिका तलाशता हुआ, कथ्य के भीतर कथ्य कहता हुआ, नाटकीय दृश्यों से रैक्व के साथ अनामदास के जीवन सूत्रों को जोड़ता हुआ हर युग के पाठक के साथ अर्थ की नयी करवट लेकर खड़े हो जाने को सामर्थ्य की पहचान कराता हुआ मूल्यधर्मी चिरजीवी भारतीय मन का उपन्यास है।

इब्ने मरियम हुआ करे कोई

इब्ने मरियम हुआ करे कोई
इस दर्द की दवा करे कोई

–ग़ालिब

अन्तःपुर में विचारों की कमी नहीं है, महाराज। इसीलिए स्त्रियों ने कथा-रूपों के जरिए पितृसत्ता के खिलाफ वैचारिक मुहिम छेड़ दी है। आप याद रखें यह मुहिम पुरुषों के खिलाफ नहीं है। पितृसत्ता द्वारा स्थापित अपनी अपूर्ण और विकृत पहचान को स्त्रीवाद जानता है, इसीलिए वह संसार को नये सिरे से व्याख्यायित करता है। इसी पहचान ने उसे दृष्टि दी कि वह संसार को नये सिरे से व्याख्यायित करे। इसी स्त्रीवाद को नाम दिया गया 'मेटा पैट्रिआर्कल' अर्थात 'परा पितृसत्ता' और यह परा पित्तृसत्ता, राष्ट्र, धर्म और न्याय को आईना दिखा रहा है। आप इस स्त्री विमर्श की सघनता को खास अवधि में समेट कर उसका विश्लेषण कैसे कर सकते हैं। 'स्त्री विमर्श' का अध्ययन परम्परा के अविच्छिन्न रूप में करना होगा।

'स्त्री विमर्श' की परम्परा का सर्वाधिक प्रखर रूप मुझे साहित्य की आलोचनात्मक विधा में मिला। सृजनधर्मी साहित्य अपनी मूल प्रकृति में तर्कशील नहीं होता। इसलिए उसका चिन्तन प्रत्यक्षतः रूपायित नहीं होता। यही कारण है कि नासिरा शर्मा, कात्यायनी, क्षमा शर्मा, अनामिका, मैत्रेयी पुष्पा, प्रभा खेतान, मृणाल पांडेय, राजकिशोर, अभय दुबे, अरविन्द जैन, राजेन्द्र यादव, मनीषा, गीताश्री, सुधा सिंह, लीला दुबे, वृन्दा करात, करुणा पांडेय, दिनेश नन्दिनी डालमिया, बिन्दु अग्रवाल, तेजसिंह, नवनीता देव सेन, मल्लिका सेनगुप्त को कथा साहित्य, आत्मकथा से इतर विमर्शपरक आलेख लिखने पड़े। औरत के लिए औरत, दुर्ग द्वार पर दस्तक, परिधि पर स्त्री, स्त्री-अस्तित्व, अस्मिता और संघर्ष, कहती हैं औरतें, खुली खिड़कियाँ, स्त्रीत्व का मानचित्र, स्त्री का ज्ञानवादी पाठ,

खुली खिड़कियाँ, आदमी की निगाह में औरत, जीना है तो लड़ना होगा, नारी एक सफर, लिंग वर्ग समाज, आधी आबादी का सच, जैसी कृतियाँ प्रकाश में आयीं। अब प्रश्न यह उठता है कि इन कृतियों से स्त्री साहित्य या स्त्रीवाद का क्या कोई लक्ष्य स्पष्टतः उभर कर सामने आया है? नहीं तो क्या सत्ता हासिल करना इसका लक्ष्य है। अगर हाँ तब तो केवल सत्ता का हस्तान्तरण होगा। क्या ओबामा के बैठने मात्र से अमेरिका का चरित्र बदल जायेगा? क्या आप इस बात की गारण्टी ले सकते हैं कि सत्ता पर बैठे अश्वेत, दलित स्त्री, न्याय की ही बात करेंगे! मैं नहीं बोलूँगी, मुझे आप बोलने भी नहीं देंगे लेकिन नासिरा शर्मा की सुनिये "कोई शक नहीं आज हम एक बेईमान समय में जी रहे हैं, जहाँ मौखिक शब्दों का राज है। मौखिक शब्दों का कोई सबूत नहीं जब चाहे आप मुकर सकते हैं। औरतों की लड़ाइयाँ परतदार हैं। पहले वह औरतों के बीच अवसरवादी व्यवहार के चलते न केवल घोर आलोचना का कारण बनती हैं, बल्कि अपनी निन्दा उन पुरुषों के बीच सुनती हैं, जो गम्भीर एवं सहज हैं और गुणवान औरतों का सम्मान करते हैं। इस बात को समझ भी लें तो भी कर्मठ औरत के प्रति अपना अन्दाज बदल देते हैं ताकि इनकी बदनामी न हो। यह कर्मठ औरत आगे बढ़ रही है, इसके दूसरी ओर रणक्षेत्र का घेरा वे मर्द औरतें होती हैं जो प्रोफेशन जेलेसी यानी व्यावसायिक ईर्ष्या का कारण बनती है। यहाँ पर संघर्ष दूसरे स्तर का होता है, मगर आक्षेप हर प्रकार के लांछनों से भरा होता है"। (प्रगतिशील के नाम पर रिश्तों की तिजारत, पृष्ठ 45, इक्कीसवी सदी की ओर) मार्क्स कहते हैं समय-समय पर अपनी कमियों की पड़ताल करते रहना चाहिए। दरअसल हर प्रगतिशील दृष्टि का तकाजा यही है। साहित्य में स्त्री विमर्श यदि अपनी कमी को ढकने के बजाय उसे रेखांकित करता चल रहा है तो निःसन्देह वह चक्रीय गति से विकास न करके एक रैखिक विकास करेगा स्वस्थ समाज की बुनियाद रखेगा, जहाँ जेण्डर प्रेरित समाजीकरण नहीं होगा। वृन्दा करात कहती हैं "काल्पनिक बहनापे के आधार पर महिला–मुक्ति का आन्दोलन खड़ा नहीं किया जा सकता"। महिलाओं के वर्गभेद को भी ध्यान रखना होगा। स्त्री लेखन को एक बड़ा खतरा प्रतिशोधधर्मिता का भी है। स्त्री जब अपनी अस्मिता को लेकर विमर्श करती है तो उसका आग्रह यह भी होता है कि स्त्री का दुख केवल स्त्री और दलित का दुख केवल दलित व्यक्त कर सकता है। यह सहानुभूति और सम्प्रेषण की बुनियादी प्रकृति से ही इनकार है क्योंकि एक की पीड़ा दूसरा अगर कह नहीं सकता तो इस बात की क्या गारण्टी है कि दूसरे की पीड़ा को सुनकर वह समझ भी सकता है? सामाजिक न्याय की बात करने वाले दलित नेता शरद

यादव और दलित लेखक धर्मवीर गाहे-बेगाहे स्त्रियों के खिलाफ विषवमन करते हैं। उसकी तीव्र प्रतिक्रिया वृन्दा करात 'जीना है तो लड़ना होगा' में करती हैं। तेजसिंह भी धर्मवीर के विरुद्ध लिखते हैं—''धर्मवीर का शास्त्र स्त्री पर पूरा कब्जा चाहता है।'' याद नहीं आ रहा है कि स्वयंप्रकाश या हृदयेश का कोई लेख पढ़ रही थी। जिसमें दो महिलाओं के झगड़े का जिक्र था। वे लिखते हैं—ज्यों ही एक महिला ने कहा ''आने दे मेरे भाई को तुझे खड़े-खड़े न करवा दिया तो मेरा नाम नहीं'' मैंने सुना और वहीं घुटनों के बल बैठ गया। ''क्या ये हमारे अपने ''मैं'' के हिस्से नहीं हैं। बांग्ला लेखिका मल्लिका सेन लिखती हैं—मैं नया पुरुष देखना चाहती हूँ, नयी दुनिया देखना चाहती हूँ''। नयी स्त्री क्यों नहीं देखना चाहती हैं आप। सीता, अम्बा, शकुन्तला, द्रौपदी जैसे मिथकीय स्त्री चरित्रों की पुनर्व्याख्या की गयी, साहित्य की अनेक विधाओं में इन्हीं को लेकर नवआख्यान रचा गया। इन आख्यानों से राम, भीष्म, दुष्यन्त जैसे पात्रों की कंडीशनिंग टूटी, उनकी महिमा का भी लोप हुआ और यह आज नहीं हुआ। जगदीश गुप्त का 'शम्बूक वध' नागार्जुन की 'भूमिजा' को इस परम्परा के स्मारक के रूप में देखा जा सकता है। थोड़ी देर के लिए अनुमति दें कि आप की किताबी दुनिया को छोड़ कर आपकी भेंट असली दुनिया के लोगों से करा दूँ। क्या विशुद्ध प्राध्यापिका शैली में आप मुझसे कहेंगे विषय के बाहर मत जाओ। तो सुन लीजिए जब तक भीतर और बाहर की दो दुनिया हैं, परिवर्तन सम्भव ही नहीं। नारीवाद एक विचारधारा है, जिसके आधार पर महिला मुक्ति के लिए प्रयास किया जाता है। इस संघर्ष का बुनियादी तत्व भाषा है। कहाँ है वह? स्त्री विमर्शकार इरीगिरी का मानना है कि ''हम स्त्रियों को भाषा नहीं मिली और भाषा के साथ लगा हुआ वह पूरा संसार जो हमारी ज़िन्दगी है। सम्बन्ध है इच्छाओं के साथ सम्बन्ध प्रेम सम्बन्ध। स्त्री जीवन के मूल्य चुप, गौण नहीं होते। मनुष्य संसार में जीवन का व्यापार भाषा के जरिए घटता है। जीवन मूल्यों की रक्षा के लिए जरूरी है कि आप बोलना शुरू करें।'' परन्तु ये हाड़ माँस के पुतले कब बोलना शुरू करेंगे-जिस समय मैं यह आलेख लिख रही हूँ उसी समय सड़क पर बीस वर्षीय नववधू रो रही है, पति ने पीटकर निकाल दिया है। माँ बता रही थी सुबह चार बजे से ही सड़क पर बैठी रो रही है। अभी गाँव से लौटी हूँ। चचेरी बहन को सास और पति ने मार कर 'गुलकी बन्नो बना' दिया है। उसकी पीठ देखकर गाँव की स्त्रियाँ रो रही हैं। मैं जानती हूँ रोने के बाद उसे पति के घर लौटने की हिदायत भी देंगी। मुझे बोलने नहीं दिया जायेगा क्योंकि मेरे जीवन की सार्थकता प्रश्नचिह्नित है, उनकी नजरों में, ''आगे नाथ न पीछे पगहा, खा मोटाय के भइनी

गदहा।'' मेरी सहेली के पति ने दो शादियाँ कीं और दोनों स्त्रियों के बीच सोता है। दोनों के साथ बारी-बारी से है प्रेम करता है। खाली जगह के अपने मायने हैं। गाँव के स्वामी भईया संवेदनशील हैं। हर लड़की की विदाई पर बुक्का फाड़ कर रोते हैं, परन्तु पत्नी को दौड़ा-दौड़ाकर लाठी से पीटते हैं, वह कत्ल की जाती सुअरिया की तरह डकारती हुई हर घर से पनाह माँगती फिरती है। पड़ोस के चौबे जी की बिटिया को ग्रान्टरोड की (मुम्बई) सड़क पर भीख माँगते देखा और देखे शरीर पर ठाँव-कुठाँव घाव के निशान जो उसे जलती सिगरेट और ब्लेड से दिये गये थे। सामने सत्रह वर्षीय लड़की का अपाहिज भाई उसे वैशाखी से पीट रहा है, उसने पाँव दबाने से मना कर दिया था। पुणे में पाँच हजार वेश्याएँ जमा हैं उनका भव्य 'मेलावा' है अर्थात् सम्मेलन। दो नामी गिरामी एन.जी.ओ. संयोजक हैं। मंच पर एक लड़का बोल रहा है ''पहले मुझे शरम आती थी बोलने कू कि मेरी माँ सेक्स वर्कर है। अब मुझे गर्व होता है। गर्व से कहो हम सेक्स वर्कर हैं का नारा इब्ने मरियम बन कर एन.जी.ओ. ने इनके मुँह में ठूँस दिया है'' ''कर लो दुनिया मुट्ठी में'' की तर्ज पर। क्या इसे स्त्री का सबलीकरण मानते हैं इनमें से आधी भी अपनी उम्र नहीं जी पातीं एच.आई.वी. के कारण और आधी रखती हैं 'बाबू' पतिनुमा चीज, इनकी कमाई से बाबू के बच्चों की फीस और घर के फर्नीचरों की पूर्ति होती रहती है। बाबू कभी भी छोड़कर जा सकते हैं? मेरे सामने दस टाँके के घाव लिए वही बैठी है 'गर्व से कहो हम सेक्स वर्कर हैं' जानते हैं? यह घाव किसने दिया, सरदार ग्राहक ने यह जानने के बाद यह लुधियाना की है। नाशिक में तीसरी मंजिल से धकेल दिया। जाति की नाक काटती है हरामजादी। कहाँ है यह हमारे विमर्शों में। दुख और दुख में फर्क करना होगा। 'डाउन टू अर्थ' की गहराई अभी बाकी है। जब शोर थमेगा तब शायद स्त्री विमर्श की आकृति स्पष्ट हो सकेगी। रजिया कहती हैं स्त्री संघर्ष के मुद्दों का स्वरूप 1975 से पूर्व अधिक स्पष्ट था। पश्चिमी धरातल पर भारतीय स्त्री विमर्श नहीं पनप सकता। वह स्त्री विमर्श की पैरोकार मराठी लेखिकाओं पर सवालिया निशान लगाती हैं गौरी देशपांडे, सानिया, मेघना पेठे कहाँ हैं, इनके कथा साहित्य में मुस्लिम स्त्री अगर हैं तो भी ब्लैक इमेज पेण्ट। तमाम स्त्री मुक्ति संगठन व स्त्री विमर्श के साहित्य का कहीं मिलान बिन्दु नहीं है, कभी दोनों ने एक दूसरे की जरूरत नहीं समझी। विस्थापन, हड़ताल, बेरोजगारी, दंगे का सर्वाधिक दुष्परिणाम स्त्रियों को भोगना पड़ता है। रेणु कहते हैं, ''लेखक की कलम से ही नहीं अपनी काया से भी कुछ लिखना चाहिए।'' मुखर प्रतिरोध करने वाली महिला का भी चारित्रिक हनन कौन करता है? सम्भ्रान्त स्त्री और पुरुष ही न। आश्चर्य की

बात तो यह भी है कि फेमनिस्ट होने का दावा करते हुए ये लोग जगह-जगह आतिथ्य भी पाते हैं। मज़दूरनी के लिए इस्तेमाल की जाने वाली अभद्र भाषा का जिक्र तक नहीं होता साहित्य में। एक साल में पचास से अधिक स्त्रियों को आसाम में, डायन बता कर सजा दी गयी। बिहार में भुलक्खी देवी, सहारनपुर में उषा धीमान को नंगा करके घुमाया गया। राम से लेकर मार्क्स तक के सामने तमाम प्रश्न खड़े करने वाली लेखिकाएँ

''घरेलू काम की मज़दूरी नहीं होती इसीलिए
औरतें, घर बैठकर क्रान्तिकारियों
के लिए भात पकायेंगी
और कामरेड वही जिसके हाथों में है
हँसिया हथौड़ा''
आपको जँचता नहीं ऐसा न्याय **–मल्लिका सेन गुप्त**

चर्चित भोजपुरी गीत के सामने मुँह बाये खड़ी रह जाती हैं। जब ''तोहार सानिया मिर्जा कट नथुनिया जान मारेले'' सुनती हैं। सानिया की प्रसिद्धि उसकी नथुनी से है जबकि सचिन तेंडुलकर की उनके खेलने में। तानाशाही और पूँजीवाद का शव परिधान बुनने में व्यस्त स्त्री का मुखर होना भी एक अनिवार्य स्थिति है। वृहतर समाज से साहित्य का जोड़ा जाना आज की कितनी बड़ी जरूरत है? हमीं कहते हैं हमीं सुनते हैं, तल्लीन होकर टी.ए.डी.ए. का बिल भरते हैं या आलेखों के पैसे जेब में भरते हैं। मानधन लेकर खुशी-खुशी लौटकर बताते हैं कि हमने ऐसा बोला कि समां बाँध दिया। यही सच है न। सरकारी कागजों पर बावन प्रतिशत युवा शक्ति को लेकर देश मदमस्त होकर अपने को महासत्ता के रूप में देख रहा है वैसे ही आज साहित्य की परिधि का बावन प्रतिशत स्त्री विमर्श ने भी घेर लिया है, परन्तु क्या कागजी विकास किसी जीवित समाज का रूपान्तरण महासत्ता में कर सकता है? कबीर की तरह उलटकर अपने में समाने की प्रक्रिया से हमें गुजरना होगा?

अन्त में केवल इतना ही कि डर के लिहाफ में लिपट कर अनावृत्त दौड़ती एक भव्य स्त्री के बारे में जानना चाहते हैं तो आप अवश्य पढ़ें गीत चतुर्वेदी की लम्बी कहानी 'साहिब हैं रंगरेज'। कहानी में एक बड़े सूक्ष्म तत्व को उजागर किया गया कि कैसे 'जेण्डर' शब्द के पावर को बदल देता है। स्त्री की सहजता यानी चरित्रहीनता। पुरुष की सहजता यानी विनम्रता। कहानी लम्बी विमर्श की माँग करती है। बस एक संवाद के साथ बात खत्म करूँगी–''मरद जिसकी सपने में भी लेता है, उसके कैरेक्टर को असल लाईफ में बदनाम कर देता है।''

(साहिब हैं रंगरेज-गीत चतुर्वेदी) बहुत वल्गर है न भाषा। तो आप ही बताइए इतनी नंगी त्रासदी की अभिव्यक्ति लिए किस तरह की भाषा इस्तेमाल किया जाना चाहिए?

मैं अपना यह आलेख मीरा, सावित्रीबाई फुले, सुभद्राकुमारी चौहान, ताराबाई शिन्दे, बेबी काम्बले, उर्मिला पवार, जैसी स्त्रियों के साथ ही धनिया, गदल, सत्ती, अनारो, नर्मदा सारंग, नमिता और डिम्पा की माँ जैसे पात्रों को समर्पित करती हूँ।

एक असमाप्त कथा मुझे जगा रही है

यदि आप भी होना चाहते है, एक खतरनाक आदमी
तो स्वीकारिये मेरा प्रस्ताव, इधर आइये
अपने रहस्यों के साथ...

–कात्यायनी

यह एक असमाप्त कथा है जो किसी भी मनुष्य (?) की सुख भरी नींद में खलल डालने का अपराध कर सकती है। इसको सुनने और पढ़ने मात्र से आप नरक के भागी हो सकते हैं। यह देह के अनेक रंगों की बात करती है। ये सारे रंग बुद्धिवादियों (यह भी विचित्रवाद है।) और नैतिकतावादियों के लिए एलर्जी हैं। यह शाश्वत बैतालियन (बैताल का) प्रश्न है जिसका जवाब न देने पर किसी भी पत्रिका के सम्पादक के सिर के सौ टुकड़े हो ही जायेंगे। यह साहित्यिक गरिमा पर आघात है। यह कुलीनतावाद का विध्वंस है। शुक्र है यह मराठी में ही है। हिन्दी वैसी ही साफ झक्क सफेद बिना आँच आयी। एक बारबाला का आत्मचरित्र है, आत्मकथा नहीं। आत्मकथा के दोषों से मुक्त यह आत्मचरित्र झुग्गी-झोपड़ियों से यात्रा करती पुरुषों की हमबिस्तर हुई कुछ बौद्धिक और साहित्यिक स्थापनाएँ दे जाती है। जीवन की पाठशाला मनुष्य को शिक्षित करने की एक मात्र संस्था है। बारबाला की सामाजिक छवि निष्कलंक नहीं होती, इसीलिए इस आत्मचरित में झूठ का मुलम्मा नहीं चढ़ा। बौद्धिकता का तमगा नहीं है, इसीलिए शब्दों का फरेब नहीं हुआ। यह बात और है कि गाँधी जी इस सन्दर्भ में कहते हैं–"चटख और अलंकृत भाषा सच के लिए वैसी ही पराई है, जैसे एक स्वस्थ उदर के लिए गर्म मिर्चें।"

यह आत्मदर्प और आत्मदया से मुक्त एक निर्दोष चरित है। कहा जाता है जिस समाज में अनाथालय और वृद्धाश्रम हो वह समाज घोर अनैतिक समाज होता है। यह बाजार की कथा है पर बाजार से अछूती है। यह लिख सकती

थी वैशाली ही, नहीं लिख सकते थे अमृतलाल नागर, (ये कोठेवालियाँ) ना ही प्रमिला कपूर (कॉलगर्ल) ना ही मधु कांकरिया (सलाम आखिरी?) जगदम्बा प्रसाद दीक्षित की बात और है (मुर्दाघर)। ऐसा क्यों हुआ? जवाब में नरेश सक्सेना की पंक्तियाँ ही उद्धृत करूँगी–

पुल पार करने से
पुल पार होता है
नदी पार नहीं होती
नदी पार नहीं होती, नदी में धँसे बिना

दरअसल नदी में धँस कर नदी पार करती हुई वैशाली की यात्रा 'मैं' की होकर भी 'मैं' वाद से मुक्त है, इसीलिए वह बृहत्तर सर्वहारा समाज की कथा बन जाती है। अपराधियों का समाज शंकर (मुर्दाघर) जैसे तमाम लुम्पन चरित्र अभिजात वर्ग की शालीनता (?) का ही प्रतिफलन हैं। इसका कोई प्रायश्चित है? (राजेन्द्र जी सुन रहे हैं ना।) याद आते हैं पंकज चतुर्वेदी–"जहाँ जीवन की अश्लीलता को शालीनता की चादर से ढक कर जीने को ही सभ्यता माना जाता है, वहाँ बड़े लोगों के बारे में सच कहने-सुनने की आदत कैसे होगी?" इन गरीब, अपराधी कमजोर असमाजिक तत्वों से बनी दुनिया की स्त्री और कुलीन पूँजीपतियों की पत्नियों का दर्द एक-सा ही है? शोषण एक जैसा ही है? अगर हाँ तो, हमें अनचाहे सलाम करना होगा उस महिला पुलिस (शायद जेल) अधिकारी को जिसने इराकी कैदियों को निवस्त्र कर पिरामिड बना कर उनके ऊपर चढ़कर अमेरिकी फ्लैग लहराया। वैशाली (वर्षा काले की बातचीत) लिखती हैं–"अभिजात वर्ग और दमित अर्थात् अलक्षित (दुर्लक्षित) वर्ग के मूल्यों में बहुत अन्तर है। अभिजात वर्ग स्वार्थ, हिंसा? प्रतिशोध और सत्ता की वासना को धर्मयुद्ध का नाम देता है और इस धर्मयुद्ध की आड़ में निर्दोषों का वध किया जाता है" आँखों देखी एक घटना का जिक्र करने का लोभ संवरण नहीं कर पा रही हूँ स्त्री-विमर्श पर संगोष्ठी चल रही थी। मंच गरज रहा था, बरस रहा था। श्रोता भीग रहे थे। सामाजिक न्याय और साम्यवाद का नारा सेमिनार हॉल अतिक्रमित करके बाहर जाने को ही था कि आ गयी हॉल साफ करने वाली बाई झाड़ू लेकर; जिस डाँट और अपमान के साथ वह भगाई गयी। (जाहिर है मंच के माईक से तो नहीं ही। कुछ बातें ऑफ माईक भी हुआ करती हैं राजेंद्र जी कभी आप को सुनाई देती हैं क्या?) सीढ़ियों पर बैठी वह और उसकी आँखों के आँसू। अब भी वहीं जड़ होकर रह गये हैं। सच तो यह जीवन के सत्य में और साहित्य के सत्य में गहरा गैप है। न नजर आने वाला, टी. वी. के रियाल्टी शो की तरह। साहित्य

में युग, परिवेश, घटनाएँ कितनी-कितनी असली लगती हैं क्योंकि यहाँ भाषा की अर्थगत गत्यात्मकता से परिचित ही नहीं बल्कि उसकी समस्त सम्भावनाओं का खुलकर प्रयोग करनेवाले लोग हैं। प्रतीकों, बिम्बों, मुहावरों, कथनों, अभिव्यक्तियों का समृद्ध ज़खीरा है इनके पास। उसका इस्तेमाल 'न्यूड मेकअप' की तरह करते हैं। बारबाला वह लड़की है जिसके पिता ने उसका उपभोग करना चाहा और बेटे ने बलात्कार किया। वह भाषा को नया रंग, नयी छटा देने में असमर्थ है। (महेश कटारे जी कभी आपने हंस में पत्र लिखा था। पिता होने के नाते वह दर्द स्वाभाविक ही था। एक पिता का सत्य सभी पिताओं का सत्य नहीं हो सकता, पर एक पिता के अपराध पर सभी पिताओं को शर्मिंदा होना चाहिए।) वैशाली एक जुलाई 1967 में पैदा हुई और बित्ता भर की उम्र का अनुभव सात जन्मों पर भारी है। बावजूद इसके उसकी मानवीय हमदर्द आँखें सारी दुनिया का दुख-दर्द टटोलती चलती हैं। वैशाली लिखती है यह आत्मचरित पाठकों को क्या देगा? मैं नहीं जानती पर इसने मुझे बहुत कुछ दिया। इसको पढ़ने के बाद यदि लाखों बारबालाओं की तरफ देखने की दृष्टि कुछ ही लोगों की ही सही लेकिन बदलती है तो भी बहुत होगी। यह भोली आशा उसी समाज से जिसके मूल्यों को उसने पहले ही रेखांकित कर दिया है। फिर भी पूछने का मन करता है मेरा, 'ज्यों की त्यों धर दीन्ही चदरिया' का दम्भ भरने वाले समाज से भाईयों (?) और बहनों (?) कितनों की चादर दागदार बनाने की कीमत पर आपने अपनी चादर को बेदाग सिद्ध किया है। "मैं चालू हूँ, मैं पापी हूँ, वेश्या हूँ, रंडी हूँ, छिनाल हूँ।" पिता से लेकर पति तक ने चीख-चीख कर यही सिद्ध किया है।" (वैशाली—'बारबाला') मैं इस कथा को या इसके सार को प्रस्तुत नहीं कर सकती ना ही ऐसा करने की बाध्यता है फिर भी कुछ बातें अवश्य करूँगी। उम्र के पाँचवें वर्ष से ही वैशाली की भूख ने उसे देह का इस्तेमाल करना सिखा दिया। भास्कर काका से लेकर केलेवाले तक। पेट की भूख के साथ स्नेह और आत्मीयता की भूख भी वैशाली की कमजोरी थी। माँ-पिता के आपसी सम्बन्धों की कड़वाहट वैशाली पर कहर बन कर टूटती। दस वर्ष की उम्र में ही वह पड़ोसी को अपने शरीर से केवल इसलिए खेलने देती कि वह उसे अपने सीने पर सिर रखकर सोने देता था। चौदह वर्ष की उम्र तक आते-जाते पुरुष देह की नौ वर्ष की यात्रा उसकी देह ज़ज्ब कर चुकी थी। यद्यपि वह कहती है इतनी उम्र ही में ज़िन्दगी की धज्जियाँ उड़ गयी थीं। फिर भी उसका हृदय इस उम्र तक जिये अपने जीवन के लिए किसी को दोषी नहीं ठहराता। वह पाप-पुण्य भी नहीं मानती,ना ही दैहिक आनन्द की अनुभूति है उसे। वह एक कमर्शियल दृष्टि से इसे देखती है। मैं पेट की भूख

शान्त करती हूँ वह यौन इच्छाओं की; हिसाब बराबर। माँ घर छोड़ कर चली गयी और पिता आधी रात को छाती का नाप ले रहे हैं। मामला समझ में आते ही वह छलाँग मार कर बाहर। पिता ने उसकी सहेली की छाती ही दाब दी। ऐसी स्थिति में वह दिलीप की शरण में गयी और अप्राकृतिक रूप से स्थापित किए दैहिक सम्बन्धों को सहती, पीड़ा से तार-तार होती, विवाह की आशा किए मौन रहती, गर्भ के सातवें महीने में वह इसी तरह सौभाग्यवती हो गयी। दैहिक मार और गालियाँ ज़िन्दगी की दिनचर्या में शामिल हो गयीं न कि अन्याय व शोषण में। जहाँ वह सपनों का संसार लिए बसने आती है 'मालाड' पश्चिम में 'मालोनी' (मुम्बई) दरअसल यह जगह और यहाँ ज़िन्दगी किसी और भारत का दर्शन कराती है। जिसे आप राष्ट्र का लांछन नहीं लांछित राष्ट्र कहेंगें। दो भारत हैं एक आपके पास (यह'आप' का बहुत बड़ा समुदाय है) जिस पर गर्व करते हुए आप दुनिया के नक्शे पाकिस्तान को मिटाने का सपना देख सकते हैं। एक भारत इनके पास है जिस पर शर्म करते हुए थूकते खँखारते मरते, मारते, नोचते, खसोटते लोग। यहाँ गरदुल्ले हैं, जेबकतरे हैं, रंडियाँ हैं, बारबालाएँ हैं। प्लास्टिक की झोपड़िया है। पानी की लम्बी कतारें। यहाँ नंगी उजड़ी भाषाएँ हैं। नील उभरती पीठों का सौन्दर्य (?) सिनेमा और साहित्य का अक्षय खदान, कच्चा माल। ये खुद ही एक-दूसरे को मिटाने की पुरजोर कोशिश करते हुए भी नहीं मिटते। हर जाति व हर धर्म के लोग हैं। इनकी आपस में बनती न बनती-सी दुनिया है। तथाकथित धर्म की दृष्टि से यह घोर अधार्मिक है। पर दंगों में ये बड़े काम के सिद्ध होते हैं। बड़ा ही महत्त्व बढ़ जाता है इनका। यह चाँद पर चढ़े इंस्पेक्टर मातादीन समझते हैं अपने को। वैशाली बिना भाषा के ले जाती है, इसी भारत के बीच जहाँ पहुँच कर आप सोचने को बाध्य होते हैं क्या तुलसी की पंक्तियाँ सत्य हैं? 'बड़े भाग मानुष मन पावा।' किसे देखकर पंत ने कहा था? —'मानव तुम सबसे सुन्दरतम। दो झोपड़ियों के बीच प्लास्टिक का परदा और उस परदे के पीछे एक पति अपनी पत्नी के हाथ-पैर बाँध कर मुँह में बोरा ठूँस कर पीटता है। उसके मुँह से घायल जानवर की तरह 'गों गों' निकलती है और उसी अवस्था में वह दोनों पैरां को बाँधकर बलात्कार करता है। यह एक दृश्य है ऐसे अनेक दृश्यों से मिलकर जीवन्त होती है यह पाशविक दुनिया। इनकी कोई सुबह नहीं। ना कोई समाधान। बहसें चुप हैं। विमर्श लँगडा, आंदोलन कायर हैं। पुरस्कारों की होड़ में जुटे बुद्धिजीवी नपुसंक, (उदय प्रकाश की तर्ज पर कहूँ तो यह सब उसी समय में हो रहा था जब संसद में लहराई जा रही थीं नोटों की गुड्डियाँ (कृपया तारीखों में न फँसे) अनेक राज्यों में मारे और भगाए जा रहे

थे यू.पी.बिहार के लोग। और मीडिया के लिए सबसे बड़ी राष्ट्रीय समस्या थी शाहरूख और अमिताभ बच्चन की अनबन और अमिर खान के कुत्ते का नाम) दिनेश कुशवाहा के शब्दों में अपना दर्द कहूँ तो–

"मैं कौन-सा तप करूँ?
कि यह दुनिया बदल जाए!"

यह गृहस्थिन वैशाली का परिवेश है। अर्थात् एक दुनिया। दूसरी दुनिया तो और भी अफलातून है 'बार' की दुनिया उसकी अभिव्यक्ति के लिए है, वैसी ही अफलातून भाषा उसके पास। डिल्थे कहते हैं–"आत्मकथा सर्वोच्च गहनतम रचना-विधान है, जिसमें ज़िन्दगी की समझ हमारे समाने प्रकट होती है।" वैशाली दो बच्चों की माँ बन गयी। तीन पेट हो गये वैशाली के। चड्डी और ब्रेसियर तो वह अब तक नहीं जानती। मार खाती है और सूजी आँखों में कल्पना का रंग भर सपने देखती है, वैशाली रंगों की दुनिया जानती है दरअसल रंगों की लुकाछिपी ने ही उसे व्यभिचारी करार दिया। वैशाली लिखती है "मैं समझ नहीं पाती हूँ कि मनुष्य-मनुष्य से क्यों नहीं बोल सकता? अपनी पसन्द के आदमी से संवाद स्थापित करने पर दुःख घटता है।" लहराते हुए चलती हुई लाशों के सामने यह बयान 'फरियाद' बेमानी है। रोज की भूख से निपटने का रास्ता उसने 'बार' में ढूँढ़ा। यहाँ हर कोई हर कीमत पर अपने-अपने समय के भीतर सभी रंगों के साथ छा जाना चाहता है। अधिकतर भड़ुवे और दलाल भाई, पिता और पति ही होते हैं जो बार के दरवाज़े तक स्त्रियों को छोड़ जाते हैं विविध स्तरीकरण वाला वर्ग है, यहाँ। बारबालाएँ वेटरगर्ल, बारडान्सर, बारगायिका भी। इसी स्तर से तय होता है इनकी (बे) इज्जत का परिमाण। यह एक स्वायत्त समाज है जिसके नियम और कायदे भी अलग हैं, भाषा और मुहावरे भी अलग। मसलन 'सम्भोग' के लिए रक्तदान का प्रयोग। मुखमैथुन के लिए 'फ्रेंच' का प्रयोग। सायलेंस व फ्री बार में लड़कियाँ शराब के साथ चखना की तरह परोसी जातीं। वैशाली इस दुनिया में पैर रखने से पहले तटस्थ होकर जीवन की ओर देखती है, सोचती है–"अब और क्या घटेगा मेरे जीवन में? अब क्या बाकी रह गया? दो वक्त के भोजन की चिन्ता नहीं चाहिए, ना ही बच्चों का अन्धकारमय भविष्य। अपेक्षा बड़ी नहीं थी, पर जिस तरह की जिदन्गी मैं जी रही थी उस तरह की ज़िन्दगी और कितने दिन तक चल सकती है। घर की दुनिया में हाथ-लात से कुटाई होती 'बार' की दुनिया में हथियारों से लैस हत्यारे भेजे जाते। फिर 'बार' में माइक पर फरमाईश गीत। दो वक्त के भोजन की कीमत कुछ ज्यादा नहीं लगती क्या?

जिसके पास थाली है
हर भूखा आदमी
उसके लिए सबसे भद्दी गाली है **–धूमिल**

वैशाली लिखती है–ग्राहकों के साथ मीठा-मीठा हँसना उनकी आँखों में आँखे डालकर देखना। उनके आने पर खुश होने का अभिनय करना ये सब धन्धे का ऊसूल समझ कर हम सीखतीं हैं। हमारी व्यावसायिकता को कई बार ग्राहक सत्य समझ लेता है। 'बार समुदाय' की लड़कियाँ अधिकांशतः अर्धशिक्षित होती हैं। कमोवेश वैशाली-जैसा ही जीवन। आधी रात को घर लौटती वैशाली की जाँघों पर किसी ने लोहे के सलिए से मारा वह चीख पड़ी। 'बबलू के पापा' (दिलीप) अँधेरे में कम्बलों से लिपटे आदमी की केवल सफेद पैंट कौंधी थी। किसी तरह जब घर पहुँची दिलीप खाट पर सोया था पर जाग रही वैशाली की आँखों में सोए दिलीप की सफेद पैंट। इस तरह दिल दहला देनेवाले अनगिनत अनुभव 'बार' से लेकर 'ओशो' के आश्रम तक। 'ओशो' के अनुयायियों के छद्म पर वैशाली हँसती है, तो बार के पुरुष साथियों की बात सुन कर हैरान होती है। किसी स्त्री के साथ रात बिताने के बाद सुबह उठ कर अपने साथी से उसका अश्लील वर्णन! फिर एक से दूसरे, तीसरे, चौथे तक पहुँचकर सामूहिक हिंसा की तैयारी। वैशाली के समूचे जीवन में टारजन ही सुखद बादलों का झोंका था जिसे उसने स्वयं खो दिया। पड़ोस की पाँच वर्ष की लड़की और टारजन के सम्बन्धों पर उसे शक होता है, क्योंकि इसी उम्र में उसने भी तो सेक्स को जान लिया था। इधर 'ओशो' के आश्रम में जाने की वजह से 'बार' के साथियों का अभद्र व्यवहार ''काय गं, ओशो आश्रमात फार मोठे-मोठे xxxxx असतात ना? (क्या रे? ओशो के आश्रम में बहुत मोटे-मोटे बड़े-बड़े xxxxx होते है ना) ''क्या रे ओशो के आश्रम में तो बड़े-बड़े xxxxx होगें न। आगे से, पीछे से ले धमाल। उसके अनुभवों का निचोड़ यह मानने पर बाध्य कर देता है कि यह ''ऐसा राष्ट्र है जहाँ अपमान के सिवाय कुछ भी नहीं है।'' तमाम अवान्तर कथाएँ हैं जो भिन्न-भिन्न समुदाय की त्रासदी का आख्यान हैं। कभी पेट, कभी पासपोर्ट तो कभी अन्य कारणों से उसका शरीर खुलता है मर्दों के लिए और बन्द होता है अपने लिए। एक परिचित (बार में आने वाला) घर आया उसे वैशाली छोड़ने गयी। अँधेरे में लगा उसे मारने। वैशाली देह का मनोविज्ञान खूब जानती थी वह उसे लेकर एक कोने में चली गयी। वैशाली लिखती है–उस वक्त मेरे शरीर पर केवल गाऊन था मैंने गाऊन निकाला चड्डी निकाली उसे 'काम' करने दिया। क्षण भी नहीं लगा उसे स्खलित होने में। इतने के लिए ही वैशाली की तो जान पर बन आयी थी। 'खड़ी खाट खड़ी लड़की जो

चाहे बिछा ले।' इसी तर्ज पर वैशाली का जीवन चलता रहा। इसी बीच डान्स बार के बन्द होने के आदेश ने इस दुनिया की लड़कियों को सकते में डाल दिया अफरातफरी मच गयी विकल्पहीन दुनिया थी। इनके सामने यूनियन, नारे, जुलूस, चर्चा, अखबार की रंगीनियाँ दिमागी जुबाँ की टॉफी हो गयी जिस भरे और अघाए लोगों का दिमाग चुभला रहा था। बेटे बबलू के बदलते व्यवहार से भी इधर वैशाली परेशान थी। वह माँ के साथ अश्लील हरकतें करता था। अन्ततः वही हुआ जो नहीं होना चाहिए। जमीन यकीन नहीं करती। आसमाँ यकीन नहीं करता पर हुआ वैशाली लिखती है। छब्बीस जुलाई को मेरे बेटे ने ही मुझ पर बलात्कार किया। यह घटित होने से पूर्व तक मुझे भी विश्वास नहीं था। प्रियवन्द उसे माफ ही करेंगे। उनकी कहानी 'बूढे का उत्सव' की माँ वैशाली न बन सकी। अन्ततः एक स्त्री ही थी वह। निरन्तर पुत्र के मरने की कामना करने लगी। शिर्डी ले जाकर छोड़ भी आयी! इसी बीच 'वर्षा काले का' नैतिक संबल मिला। और उन्होंने ही लिखने के लिए प्रेरित किया। नागपुर 'बार' में काम करते हुए वैशाली ने लिखना शुरू किया। स्मृतियों में लौटना भयावह ही था कितने ही धागे जीवन के जुड़ते गये माँ-पिता, दिलीप, टारजन, आशू। लिखना शुरू करते ही रोना शुरू हो जाता। सम्पूर्ण महाभारत इतनी-सी उम्र में कौन यकीन करेगा? और कैसे यह जानती है? कि आत्मचरित आत्ममुग्धता से उबर कर ही लिखा जा सकता है। कहीं भी 'बारबाला' अपने को दोष मुक्त नहीं करती! वैशाली लिखती है कि गलतियाँ उससे भी हुईं, परन्तु उन गलतियों के आधार पर व्यभिचारी सिद्ध किया जाना एक सजा थी, जिसके लिए कोई फरियाद नहीं! जिसे होना चाहिए था एक शास्त्रीय गायिका। किशोरी अमोनकर या शुभा मुद्‌गल की तरह, वह बारबाला कैसे बनी? वह स्वंय कहती है कि मैं नहीं जानती कि इसके लिए परिस्थितियाँ दोषी थी या मैं? 'नन्द' और 'मारवा' राग का धनी पिता बेटी के बिस्तर तक क्यों पहुँचा? दो बच्चों की माँ (वैशाली की माँ) घर छोड़ कर क्यों गयी? और स्वंय वैशाली राग यमन की दीवानी थी राग यमन मध्यम कोमल होते हुए भी। है तो रात्रि के पहले प्रहर का राग। रवि का अस्त अर्थात् प्रकाश का लोप। यही समय तो वैशाली के जीवन पर भी छा गया। वैशाली के ही शब्दों में ''मैं स्वयँ को वेश्या नहीं समझती थी। मन के किसी कोने में 'एक प्रतिमा'। यशस्वी कलाकार की अपनी ही प्रतिमा छिपा रखी थी। बाहर से कोई मुझे कितना भी मारे-पीटे खून से लथपथ होकर भी मैंने उस प्रतिमा को प्राणों से अधिक सहेज रखा था। पर उस प्रतिमा को मैं कहाँ अक्षुण्ण रख पायी? न जाने पुरुषों को मेरी देह से ऐसी कौन-सी गन्ध आती थी? कि वे समझने लगते थे इसे भोगा जा सकता है।

वैशाली ने संघर्ष करना सीख लिया। वैशाली जानती है सभ्य समाज की परिभाषा (स्वंय वैशाली के शब्दों में पेट में और मुँह पर और दिखावे के समाज को सभ्य समाज कहते हैं।) उसे फेमनिस्टों का आधार नहीं चाहिए। राजेन्द्र जी घूमिए आप इसी आन्दोलन में चक्रीय गति से क्योंकि–

यहाँ तक आते-आते सूख जाती हैं कई नदियाँ
मुझे मालूम है पानी कहाँ ठहरा हुआ होगा।

वैशाली जैसे लोगों को खिलने के लिए इस ठहरे पानी का सड़ना एक अनिवार्य स्थिति है। परिवर्तन की प्रक्रिया है। और हाँ शरीफों की दुनिया को बदनामी प्रूफ एक मुकम्मल रेनकोट की जरूरत है। वैशाली नाम की भाप जलभरे घने बादलों में बदल गयी। बी.ए. के द्वितीय वर्ष में वह और एल.एल.बी. भी करना चाहती है अनेक लोगों के उपहास के बावजूद। हजारों लाखों लड़कियों की तरफ समाज केवल मनुष्य समझ कर देखे तो हो सकती है यह फिनिक्स पक्षी। अपने विनाश के ही अवशेषों से पुनःनिर्मित। वैशाली का प्रिय गीत भी तो है–

दिन भी निकलेगा कभी
रात के आने पर न जा

यह एक असमाप्त कथा है। राजा को शर्त में हरा कर राज-पाट छोड़ने पर मजबूर करने वाली कथा। जीवित हाड़-मांस की कथा। फिलहाल तो इस पर इतना ही–

*(यह एक देह कथा है, देह रस नहीं)

*(शीर्षक कात्यायनी की पुस्तक 'कुछ जीवन्त कुछ ज्वलंत'से)

बस सूरज की तरफ पीठ है उनकी

मैत्रेयी जी की आत्मकथा का दूसरा खण्ड 'गुड़िया भीतर गुड़िया' आया और प्रतिक्रियाओं का शोर मचा गया। शोर-गुल में वह सार्थक ध्वनियाँ नहीं होती, जिनसें कोई अर्थवत्ता तलाशी जा सके। पुस्तक एक धुँधली अमूर्त तस्वीर बन कर थम गयी, अब जबकि पानी सम पर आ चुका है। ठहराव की जमीन पर खड़े होकर पुस्तक को खँगालने की प्रक्रिया में निश्चय ही कुछ बेहतर तत्व हाथ लगेगें। भौतिक रूप से चीजों को देखकर उस आधार पर निष्कर्ष निकालना न्यायसंगत नहीं होता। नारी सबलीकरण की प्रक्रिया संरचनात्मक परिवर्तन व सांस्कृतिक व्यवहारों के प्रतिमानों में वांछित परिवर्तन से जुड़ी है। मैत्रेयी के स्व-विशिष्ट अनुभव स्वीकृत अर्थों को चुनौती देते हैं। यह कृति समाजशास्त्रीय पेंचों के अनेक आयामों को विश्लेषित करने का सामर्थ्य रखती है। इसे समाजशास्त्रीय परिप्रेक्ष्य में ही समझने की दरकार है। स्त्रियों की आत्मकथा में मार-कुटाई, क्रूरता घर से निकाल देने वाली स्थिति को ही संघर्ष मान कर उसे आत्मकथाओं का सैद्धान्तिक निकष बना देना कहीं किसी विधा के प्रति हमारी ज्यादती तो नहीं। खलील जिब्रान कहते हैं–

"वे सिर्फ अपनी परछाइयाँ ही देख पाते हैं
और परछाई ही उनका कानून है
वे भी प्रकाश में ही खड़े हैं
बस सूरज की तरफ पीठ है उनकी।"

सबलीकरण (EMPOWERMENT) की प्रक्रिया में आवश्यक है, कि शक्ति (POWER) किसी विशिष्ट वर्ग पद व व्यक्ति में निहित न होकर समुदाय का तत्व बन जाए 'गुड़िया भीतर गुड़िया' का बीज शब्द ही है इम्पॉवरमेन्ट। डेरेनडार्फ संघर्ष के बुनियादी कारणों की तलाश करते हैं और वे पाते हैं संघर्ष केवल आर्थिक कारणों से नहीं बल्कि दूसरे भी महत्त्वपूर्ण कारणों से होता है जैसे सत्ता व शक्ति। मैत्रेयी पुष्पा का संघर्ष उस शक्ति के विरुद्ध है जो व्यक्तिगत है। ज़िन्दगी के

केवल दो रंग नहीं है। अच्छे और बुरे के मध्य भी अनेक स्थितियाँ है। विभाजन के आधार पर ज़िन्दगी की जटिलता नहीं समझी जा सकती। व्यक्ति की चेतना में सैदव औरों का मूल्य रहता है, जहाँ भी औरों के मूल्य का क्षरण होता है, वहाँ सकारात्मक संघर्ष का होना लाजिमी है, क्योंकि ऐसा ही संघर्ष सामाजिक परिवर्तन नवपरिवर्तन (INNOVATION) को जन्म दे सकता है। पालतू कुत्तों के मोह में लोगों को हद पार करते मैंने देखा है। (कुत्तों का जूठन खाते हुए) क्या इसे बराबरी कहा जाये या इस उदारता के लिए उनसे तुलना आवश्यक है, जो कुत्तों को बेवजह डण्डे से पीटते हैं। मनुष्य में जन्मजात स्वाधीन चेतना होती है और यह मूलतः भीतर होती है, जिस पर औरों ने सत्ता जमा ली है, उसी को प्राप्त करने के संघर्ष की प्रक्रिया लांक्षन भरी होती है। इसमें नया क्या है 'मीरा से लेकर सुभद्रा तक' महादेवी वर्मा तक कहती हैं–

''एक दूसरे के साहित्य चरित्र स्वभाव सम्बन्धी निन्दा पुराण तो सब युगों में दादी-नानी की कथा के समान लोकप्रियता पा लेते हैं।'' (पृष्ठ 49 पथ के साथी-महादेवी वर्मा)

''हाँ, लिखकर ही तो मैंने जाना कि न मैं धर्म के खिलाफ थी, न नैतिकता के विरुद्ध, मैं तो सदियों से चली आ रही तथाकथित सामाजिक व्यवस्था से खुद को मुक्त कर रही थी।'' (गुड़िया भीतर गुड़िया की भूमिका)

मैत्रेयी की इस आत्मकथा में कस्तूरी के संघर्ष के नीले निशान मौजूद नहीं हैं, ना ही बुन्देलखण्ड की कंकरीली पथरीली जमीन बल्कि इसमें मौजूद है दिल्ली की स्मूथ सड़कें जिन पर आसानी से चला जा सकता है। फिर क्यों 'एम्स' जैसी जगह में रहनेवाली स्त्रियों की चालें थम गयीं। जबकि ज़िन्दगी थोड़ी आसान हो चली थी। कस्तूरी अपने हिस्से की आग बीहड़ जंगल से सहेज लाई है और लाली आँचल में बुझी-बुझी राख लिए घूम रही है। दरअसल प्योअरटी (Purity) और वर्जिनिटी (Virginity) की शब्दावली से बँधा समूचा स्त्री समुदाय ही मौन, चुप्पी को संस्कृति (Culture of silence) अपनाने को बाध्य है, और मंटी की बहू है, कि मुक्ति के छोटे-छोटे द्वार खोलने को आतुर मौन चुप्पी की संस्कृति को चुनौती देती हुई स्व पहचान (Self Identity) की बात करती है, जबकि स्त्रियों की पहचान तो अन्य लोगों की परिभाषा (Defination by other) के आधार पर कायम है। लीडिया के पास वह सब कुछ था, जो किसी भी विवाहित स्त्री के लिए ईर्ष्या बन सकता था फिर भी चेखव ने लीडिया की खुशी को प्रश्नचिह्नित किया और लीडिया के भीतर निःशब्द पीड़ा घुल गयी जिसने एक और लीडिया को जन्म दिया! आज भी कन्या का जन्म दमघोंटू चुप्पी को जन्म देता है। दूसरी बेटी

के जन्म पर पति के दोस्त कह रहे थे 'प्यारे चुनाव का रिजल्ट आ रहा है, क्या पता था सबसे पहले डॉ. शर्मा हारेंगें।' क्या श्रीकान्त वर्मा की पंक्तियाँ अतीत हैं?

''चुप रहो मित्रों
क्या हुआ मगध में
महाराज नहीं रहे
अथवा महारानी ने पुनः कन्या को जन्म दिया?''

ऊपर से यह संकट ज्ञान की बात करें? बाप रे! मिथक बदल रहा है? अब स्त्री का सौन्दर्य उसका अभिशाप नहीं है। बुद्धिमत्ता उसका अभिशाप है। 'डायन और बदचलन' शब्द कथन ही प्रमाण है कि ज्ञानात्मक विकास के रास्ते में धुएँ के धागे से षडयन्त्र बुना जाता है। और शामिल है, इसमें तथाकथित सभ्य हत्यारों की समूची दुनिया। मैत्रेयी पर भी चहुँतरफा वार किया गया! जिसकी ठोस झलक आत्मकथा में मौजूद है। ''पढ़ाई के लिए अब इतना मोह, समझ में नहीं आता तुम्हारा रवैया। अरे हाँ अचम्भा किस बात का तुम्हारे यहाँ तो जब चाहें औरतें झोला उठाकर चल देती हैं।'' या पति द्वारा इन्टरव्यू का कॉल लेटर न देना मैत्रेयी के पति के लिए बेहद सामान्य-सी बात थी उतनी ही सामान्य औरों के लिए भी पर मैत्रेयी या उन जैसी किसी भी स्त्री के लिए क्या यह सामान्य बात हो सकती है? या कि होनी चाहिए। ज्ञानात्मक राह की अवरोधक शिला को क्या इस बात से जस्टीफाई किया जा सकता है? कि औरों ने तो पता नहीं कितना और क्या-क्या सहा? इतिहास औरतों के लिए मरघट की कथाओं का पुलिन्दा है, आनेवाले समय का इतिहास बदलना चाहिए इसलिए मैत्रेयी का शंखनाद है ''मैंने अपने समाज में लोकतान्त्रिक विधान की घोषणा की है कि औरत को हर तरह से सह नागरिक का दर्जा मिलना चाहिए।'' यह दर्जा सुरंग के दूसरी छोर पर है। लम्बी अँधेरी अविराम संघर्ष से भरी सुरंग को पार करने में कई बार घुटने टेकने की नौबत आती है। हर बार मैत्रेयी, ज्ञानवादी पाठ पढ़ाने वाली स्त्री कस्तूरी से मुखातिब होती हैं—''माँ तुमने यह क्यों नहीं बताया कि ज्ञान खतरनाक होता है ज़िन्दगी मुहाल कर देता है। क्योंकि शान्ति भंग कर देता है। क्योंकि बदलाव की माँग करता है।'' 'एम्स कैम्पस' के भीतर दो दुनियाएँ हैं। एक डॉक्टरों की जो शाम के वक्त पेशों के आवरणों से मुक्त महज पुरुष होते है और पुरुषों के लिए स्त्रियों से बड़ा कोई मनोरंजन नहीं। स्त्रियाँ मनोरंजन से अधिक कुछ भी नहीं। दूसरी दुनिया और वो भी—जहाँ इल्माना केवल अफसोस करने के लिए बेबस है—''या अल्लाह तालीम भी औरत को नहीं बचा पा रही है''। इल्माना, नैनसी मिसेज सक्सेना, मिसेज भटनागर इस स्वकथा के भीतर तमाम कथाएँ हैं।

मैत्रेयी कहती हैं ''हम सब एब्सर्ड नाटक जी रहे हैं।'' आत्मकथा के अधिकांश हिस्सों में मैत्रेयी 'मैं' की चेतना से दूर रह कर अन्य लोगों से कही स्थिति में स्वयं को रखकर सोचती हैं, यह चिन्तन की अनिवार्य प्रक्रिया है। 'आत्मकथा' के अन्य चरित्र अपने आप में मुकम्मल हैं पति और पिता के रूप मे डॉ. शर्मा के मोह द्वन्दाद्वन्द मानसिक संघर्ष पितृसत्तात्मक व्यवस्था के द्वारा पिलाई गयी जन्मघूँटी के घटाटोपों के भीतर उनके हृदय को साफ तौर पर देखा जा सकता है–''डॉ. साहब भी लगता है कि निखालिस पुरुष नहीं उनके भीतर जरूर स्त्री बैठी है, ऐसे ही जैसे पवनकरण कहतें है 'स्त्री मेरे भीतर' उनका कलेजा पिघल रहा है आँखें तरल हो आयीं। (पृष्ठ 295)

एक व्यक्ति के रूप में मैत्रेयी की सहज कमजोरियाँ खुल कर सामने आयी हैं ईर्ष्या, दम्भ जिसे उन्होंने छिपाने की कोशिश नहीं की। (देखे पृष्ठ सं. 70-71) मैत्रेयी कहती हैं कि मैं अपनी आलोचना सह नहीं पाती। ''तुम्हारी दोस्त ने अफेयर चला लिया है, देखा? एकस्ट्रा मैरेटल रिलेशन'' तो मुझे दिखावा कुछ भी करना पड़े भीतर ही भीतर ईर्ष्या के धधकते अंगारों पर पानी पड़ता महसूस होता''। उनकी सुन्दरता 'गाली' हो गयी, उनका सुगढ़पन बदनाम हो रहा है यही तो चाहती थी मैं'' इस तरह कि स्पष्ट स्वीकारोक्ति स्त्री आत्माकथाओं में नहीं के बराबर है।

आत्मकथा में कई जगह मैत्रेयी कमजोर हुई हैं। मैत्रेयी बाजार और व्यवस्था के इस सत्य को जानती हैं, कि स्त्री की रचनात्मक व बौद्धिक प्रतिभा को नकार कर उसे सजी-धजी स्त्री के रूप में स्वीकार किया जाता है। इसके बावजूद जगह-जगह पर मैत्रेयी अपने को सजी-धजी गुड़िया के रूप मे प्रस्तुत करके सुख पाती हैं। सजी-धजी गुड़िया के रूप में कभी बन्द पलकों का कभी अलसाए गालों का जिस तरह जिक्र करती हैं, धक्का लगता है। प्रभा जी भी अपनी आत्मकथा में कई बार अपनी कमसिन काया का जिक्र करती हैं, ऐसा लगता है सहज गतिमान दिशाएँ अचानक गर्द और गुबार से भर उठीं। मैत्रेयी का लेखन एक निजी भाषा का निर्माण कर चुका है, यहाँ भाषा की भंगिमा भी शिथिल हो गयी है। मैत्रेयी जी को ठहरकर अपनी ही भाषा फिर से तलाशनी होगी। मैं घिरी हुई हिरनी की-सी निष्ठुर आँखों से देखती रह जाती हूँ'' (पृष्ठ 273) मैत्रेयी जी क्या सचमुच हिरनी की आँखें निष्ठुर होती हैं? (या निष्ठुर शब्द भय का पयार्य है?)

मैत्रेयी की आत्मकथा स्त्री-पुरुष सम्बन्धों का केवल एक कोना भर नहीं है, बल्कि उसमें साहित्य की समूची अन्तरंग दुनिया है, जिसके भीतरी षडयन्त्रों एवं लोकतान्त्रिक विरुद्ध नीतियों का खुलासा है, साथ ही है आलोचकों के प्रति

एक टेढ़ी नजर। जैसा कि कमोबेश हर रचनाकार का होता है। रचना और आलोचना के सम्बन्ध पर ठोस साहित्यिक बहस की जरूरत है। आत्मकथा का उत्तरार्ध एक अच्छे उपन्यास की शक्ल अख़्तियार करने लगता है। जहाँ राजेन्द्र यादव, डॉ. रमेश शर्मा और मैत्रेयी जी हैं। अजीब सी जकड़न है, हालाँकि सहज स्पष्टोक्ति इल्माना की जितनी ही तार्किक है उतनी ही प्रामाणिक भी "किसी लड़के या आदमी से दोस्ती के साथ पेश आना शौहर को धोखा देना नहीं होता है, मिसेज शर्मा" मैत्रेयी पुष्पा इदन्नमम, चाक, अल्माकबूतरी की रचना प्रक्रिया में से गुजरती हुई कुछ थर्रा देने वाले अुनभव भी अंकित करती है। माँ जुझारू थी और मैत्रेयी घर रहकर मुक्ति की राह तलाशती हैं। तीसरी पीढ़ी तक आते-आते (विकास की अधोगामी यात्रा) बेटी का दाम्पत्य ही दाँव पर लग जाता है। मैत्रेयी के भीतर की माँ विलाप कर उठती है—"भारतीय स्त्री को न आर्थिक निर्भरता सुखी कर सकती है न चेतना सम्पन्नता उसकी सहायक हो सकती है, बस उसे पारम्पारिक कर्मकाण्ड ही सुरक्षित रहने की गारण्टी दे सकते हैं" 'ग्लानि और मेरी पाप चेतना विलाप पर उतर आयी मेरी बिटिया मैं मेरी माँ गुनाहगार' यह विलाप ही मैत्रेयी का संकल्प बन जाता है। अपने मुक्ति वृक्ष को और कहीं जाकर क्यों रोपूँ? छाया ताजगी और ऑक्सीजन की जरूरत सब से पहले मेरे घर को है" यही दृढ़ता उन्हें पारदर्शी बनाती है और साथ वर्ण व्यवस्था की बेड़ियाँ काट फेंकने की शक्ति भी देती है। मैत्रेयी मुक्त कण्ठ से कहती हैं—'डॉक्टर साहब मुक्त हुए सामाजिक हदबन्दियों को काटते हुए आगे बढ़े' मैत्रेयी के व्यक्तित्व का यही पक्ष शायद उनके कथासाहित्य के पात्रों की प्रबल जिजीविषा बन जाता है। मैत्रेयी पुष्पा की आत्मकथा स्त्रियों के लिए 'उस घर' की अवधारणा की बुनियाद है—

"उस घर के दरवाजे में प्रवेश करने के लिए
तुम्हें पंख समेटने नहीं होंगे
न तुम्हें अपना सिर झुका लेना पड़ेगा
छत से टकराने के अन्देशे से
साँस लेते हुए भी यह डर नहीं होगा
कि कहीं दीवारें दरक कर टूट न जाएँ
तुम उन मकबरों में नहीं रहोगे जिन्हें
मृतकों ने जीवितों के लिए बनाया है।"

क्रान्ति दमितों का उत्सव है

"कोई चीज सीमित नहीं है न तो संसाधन न कुछ और यह इन्सान के मस्तिष्क के द्वार असीमित रचनात्मक शक्ति खोलेंगे, तो हम प्रचुरता उत्पन्न कर लेंगे। और एक बिल्कुल नये संसार को देखेंगे तथा अनुभव करेंगे।"

–जेम्स रे

गोविन्द मिश्र का नया उपन्यास 'धूल पौधों पर' प्रकृति में समाई प्रचुरता (देखें जेम्स रे का उक्त कथन) को बलपूर्वक रेखांकित करता है। आकार में यह उपन्यास क्षीणकाय है। एक युवा स्त्री के जीवन का ब्यौरा और ज़िन्दगी के बदलते ग्राफ। जिसका सम्बन्ध भारतीय समाज की उस संरचना से है जो बेहद जटिल और उलझा हुआ है। दो पात्रों के गहन संवेदनात्मक सम्बन्धों के बीच भारतीय समाज की उसी इकाई परिवार के भीतर पनपती फासीवादी व पाशविक प्रवृत्तियों का खुलासा यह उपन्यास करता है। व्यवस्था के नाम पर किसी को समूचा नष्ट करने के विरोधी तन्त्र के बरअक्स खड़ा होता है। इसलिए परिवार की रूढ़ छवि को कई अवसरों पर ध्वस्त करता चलता है। मानव जीवन के विविध सम्बन्धों की भीतरी यात्रा इस उपन्यास का मोटिफ है इसीलिए यह उपन्यास जीवन को लेकर अनेक व्याख्याएँ करता है।

उपन्यास का प्रारम्भ नाट्यधर्मी है। मंच पर प्रकाशवृत्त के घेरे में प्रेमप्रकाश अदृश्य फादर के समक्ष कनफेश करते हुए और अन्त में इस सत्य तक पहुँचते हुए दिखाई देते हैं कि ''करीब-करीब हर व्यक्ति के जीवन में ऐसे दुख आते हैं, जिनके सामने उसे अपनी सारी प्राप्तियाँ, सफलताएँ खोखली दिखाई देने लगती हैं'' (पृष्ठ सं. 19) सम्पूर्ण कथा के केन्द्र में एक युवा स्त्री का जीवन है। और है उपन्यास का वह सूत्रधार जो 'स्त्रीवाद' को रेडिकल परिप्रेक्ष्य में प्रस्तुत करता है। कम पात्रों और सीमित परिवेश के भीतर मन को दहला देनेवाली घटनाएँ

इस उपन्यास की जीवित सिहरन है। धर्म का पाखण्ड, शिक्षा क्षेत्र में लिंग के आधार पर शोषण व रिश्वत, मण्डल कमीशन आयोग के आत्मदाह ऐसी अनेक दृश्य छवियाँ है उपन्यास में, जिनके माध्यम से आधुनिक विकास के पीछे छिपे नग्नतम यथार्थ से उपन्यासकार रू-ब-रू कराता है। इन्हीं घटनाओं से गुजरती नायिका स्त्री शक्ति को प्राप्त कर लेती है। जर्मेन ग्रेयर कहती हैं "स्त्री शक्ति का अर्थ है आत्मनिर्णय' की शक्ति।" 'आत्मनिर्णय' की शक्ति ही इस उपन्यास का मूल स्वर है। इसी 'मूल्य' को उपन्यास में अदृश्य ताने-बाने से बुना गया है। कथानायिका का जीवन दो छोरों के मध्य सधने की अथक कोशिश है एक ओर संघर्ष और दूसरी ओर आनन्द, यह आनन्द प्रेमप्रकाश के रूप में है। उम्र में खासे अन्तराल के बावजूद दोनों में प्रेम है, और यह प्रेम भी–

'रहिमन दाहे प्रेम के बुझि-बुझि सुलागाहि'

बुझ-बुझ के सुलगता है, यह प्रेम। नायिका के लिए प्रेमप्रकाश संबल है जिसके सहारे वह ज़िन्दगी के तमाम मोर्चों पर कुशल योद्धा की तरह खड़ी रहती है। परन्तु प्रेमप्रकाश के लिए आकर्षण, देह, दया, से अधिक कुछ नहीं। यह सब कुछ वह अपनी खोल के भीतर ही रहकर लपक लेना चाहते हैं। इसीलिए प्रेमप्रकाश की दृष्टि जहाँ-जहाँ नायिका की देह पर ठहरती है, उपन्यास ढहने लगता है। इसलिए नहीं कि इसमें कुछ भी असहज है, बल्कि इसलिए की उपन्यास ऐसे मौकों पर अपनी नाभिकीय चेतना से इधर-उधर खिसक कर अपना मूल अर्थ खोने लगता है।

जर्मन ग्रेयर लिखती हैं–"प्रतिक्रिया क्रान्ति नहीं है। दमितों का दमनकारियों के हावभाव अपना लेना और दमन का अभ्यास करना क्रान्ति का संकेत नहीं है।" कथानायिका अपना जीवन बदलती है, उन्हीं जबरैल स्थितियों के भीतर बिना किसी प्रतिशोध के, बिना किसी क्षमा के, दुर्गम खतरनाक ऊँचाई पर पहुँचकर ज़िन्दगी के अनन्त सौन्दर्य को देखने का स्वप्न पालना ही उसकी क्रान्तिधर्मिता है। उसमें यह क्रान्तिधर्मिता कभी पनप ही नहीं पाती, यदि उसका दमन न होता तो वह यथास्थितिवादी जीवन की आदी हो जाती। असम्भव ढाँचे (परिवार) के भीतर असफल होना न उसे अपराध बोध से भरता है न ही कुंठित करता है। क्योंकि वह जानती है–"आधुनिक परिवार पत्नी की स्पष्ट या प्रच्छन्न दासता पर टिका है–परिवार के अन्दर वह (पुरुष) बुर्जुआ है, और उसकी पत्नी सर्वहारा का प्रतिनिधित्व करती है।" (फ्रीडरिख एंगेल्स 'द ओरिजिन ऑफ द फैमिली') इसीलिए नायिका का प्रश्न "शादी हम दोनों की हुई है, उसका सब अधिकार है। मेरा क्या है?" आधी अबादी का प्रश्न बन जाता है। मर्मांतक परिस्थितियों से

गुजरती इस स्त्री के मन में दुःख का भाव स्थायित्व पा जाता है। क्षणिक खुशी और किसी उपलब्धि को जी सकने की क्षमता नष्ट हो जाती है। यह आज के आम आदमी की सबसे बड़ी त्रासदी है सब कुछ पाकर भी उपलब्धियों, खुशियों को महसूस करने के संवेग का नष्ट हो जाना। निदा फाज़ली के शब्दों में कहूँ तो–

''जो बीत गया है, गुज़र क्यों नहीं जाता''

सम्पूर्ण उपन्यास में एक अदद घर की तलाश नायिका में बंजारापन भरती है। एक अदद घर की खोज ही मोहन राकेश के नाटकों का मूल नाट्यबिम्ब है। इसी की तलाश में नायिका पीड़ा की एक प्रणाली को छोड़ कर दूसरी प्रणाली को अर्थात् एक भ्रम को छोड़कर दूसरे भ्रम को अपनाए हुए है। एक मुखर स्त्री को अवमाननाओं की अन्धी सुरंग से गुजरना पड़ता है। छिन्नमस्ता होकर नहीं बल्कि अपने कन्धे पर अपना सिर टिकाए अपने को बलपूर्वक सोचने समझने की स्थिति में लाकर। 'आत्मनिर्णय' का यही मूल्य उपन्यास का सौन्दर्य है। इस आकांक्षा के साथ उपन्यास का पटाक्षेप होता है–''संसार के पुनर्नवीकरण में शायद यह होगा कि तमाम झूठी भावनाओं और वितृष्णा से मुक्त युवक-युवती एक दूसरे को ढूढ़ेंगे, विपरीतों की तरह नहीं, बन्धु-बाँधवी की तरह, पड़ोसी की तरह और मनुष्यों की तरह मिल जाएँगे।''

–जर्मेन ग्रेयर

आह को चाहिए इक उम्र होने असर होने तक

"यह सब लेख मेरे सरोकार हैं जो औरत के द्वारा आबाद दुनिया में उसको बेहतर ज़िन्दगी जीते देखने की कामना रखते हैं।"

(नासिरा शर्मा 'औरत के लिए औरत' भूमिका)

नासिरा शर्मा नाम है एक ऐसी शख्सियत है कि जिनका समूचा लेखन तनी हुई रस्सी पर सधा हुआ चलता है। मानवीय सरोकारों से प्रतिबद्ध। अपनी तरलता से धीरे-धीरे ठोस आकार लेता हुआ। समय की बहती हुई तमाम धाराओं के भीतर की सार्थकता तलाशता हुआ। मुकम्मल मंजिल तक पहुँचने की खातिर एक विनम्र जिद्द लिए आगे की ओर बढता है।

'औरत के लिए औरत' स्त्री दुनिया के लिए तर्कसंगत जमीन तलाशता हुआ बौद्धिक विमर्शपरक विविध विषयों पर लिखे गये उनके आलेखों का संकलन है। विषय का फलक अत्यन्त व्यापक है। स्त्री जीवन के कोमलतम पक्ष प्रेम से लेकर प्रगतिशील समाज कहे जाने वालों के भीतर पलते फासीवाद तक की पड़ताल नासिरा जी की लेखनी करती है। नासिरा जी की तड़प को उनके उनके लेखों में महसूस किया जा सकता है। प्रेम सम्बन्ध, स्त्रियों की घरेलू स्थितियाँ, स्त्री-चरित्र की शुचिता के पैमाने मज़दूरी कबीला, कानून, राजनीति, नौकरी, स्त्रियों की आर्थिक स्थितियाँ के सन्दर्भो को लेकर स्त्री जीवन की स्थिति और गति के बीच से गुजरती हुई एक सघन संसार रचती हुई दिखाई देती है। नासिरा जी की सोच में कहीं भी इकहरापन नहीं दिखाई देता। किसी भी रूप में नासिरा जी जाने-अनजाने भी स्त्रियों की अन्यायी वृत्तियों की पक्षधरता में अपने को शामिल नहीं कर पाती। सुधा सिंह की इस मान्यता को "स्त्रीवाद यह चाहता है कि प्रमुख और गौण का भेद मिटे। स्त्री की जगह पुरुष गौण बन जाए इससे स्त्रीवाद का मतलब नहीं सिद्ध होता।" ही आगे बढ़ाती हैं। स्त्री विमर्श का लक्ष्य सत्ता हस्तान्तरण हो ही नहीं सकता। इस तथ्य को स्वीकार करने के कारण ही

उनके लेख स्त्री-विमर्श के सही विजन को लेकर आगे बढ़ते हैं।

पढ़ी लिखी बौद्धिक स्त्रियों का घर के आँगन में मुरझा जाना उन्हें मन्जूर नहीं। नासिरा जी छद्‌म आधुनिकता को उघाड़कर दोहरे शब्द, दोहरी मानसिकता, दोहरे मानदण्ड, दाहरे चेहरे का सच सामने लाती हैं। जहाँ वह स्त्रियों के सुखद भविष्य के लिए तमाम राहों का सन्धान करती हैं। वही पुरुषों का जीवन कैसे कुण्ठारहित हो इस स्थिति पर गम्भीरता से विचार करती है। क्योंकि उनकी आस्था मानवीय धर्म में है, और साहित्य में मानवमूल्य का ही स्वर प्रमुख है। वह इस समीकरण को खूब जानती हैं कि, स्त्री के सुखद जीवन का अनिवार्य अंग है स्त्री-पुरुष सम्बन्धों का स्वस्थ घनत्व। नासिरा जी अत्यन्त बेबाकी से इस बात को रेखांकित करती हैं बदलने की पहल धुआँधार भाषणों से नहीं बल्कि आचरण से करनी होगी।

स्त्रियों की स्थिति मिजोरम, नागा वनगूजर (नैनीताल) में कैसी हैं? नासिरा जी इस बात की न केवल गहन पड़ताल करती हैं। बल्कि कानून, इतिहास, समाज, संघर्ष, न्याय अधिकार के प्रति लोंगों को जागरुक करती हुई नासिरा जी की यह पुस्तक स्त्रियों के हिस्से की थोड़ी धूप थोड़ी छाँव दिलाने का कारगर औजार बन जाती है। स्त्रियों मे राजनीतिक समझ की सक्रिय साझीदारी पर नासिरा जी बल देती हैं। परिवर्तन एक चहुमुँखी प्रक्रिया है। जिसकी परीधि व्यापक है। इसीलिए मूल को बदलने के लिए अधिकारों की माँग का नारा बुलन्द करने के बजाय ठोस कार्य को अधिक परिणामकारक, वह मानती हैं। ठहरी हुई जमीन पर खड़ी होकर तर्कसंगत ढंग से नासिरा जी ऐलान करती हैं कि हमारे तीखे तेवरों से भयभीत होकर कोई हमारी दुनिया बदलेगा नहीं। और हमीं को बदलनी होगी दुनिया वह भी ढंग से। नासिरा जी शब्द, भाषा, औरत, अभिव्यक्ति इन चार बीज शब्दों के आपसी सम्बन्धों का मनोवैज्ञानिक धरातल पर अध्ययन करती हुई इनके परिणामों का खुलासा भी करती हैं। साथ ही स्त्रियों को आगाह करती हैं कि पुरुष और स्त्री की आपसी समझ के सहारे ही बेहतर दुनिया की उम्मीद की जा सकती है।

इस पुस्तक के अन्त में विभिन्न लोगों द्वारा लिए गये नासिरा जी के लगभग दस साक्षात्कार हैं। जिसमें उनकी दृष्टि सुलझी हुई है। वाद से मुक्त होकर वह स्त्री जीवन के गहरे सरोकारों से जुड़ कर मानवीय मूल्यों पर आधारित दुनिया के सपने देखती हैं। सपनों को हकीकत में बदलने के लिए ठोस एवं सार्थक कदम भी उठाती हैं।

कौन ठगवा नगरिया लूटल हो

'काशी का अस्सी' कृशकाय होने के बावजूद क्यों किसी एक विधा के रुप में अँटती ही नहीं। क्या साहित्य के क्षेत्र में किसी नयी विधा के जन्म का संकेत है 'काशी का अस्सी'। 'कहानी', 'संस्मरण', 'कथा रिपोर्ताज' के रुप में प्रसिद्धि प्राप्त कर चुकी रचनाओं का आपसी विलयीकरण उन्हें उपन्यास बनाता है? बन्धनमुक्त गद्य को रोपने की तड़प काशीनाथ को कहानी नहीं लिखने देती। अलमस्त फक्कड़ कबीर ने गद्य को जिस जमीन में काशीनाथ ने स्वयं रोपा, उसे साहित्य हलके में अनजान चेहरे के रूप में काशी ने देखा (पढ़ें 'याद हो कि न हो' की भूमिका)। चार कथाचित्रों की बाईंडिंग अन्ततः सर्वसम्मति से उपन्यास मान ली जाती है। काशीमय बच्चन जी सहित। बच्चन जी की दृष्टि में यह वेल मेड उपन्यासों के साँचे को तोड़ता हुआ एक ऐसा उपन्यास है जिसका टेक्स्चर और स्ट्रक्चर ही लोकतान्त्रिक है।

कांट कहते हैं "कलाकार की रचना प्रक्रिया बहुत गूढ़ अस्पष्ट और पहेली जैसी होती है, स्वयं कलाकार अपनी रचना प्रक्रिया की व्याख्या नहीं कर सकता, न ही दूसरों को सीखा सकता है।" 'अस्सी' की जीती-जागती दुनिया को हाड़-माँस समेत किताबों में प्रवेश करा देने का हुनर काशीनाथ को तान्त्रिक बनाता है। (बनारस के जो हैं।) यह साधना अवश्य कठिन रही होगी। 'काशी का अस्सी' सभी विधाओं का रिमिक्स है। रिमिक्स गीतों को खण्डित करता हुआ नहीं, बल्कि बीथोवन की नवीं सिंफनी की भाँति सबल एवं सशक्त। बीथोवन की 'इस नवीं सिंफनी' को आज हम उपन्यास उत्तरआधुनिक उपन्यास या अउपन्यास कहें? कृति से गुजरते समय बार-बार ईरानी फिल्म का एक दृश्य याद आता है। एक बुजुर्ग स्त्री के मुक्त घर की कल्पना। वह स्त्री घर के सभी सामानों के साथ समुद्र तट पर आती है। अलगनी पर खुले गगन के नीचे टँग जाता है उसका घर। गैस है, फ्रिज है, बेड है, सोफा है, नही हैं तो दीवारें और छत। इसी तरह 'काशी का अस्सी' खुले स्पेस की रचना है। सड़क नुक्कड़, चाय, पान, मिठाई,

सब्जी की दुकान से गन्ध और आकार लेती हुई। आँख, कान, वाणी समस्त यहाँ चेतना के संवेदनशील अंग है। विचित्र और विकृत समय की ख़बर लेने के लिए काशीनाथ जी उपन्यास को हथियार बनाते है। कथाविहीन एक मुकम्मल खाली प्लॉट है उनके पास, जब जैसा जितनी देर चाहते हैं, उतनी देर वैसी ही कथा सम्पूर्ण फोकस के साथ उभरती है फिर धीरे-धीरे अस्सी को छोड़कर शेष भारत को अपनी गिरफ्त में ले लेती है। लोकनाट्य की अकूत ऊर्जा छलक-छलक पड़ती है। हैरानी इस बात की है कि इस कृति पर आस-पास मुझसे कोई चर्चा करने के लिए तैयार नहीं। यह सुसंस्कृत लोग हैं। 'नयी चीजों या बाहरी प्रभावों का सम्पूर्ण निषेध संस्कृति में जड़ता पैदा करता है।' पर यह अकेले सच्चिदानन्द सिन्हा के मान लेने से क्या होता है? सच्चिदानन्द जी तो यह भी कहते हैं, "आदमी की मानसिकता नीयोफोबिया और नीयोफिलया इन दो रुझानों के बीच में झूलती रहती है।" नयी चीजों को देखना, परखना और उनके साथ प्रयोग करना जीवन की नयी सम्भावना की राह खोलता है।"

तात्कालिक स्थितियों से जन्म लेनेवाली इस कृति की उच्च ग्रह दशाएँ इसे 'क्लासिक' होने के पथ पर अग्रसर किए हुए हैं। रैल्फ फॉक्स ने 'क्लासिक' उपन्यास के सन्दर्भ में कुछ महत्त्वपूर्ण स्थापनाएँ दी हैं, जिनकी संगत के बिना 'काशी का अस्सी' को पहचानना दुष्कर कार्य है। चिन्तन में गद्य की गम्भीरता की धज्जियाँ उड़ाता यह उपन्यास वस्तुतः पाठक के पढ़ने की नहीं सुनने की वस्तु हो जाता है। काशीनाथ बहिर्मुखी लेखक हैं। रैल्फ फॉक्स उपन्यास के सन्दर्भ में कहते हैं—

- महान उपन्यासों में सृष्टा पात्रों और पाठकों के बीच एक प्रकार की सजीव एकता होती है। जहाँ एकता नहीं होती, जहाँ लेखक अपनी जनता से पृथक होता है उसकी उपेक्षा करता या लेखक की आत्मा इस मामले में अचेत होती है। वहाँ रक्तशून्यता की सम्भावना भी सर्वाधिक होती है। इस दृष्टि से 'काशी का अस्सी' जीवित उपन्यास है। सृष्टा, पात्रों, पाठकों के बीच का अद्वैत सम्बन्ध ही इसे आज का और आनेवाले कल का भी उपन्यास बनाता है। "तो मित्रों यहीं अस्सी मेरा 'बोध गया' है और 'अस्सीघाट' पर गंगा किनारे खड़ा वह पीपल बोधिवृक्ष, जिसके नीचे मुझे निर्वाण प्राप्त हुआ था।" (पृ. 12)

"अस्सी की टिप्पणी थी छिनरौ के घर बैठे टिकट लोगे? हाथ-पाँव हिलाओगे नहीं किसी से कहोगे नहीं, कुछ करोगे नहीं, गाँठ से एक दमड़ी खर्चोगे नहीं, मुलैमा (मुलायम) ऐसे टिकट दे देगा? चूतिया है वह।" (पृ. 35) काशीनाथ जी संभाषणों के पीछे जीवन की तमाम, प्रक्रियाओं को समझते हैं। वातावरण के बिना

इस उपन्यास की कल्पना भी नहीं की जा सकती। वातावरण और पात्रों के बीच नाजुक सम्बन्धों का मूर्त रूप हतप्रभ करता है। "पप्पू की दुकान कोलाहल और ठहाके अन्दर भी बाहर भी; बहस और नोंक-झोंक; सरकार गिर रही है; अन्दर भी बाहर भी गगगगग अरे बुढ़ऊ को जगह दो भाई नहीं खड़े-खड़े टें बोल जाएँगे" (पृ. 53) वातावरण और पात्रों को ही नहीं बल्कि चीजों को भी पात्रों से अलग नहीं किया जा सकता। चीजें वाकई मानव जीवन का हिस्सा हैं। गोबर, मूत, टट्टी, सांड़, खुले सीवर, पनाले कूड़े-कचरे। "बनारस तो मर रहा है लेकिन वहाँ से नहीं जहाँ से आँकड़े देवी जी दे गयी हैं। देवी जी तुम्हारे पास पूरे नगर के हैं, लेकिन मेरे पास तो अस्सी के ही हैं और उन्हीं के बिना पर मैं बता सकता हूँ। सीढ़ियों पर कितने किलो हिरोइन, कितने किलो ब्राऊनशुगर, कितने किलो चरस और कितन डिब्बे मार्फिन की खपत हुई इस बीच? घाटों पर वियाग्रा, पेनागा, नियाग्रा जाने किन-किन चीजों की पुड़िया बिक रही हैं। और कौन खरीद कर रहे है? बूढ़े। चोरी छिपे पेंशन की रकम रोटी-दाल में नहीं पुष्टई में जा रही है। और सुनो गुब्बारे और गुल्ली डण्डा की खेलने वाले बच्चे घाट और छत और खिड़कियाँ देख-देखकर जवान हो गये। साम्राज्यवादी ताकतों के विरुद्ध लेखक की इस चेतना का वर्णन सीढ़ियों, घाटों, वियाग्रा, छत, खिड़कियों के बिना किया जा सकता है क्या? ये चीज़ें मस्तिष्क को विकलांग बनाती मानव जीवन का अभिन्न अंग होती जा रही हैं।"

रैल्फ फॉक्स ने लिखा है कि "अभिव्यक्ति का सबसे बड़ा जखीरा लोकभाषा में मौजूद है।" बनारसी हिन्दी लोकगन्ध से सराबोर 'काशी का अस्सी' में एक ठेठ निजी संगीत का निर्माण कर चुकी है–

- महिला है तो कपार पर मूतेगी।
- उधर है तो गुरु बच्चन की दुकान के आगे भड़ैती फाने थे।
- मैंने शिवप्रसाद को कंडालन चाय, खँचियन रसगुल्ला, झउवन पान, टनन समोसा खिलाया है।
- इधर-उधर से कविताएँ दूसरे लोग भी आते और नागानन्द भी।
- तुम एकदम्मै झंडू हो गये हो का।
- इधर मत देखिए भाषा सोशलिस्टवे भोसड़ीवाले बोलते है।
- आइए डॉक साहब चलिए। एक-एक चाय लड़ जाए।
- अस्सी पर उन्हे देखते ही कहते हैं लोग–"भागो नहीं तो कविता पेल देंगे।"
- उसे हराना मौर्या फौर्या के बस की बात नहीं।

- रंगायन, भंगायन, गंगायन, लंकायन

ज़िद्दी, हठीले, झगडालू, गालीबाज जीवित मनुष्य को किताबों के पन्ने पर कैसे उतारा जाए काशीनाथ जानते हैं। चीजों को, व्यक्तियों को सही नाम से पुकारने की कला दरअसल गद्य की कला है। रैल्फ फॉक्स की दृष्टि से देखें तो काशीनाथ महान लेखक हैं "महान लेखक ऐसे नहीं होते जो अपने काल के सक्रिय जीवन से उदासीन रहते हों।" 'काशी का अस्सी' काल का सक्रिय जीवन ही तो है और इस सक्रिय जीवन के अभिन्न अंग स्वयं काशीनाथ कथा के पात्र भी "इ कौन है बे? "लेखक है भोसड़ी के।" लिखता क्या है?-'हमारी झाँट।" जो हम बोलते हैं वही टीप देता है। यही रचना प्रक्रिया है 'काशी का अस्सी' की सामाजिक व्यंग्य कथावस्तु है। भद्दी गालियों का अम्बार ही संवाद। भाषा में एक क्रान्तिकारी प्रत्यावर्तन। प्रश्न है गालियों के योग के औचित्य का। (बहुत कुछ सुना है सब यहाँ लिखा नहीं जा सकता)। दरअसल जिसने बनारस देखा है, जाना है, समझा है, वह मानेंगें कि सहजानुभूति ही बिम्बों की रचना करती है। वह कोई मनमाना काम नहीं करती। आदमी की धड़ में घोड़े की गर्दन नहीं जोड़ती। आगस्टाइन कहते हैं कि कुरुपता को यदि उचित जगह प्रस्तुत किया जाए तो उससे सौन्दर्य आहत नहीं होता बल्कि बढ़ जाता है—"आप गालियाँ क्यों देते हैं इतनी? शैलेन्द्र का प्रश्न "लँडचटई मत करो भोसड़ी के" जब देता था तब देता था। और मैं देता भी कहाँ था? मेरे मुँह से निकल जाती थी" (पृ. 88) काशीनाथ सिंह लिखते हैं "अस्सीवासी औघड़ संस्कृति की जायज नाजायाज औलादें हैं। गालियाँ इस संस्कृति राष्ट्रभाषा जिसमें प्यार और आशीर्वाद का लेन देन होता है।"

काशीनाथ डायनोसियन कलाकार हैं। (पढ़े नीत्से को) प्रेम और घृणा और आनन्द को अभिव्यक्त करनेवाले। इसमें रचनात्मक प्रक्रिया का एक पक्ष मस्ती और दिव्य पागलपन से पूर्ण होता है। 'काशी का अस्सी' अद्वितीय रचना है। अद्वितीय इन अर्थों में, यहाँ क्रोचे, नीत्से, रैल्फ फॉक्स और मार्क्स के सौन्दर्य और चिन्तन एक लय हो जाते हैं—"कोई कलाकार नैतिक या अनैतिक चरित्र का सृजन कर सकता है। वह चरित्र नैतिक निर्णय की वस्तु हो सकता है किन्तु उसकी निरुपण क्रिया को हम नैतिक या अनैतिक नहीं कह सकते। हम सिर्फ उसकी अभिव्यक्ति और सहजानुभूति की अपूर्णता या पूर्णता की निन्दा या प्रशंसा कर सकते हैं।"

संगीत व्यक्ति के संगीतात्मक बोध को ही जगाता है। संगीत समझनेवाले व्यक्ति की इन्द्रियाँ संगीत न समझनेवाले व्यक्ति से भिन्न होंगी। उसी तरह सामाजिक व्यक्ति की इन्द्रियाँ असामाजिक व्यक्ति से भिन्न होंगी। मार्क्स कहते

हैं—"कलात्मक सौन्दर्य सचेतन रचना है। कलाकार अपने सामाजिक जीवन से वास्तविक अनुभव खण्डों को लेकर उसे प्रभावोत्पादक रुप से प्रस्तुत करता है। यह वास्तविकता समाज में ज्ञात होती है। इस तरह कला का सौन्दर्य सामाजिक श्रम का परिणाम है।" 'काशी का अस्सी' में रचना सौन्दर्य का मूल उत्स सामाजिक श्रम ही तो है।

मुद्दते बीत गयी ख़्वाब सुहाना देखे
जागता रहता है हर रात में बिस्तर मेरा

—निदा फाज़ली

'काशी का अस्सी' में पूर्वार्द्ध की हुल्लड़ई शनैःशनैः डूबती गयी। दिन और रात के बीच से शामें गायब कर दी गयीं। राजनीतिक घटनाओं और राष्ट्रीय दृष्टि के सारसत्व के बीच बहुत वास्तविक सम्बन्ध है। राजनीतिक घटनाओं के पीछे छिपे घिनौने उद्देश्यों ने सम्पूर्ण काशी को (क्या काशी को ही?) मणिकर्णिका घाट में तब्दील कर दिया। उपन्यास में मौजूद ये घटनाएँ और उनके दुष्परिणामों के ब्यौरे जिस तरह मौजूद हैं उन्हें देखकर अन्दाजा लगाया जा सकता है कि बोले को टीप देना कितना मुश्किल रहा होगा लेखक के लिए। रागों रंगो, रेखाओं और चिड़ियों की चह-चह के अद्भुत कोलाज पर स्याह राजनीति की कालिख पोत दी गयी है। अपशकुनों का साया माहौल को और दहशतज़दा बना रहा है।

- सैकड़ों बिल्लियाँ एक साथ विलाप कर रही हों
- झुंड की झुंड लोमड़ियाँ आयी हों और नगर की और मुँह करके फेकर रही हों

बकौल काशी के पात्र के अनुसार उनके बनाए नेता संसद और विधानसभाओं में झाड़ा फिर रहे हैं। "पी. एम. 'मंडल आयोग' में फँस गया, सी. एम. बाबरी मस्जिद में डी. एम. दोनों की व्यवस्था में, देश भोसड़ी के जहाँ के तहाँ है।" 31 दिसंबर, 1992 में सरकार ने हँसी पर काबू पाने में सफलता हासिल कर ली। रचना में भाषा का तनाव फट पड़ने की स्थिती में है सम्पूर्ण प्रजा (जनता) का चित्र कुछ यूँ हैं—

- बूढ़े अखण्ड कीर्तन में
- कुछ धर्म प्रवचन की संघ सभा में
- युवा प्रतियोगी परीक्षाओं में
- नौकरी दफ्तर से लौटे लोग टी.वी. सीरियलों में
- बाकी लोग किराना और सब्जी की दुकानों पर मोल भाव कर रहे हैं।

ठहाका, मस्ती, याराना, अस्सी से गायब हो गया। प्लाखानोव कहते है—"जिन्दा लोग जिन्दा सवालों पर सोचते है।" गिफ्ट क़ार्डस्, प्रजेंट्स, मिठाई चाट, मन्दिर दुकान जैसे शब्द अपना रुढ़िपरक अर्थ त्याग देते हैं। नगरिया लूटनेवाले 'ठग' का चेहरा छिपा कहाँ है? (सब पहचानते हैं) नवीनतम अत्याधुनिक मशीनों, उपभोक्ता संस्कृति बाज़ार कल्चर के विकास के इर्द-गिर्द पनपती दन्तकथाओं में काशीनाथ अपनी अभिव्यक्ति कर रहे थे। एक तरफ तमाम असली चित्र दूसरी तरफ 'बिरहा' 'लोकमिथक' और 'लोककथाओं' का प्रयोग। क्यूट चेहरा, फास्ट फूड, जक्ख हो चुके बूढ़े-बुढ़ियाँ जैसे साधारण शब्द तीव्रतम चोट कर रहे थे। यह कैसा जादूगर है काशीनाथ जो अपनी पोटली से हँसने का सामान बिखेरता है और पाठकों को रूलाता है। सच! जब कथा पूरी होती है तो पाठक होता है सामने सिर विहीन लहूलुहान व्यक्ति का धड़ और इक्कीसवीं सदी।

"पापा देखिए न किताब में क्या लिखा है वह दिल खोलकर हँसा दिल खोल कैसे हँसा जाता है?"

तन्नी गुरु का कटा सिर निश्चल हँसी, मासूम बच्चे का प्रश्न, तन्त्र के साथ 'लोक' जैसा मिसिंग शब्द दूर तक पाठक का पीछा करता है। काशीनाथ जी कलाकार हैं उन्होंने अपनी ऊर्जा को सिग्निफिकेन्ट फॉर्म में ढाल दिया। पाठकों का क्या कसूर उन्हें पढ़ने की सजा मिली। रूह की बेचैनी।

'दुःख देले परछाई का बताई मितवा'

इब्तदा फिर वही कहानी

"सारी दुनिया में स्त्री पुरुष पूरे समय आते जाते रहते हैं, कुछ लोग अपने पीछे कुछ भी नहीं छोड़ते, अपने नाम तक नहीं। वे ऐसे रहकर चले आते हैं, जैसे कभी हुए ही नहीं।"

—नेल्सन मंडेला

जो ऐसे ही रह कर चले जाते हैं, जैसे कभी हुए ही नहीं, वे स्मृतियों में नहीं रहते। जाने के बाद भी बने रहना। फिर-फिर उन्हीं की कहानी सुनना। दरअसल उनसे कुछ पाना होता है, और यह पाना निरन्तरता के क्रम में चलता रहता है। संस्मरण की कथाओं का उद्गम स्रोत कोई एक पहाड़ की चोटी होता है, जो अपने भीतर मीठे पानी का चश्मा समेटे रहता है, जीवन का अद्भुत राग समेटे रहता है और जब फूटता है तो असंख्य धाराओं के साथ जमीन पर आता और जमीन का हो जाता है। सबका हो जाता है। सबको अपने तरल प्रवाह में बहा ले जाता है और तब तक नहीं ठहरने देता जब तक किसी तट पर नहीं पहुँचा देता। तट पर ठहरने के बाद भी लम्बे समय तक व्यक्ति खोने-पाने के होश से मुक्त रहता है।

'याद हो कि न याद हो' संस्मरण कहाँ है? बल्कि काशीनाथ सिंह द्वारा गाया गया वसंत केदार है। 'वसंत केदार' उन लोगों के लिए गाया जाता है, जिनसे हम गहरा प्यार करते हैं। इसमें व्याप्त किस्से ऐसे नहीं हैं जो यूँ ही आसानी से छलक जायें। अपने गद्य सौन्दर्य के लिए यह जाना जाता है। अगर काशीनाथ जी के लिए यह ऐसा चेक बन गया है, जब चाहें जिस रूप में चाहें कैश करा लें। ('बाबा' क्या मैं झूठ बोल रही हूँ?) तो इसका कारण है कि इस कृति में माटी की गन्ध तपा हुआ समय और मुस्कराता गद्य है। इसके सरोकार भी बहुमुखी हैं। यह निजी होकर भी निजता को अतिक्रमित करते हुए देश काल के बृहतर आयामों से जुड़ता है। दिलीप सिंह का मानना है कि ''संस्मरण

के अलावा अन्य कोई भी एक विधा इतने सरोकारों से हमें जोड़ नहीं पाती।'' (पाठविश्लेषण) स्मृतियों से भरी भावों की प्रधानता के साहित्यिक, सांस्कृतिक दबावों के ताप को महसूस किया जा सकता है। निसन्देह स्मृतियों के केन्द्र में समय है। व्यंग्य शैली के इतने रूपों का इतना सशक्त प्रयोग कि काशीनाथ जी से रश्क़ करना लाज़िमी है। मराठी में कहावत है कि 'बाल से गला काटना।' काशीनाथ जी के गद्य में यही 'बाल' वाली कहावत मौजूद है 'कोमलता से चट्टान काटने का हुनर।'

लेखक जिस समय और समाज में जी रहा है, उसकी विकृतियाँ भी खूब उघाड़ी हैं। कुल जमा सात संस्मरण हैं, जिस महानायक से सात फेरे लेकर ये स्मृतियाँ साहित्य में अखण्ड सौभाग्यवती का दर्जा पाए हुए हैं उसका नाम है, 'बनारस'। काशीनाथ में गजब की किस्सागोई है। कथारस से छलकते जिस बनारस को पाठक सुनता है, (संस्मरणों में) शास्त्रों में बनारस को 'आनन्दकानन' कहे जाने के 'औचित्य' पर उसे सहज ही यकीन हो जाता है।

भाषा की भंगिमा के कारण ही 'याद हो कि न याद हो' साधारण में असाधरण को रेखांकित करता है। तो कई जगह भंजित मूर्ति सा अवसाद देता है। इन स्मृतियों में संघर्ष के सौ-सौ फूल खिले हैं, यह वो स्मृतियाँ हैं, जो हमें आने वाले कल तक ले जायेंगी। स्मृतियाँ भाषा के माध्यम से नहीं भाषा के भीतर से जन्म लेती हैं। संस्मरणों के स्वर के पीछे की भावना तक पाठक आसानी से पहुँच जाता है। यह पाठ जीवन यथार्थ का साक्षात्कार कराने वाला पाठ है। भाषिक विधान से उजागर होने वाले उन लुके-छिपे तन्तुओं की पहचान होती है, जिससे व्यक्ति ही नहीं स्थान का भी एक दूसरा ही परिचय मिलता है कुछ उदाहरण देखे जा सकते हैं–

- गजरों और गुलदस्तों के प्रत्येक फूल की पंखुड़ी अपने बगल की पंखुडी से जैसे कह रही हो। हे सखी! वह देव आ रहे हैं, जिनकी हम बाट जोह रहे थे। मेरा मन मेरे वश में नहीं है। (होल्कर हाऊस में हजारीप्रसाद द्विवेदी)
- धूमिल अपने आप में कविता था-कविता के मुहावरों की तरह उसका व्यक्तित्व धारदार व चमकदार था।
- मेरे जमाने की सबसे खूबसूरत और बेजोड़ प्रतिभा ने सिर्फ एक चीज माँगी थी। 'एक अच्छी शाम'(विजयमोहन के लिए)
- उसके दुश्मन भी कहते हैं, कि कोई उससे पिता होना सीखे (दूधनाथ सिंह के लिए)

- जाने कितने झाड़ों-झँखाड़ों, नदियों-नालों, जंगलों-बियाबानों, दलदलों-पहाड़ियों और घाटियों से गुजरा है, त्रिलोचन अथाह है, अपार है।
- उनका हाल चौराहे के बीचों-बीच खड़े उस ट्रैफिक पुलिसिये का था जो खुद तो खड़ा रहता है, लेकिन आने-जानेवाले को रास्ता बताता है।
- मैं यह देख कर दंग रह गया कि कम्बख़्त आदमी नहीं चुम्बक है, चाहे जिस शहर में जाओ, जिस भी नये लेखक से मिलो, वह ज्ञानदादा के बारे में बोले बगैर मानेगा?
- ज्ञान मध्यप्रदेश के प्रतिभाओं की नर्सरी है।
- दूधनाथ का झूठ, दूधनाथ पर नहीं इलाहाबाद की साहित्यिक संस्कृति पर करारी टिप्पणी है।
- मौसम के विपरीत उनमें अजब उत्साह और जोश था। (नामवर सिंह के लिए)
- अस्सी नशे में चूर था। थोड़ा भाँग के थोड़ा 'जै श्रीराम' (अस्सी घाट (बनारस) के लिए)

काशीनाथ जी सौभाग्यशाली हैं। जिनके हाथ अपनी खामियों, खूबियों वाला एक अदद अतीत है, जो हमारे समय में आकर मिथ हो गया। हम कैसे सहजता से यकीन कर लें कि किसी हिन्दी के विद्वान को सुनने के लिए यूँ भी भीड़ होती थी-''कोई ऐसा नहीं जिसमें पंडित जी न हो और जिसमें पंडित जी हों उसमें भीड़ के उपद्रव से बचने के लिए प्रक्षागृहों और हॉलों के बाहर स्पीकर न लगाने पड़ें। अजीब दीवानगी का माहौल। कान आँखों से पूछते, तुमने तो देखा है, उन्हें बोलो न! कैसे हैं? आँखें कानों से पूछतीं मित्र हमने देखा जरूर है रवीन्द्रपुरी की सड़क पर टहलते हुए, लेकिन सुना नहीं, बताओ न कैसा बोलते हैं।''

हम सतत वर्तमान में रहने वाले लोग स्मृतियों की गर्म गोद से वंचित हैं। एक अन्तहीन रोशनी। सतत चौकन्ने। नींद स्वप्न और अँधेरे को भूलकर। निर्मल वर्मा स्मृतिविहीन जीवन को नर्क कहते हैं। हजारीप्रसाद द्विवेदी की मुहब्बत में गाफ़िल नगर उन्हें सह क्यों नहीं पाया? कितना सूक्ष्म कितना मार्मिक वर्णन करते हैं, काशीनाथ जी अन्यत्र दुर्लभ है। पंडित जी का कद उठता चला जाता है पाठक की नजर झुकती चली जाती है। साफ ईमानदार, निर्मल हँसी का मालिक। सरल पारदर्शी व्यक्ति की भला क्या शत्रुता हो सकती है, किसी से साहित्य की धरोहर, पवित्र हँसी क्यों छिन गयी? समय के भीतर दुष्चक्र और कुटिलताओं के जाल का जो ब्यौरा देते काशीनाथ जी चलते हैं, जिससे वह एक ऐसे प्रामाणिक

दस्तावेज़ के रूप में हमारे सामने आता है जिससे सीखना व सुधरना बनता है। (सिर्फ लिखने के लिए है मानने के लिए नहीं) देश की कुटिल राजनीति हमसे जीवनयापन के भौतिक संसाधन छीन लेती है, और शैक्षणिक संस्थानों में पनपने वाली राजनीति आत्मबल छीन लेती है। यह एक ऐसी जगह है जहाँ अपनी विद्वता पर लज्जित होना सिखाया जाता है, और अयोग्यता पर गर्व। पंडित जी के बैठनेवाले कमरे में लगी तख़्ती पर उद्धृत जिस भोजपुरी छन्द को काशीनाथ जी रेखांकित करते हैं, वह छन्द दरअसल पंडित जी की मर्मांतक ज़िन्दगी का सबसे बड़ा भाष्यकार बन जाता है।

''का मउज से धुनत रहली
कवन कुमुरखी जागल
धनुकी छोड़ के धनुका लेहली
पहिले गोली लागल''

सच्चे मनुष्य के लिए किया जानेवाला काशीनाथ का आर्तनाद पूरे 'पाठ' पर छा जाता है ''बहुत दिनों का अतिथि नहीं है, यह व्यक्ति। और व्यक्ति भी नहीं है अपने भीतर सदियों से चली आ रही नाना प्रकार की संस्कृतियाँ समेटे समूची भारतीयता है। अपनी अच्छाई और कमजोरियों के साथ इसे ऐसे न जाने दो।'' काशीनाथ जी की 'भाषा' हजारीप्रसाद द्विवेदी के सन्दर्भ में आँख का काम करती है। पाठक द्विवेदी जी को देखकर महसूस कर, एक अलग अनकहा आत्मीय सघन रिश्ता बनाने में कामयाब हो जाता है। त्रिलोचन, नामवर, धूमिल का व्यक्तित्व अपनी विराटता का अहसास कराता है। धरती छोड़े बिना आकाश को छू लेने का साहस करनेवाले मुक्तिविधान के गीत गानेवालों का समूह। अलग-अलग लेकिन एक चित्रकार मदनलाल का कहना है 'जमीन में जो चीजें उगती हैं, वे अकेली नहीं होतीं। समूह में होती हैं'। ये ज़िन्दगी को ताव से जीते हैं। किसी की जेब में चवन्नी नहीं है, किसी के पाज़ामे में पचहत्तर छेद हैं, तो किसी की पड़ोसी ने नाकों चने चबवा दिये। कविता रची जा रही है। आलोचना अमलतास-सी बहर रही है। हँसना अब भी बना हुआ है, आत्मसम्मान यूँ ही बेदाग, क्यों न खोये शत्रु नींद। थपेड़ों के आघात से पहले 'जस' थे। थपेड़ों के आघात के बाद भी 'तस'। ऐसा लोगों का यूँ बने रहना खतरनाक है। काशीनाथ के उद्धृत किये को ही पुनः उद्धृत करना जरूरी है—

जिससे खोई थी नींद मीर ने कल
इब्तदा फिर वही कहानी।

पानी को भोजन का पर्याय बनाने वाले त्रिलोचन। कबाड़ से हर सामान को

सावधानी और एहतियात से बटोरने वाले धूमिल ,जो कविता का चस्का लोंगों को यूँ लगाना चाहते थे, जैसे चाय का लगता है। जो शख़्स पिछले दस साल तक नगर की जुबाँ रहा हो। वही नामवर अब एकदम अकेला था—लेकिन चेहरे पर कहीं कोई तनाव नहीं, थकान नहीं। जेब में पैसे नहीं लेकिन गर्व से तना सिर'। ब्राह्मणों में ठाकुर 'नामवर' और ठाकुरों में कुजात फिर भी 'नामवर'। उस समय में जब एक कप चाय के लिए देश 'नागानन्द' हो जाये। अपने स्वाभिमान और प्रतिभा की 'ऐसी की तैसी' करा कर भी हें-हें करता रहे। उस समय इन्हें पढ़ना मूँछे न उगने देने का बल पैदा करता है। दो पैरों पर तमाम स्पीड ब्रेकरों को पार कर धीमी गति से ही सही निरन्तर आगे बढ़ते रहने की सलाह देता है। स्वयं पदचिह्न बन जाने वाली स्मृतियाँ हैं, यह मन कह रहा है कि निर्मल वर्मा का कहा चुरा लूँ और अपने नाम से लिख दूँ। ''हम चलते पीछे की तरफ हैं, परन्तु पहुँचते वहाँ हैं, जहाँ हम आज इस क्षण में हैं। हम पीछे की ओर चलते हुए जब आगे की तरफ बढ़ते हैं, और तब हमें पता चलता है कि 'आगे' और 'पीछे' का ऐतिहासिक बोध स्वयं अपने में छलना है—समय की दृष्टि से जो आगे हो, जरूरी नहीं वह विगत की कसौटी बन सके। उलटे जो बीत चुका है नैतिक मर्यादा के रूप में एक स्वप्न की तरह मनुष्य के आगे-आगे चलता है''। (कला का ज़ोखिम पृष्ठ 37)

काशीनाथ सिंह झूठ, नंगयी, टुच्चई, फरेब, नकलची के भीतर पैठ कर आत्मा तक पहुँचते हैं और अपनी संवेदना की तराश से छवि के भीतर का यथार्थ पाठक के सम्मुख लाते हैं। 'नागानन्दचरितम् वल्द अस्सी चौराह'। धूमिल के मित्र 'नागानन्द'। बनारस के लिए चुटकुले 'नागानन्द'। बैठे ठाले का धन्धा 'नागानन्द'। पारिवारिक जिम्मदारियों से पलायन करने वाले 'नागानन्द', गिंसवर्ग के नजदीकी 'नागानन्द' जिसे सड़क पर चलता एक छोटा बच्चा भी अपमानित कर सबको भौंचक्का छोड़ निकल जाता। एक नौकरी मिलती। स्थिरता मिलती तो शायद साहित्य को उसका 'नागानन्द' भी मिल जाता। घोर पढ़ाकू अंग्रेजी साहित्य से एम.ए.। डिकेंस, हार्डी, एजरा पाउंड, टी.एस. इलियट, बालदेयर अंग्रेजी के रोमांटिक कवि वाल्ट, हिटमैन, सात्र, काफ़्का कामू, नमिन मेलर, हेवरी मिलर को अपने भीतर लेकर चलने वाले को निर्मोही समय ने काश जरा-सा सहला दिया होता। 'नागानन्द' के बचाव में काशी नहीं खड़े हैं बल्कि मास्टर जी (काशीनाथ) ने श्यामपट्ट पर सफेद चॉक से केवल एक बिन्दु चिन्हित कर दिया। अब साँवले परिदृश्य में फोकस तो सफेद बिन्दु को ही होना था। फोटोग्राफर की तरह 'नागानन्द' का सिर पकड़ कर काशीनाथ सिंह ने सही पोज में कर दिया ताकि फोटो सही आ जाय। 'नागानन्द' को चौराहे से जानने वालों, उन्हें यहाँ से भी

देखो ''आप कल्पना कीजिए उस युवक की जिसके घर में बूढ़ा जर्जर बाप हो, माँ हो, बहन हो, पढ़ने वाला छोटा भाई हो, न गाँव न जमीन न नौकरी न आय का कोई साधन और वह नौजवान योग्यता के बावजूद दर-दर भटक रहा हो। कभी ट्यूशन के लिए दौड़ रहा हो। वह आधुनिक से आधुनिक साहित्य पढ़ना चाहता है। देशी भी, विदेशी भी, लेकिन पास में किताबें नहीं, वह समकालीन पत्रिकाएँ पढ़ना चाहता है, लेकिन जेब में पैसे नहीं। उसे चाय-पान की लत है जिन्हें वह लोगों की गालियों, डाँट फटकारों और अपमान के एवज में खाता-पीता है। वह खुद बड़ा लेखक बनना चाहता है, लेकिन एक कवि के लिए खाद-पानी बन कर रह जाता है''। मनुष्य को देखने पहचानने के लिए जिस मानवीय हमदर्द दृष्टि की जरूरत होती है। वह है काशीनाथ जी के पास। मराठी भाषा के सम्पादक व मूर्धन्य साहित्यकार उत्तम कांबले जी की एक पंक्ति याद आती है। ''ऐसी आँखों का क्या उपयोग जिनमें हमेशा दुष्काल हो (सूखाग्रस्त या अकाल)'' तो बकौल काशीनाथ यह थे नागानन्द ''यह थे नागानन्द जिन्हें जानने के बाद धूमिल प्यार करने लगे और रामनारायण बगैर जाने नफरत।''

संस्मरण में समयबोध, मानवीय सम्बन्धों की सघनता एवं साहित्य पर की गयी अनेक मार्मिक टिप्पणियाँ उसकी अर्थवत्ता को गहरा करती हैं। काशीनाथ विजयमोहन के लिए भीगी लम्बी कराह लिए अन्तहीन अलाप वाला राग बनाना चाहते हैं। सच कहूँ तो वह अपनी संस्मरण कथा में इस राग और रंग को छलकाते भी हैं। हर शख्स को याद करने के पीछे एक कथा है और हर कथा का समाजशास्त्र भी है। इसी कथा बोध को काशीनाथ शिल्प में ढालते हैं। एक समय में उत्पन्न होने के बावजूद वह एक खास समय व्यक्तियों तक सीमित नहीं रहता है। बल्कि कृति ऐसी आत्मिक ऊर्जा प्राप्त कर लेती है कि भौतिक होते हुए भौतिकता का अतिक्रमण कर जाती है—''मुहल्ले को दाल खाए दो महीने हो गये थे। गेहूँ-कोयला दोनों एक भाव बिक रहे थे। यानी ढाई रुपये किलो चाहे कोयला खाइए चाहे गेहूँ और ''लोगों, यह पृथ्वी रसातल में धँसती चली जा रही है, अपने असत्य, छल, प्रपंच, पाखंड, ध्रुव स्वार्थ, भ्रष्टाचार के कारण इसे बाहर निकालो। बचाओ इसे।''

ऐसी तमाम सूक्तियाँ हैं जिनके जरिए अतीत वर्तमान में परितर्तित हो गया— ''साले ऐसी आलोचना लिखते हैं, कि कभी-कभी पन्ने पर खुद ही चारों खाने चित्त।'' अकहानी के सन्दर्भ में काशीनाथ सिंह की मौजू टिप्पणी है ''मित्रों मैं रात भर जगा हूँ, कमलेश्वर, कालिया, विमल के ठहाकों ने मुझे सोने नहीं दिया। जब भी जरा देर के लिए आँख लगती कि छत फाड़ते हुए जोरदार ठहाके...तब से मैं हैरत में हूँ कि ये ठहाके इनकी कहानियों में क्यों नहीं हैं?'' ''डल राइटिंग

कभी जीवित नहीं'' रहती। दरअसल ये सूक्तियाँ साहित्य की तीसरी आँख हैं जो आलोचना को नयी जमीन मुहैया कराती हैं।

'हर हर महादेव' से 'जै श्रीराम' में बनारस के तब्दील होने की कथा दरअसल (महानायक बनारस) के असफल होने की व्यथा है। हवा, बारिश, बादल सबका अर्थ बदल चुका था। रंगीले जादू में बाँधनेवाली माया बनारस से खत्म हो रही थी। गड़दे में लिपटा एक कातर सत्य उजागर हो रहा था। मनुष्य और उसकी आत्मा के बीच भयावह गैप आ गया था। काशीनाथ जी इसे व्यक्त करते हैं। अभिव्यक्ति की शैली 'बनारसी' है। रचनाकार न बौद्धिक न राजनीतिज्ञ होने का दावा करता है। लेकिन वह पूर्णतः सामाजिक है इन संस्मरणों के धरातल पर इसे निःशंक कहा जा सकता है। दरअसल ये संस्मरण ग्राफिक कल्प के विस्तार लगते हैं। कुँवर नारायण कहते हैं—''जीवनवस्तु को अक्सर हम तरंगों में जीते हैं, उसके तीव्रतम क्षणों में न कि कालक्रमानुसार विलम्बित में। यह कहीं हमारी जीवन ऊर्जा को जगाये रखने की एक युक्ति भी है।'' (कलाएँ आस-पास पृष्ठ 13) यह सत्य है। ''याद हो कि न याद हो'' हो सकता है कि काशीनाथ सिंह की जीवन ऊर्जा जगाये रखती हो। साहित्य के विद्यार्थियों व पाठकों के लिए तो यह जीवन ऊर्जा है इसमें सन्देह की कोई गुंजाइश नहीं।

काशीनाथ जी लिखते हैं, लिख रहें हैं। काशीनाथ जी प्रेमकथा (तद्भव) थमती है, तो थम जाए। 'रेहन पर रग्घू' भी चल जायेगा। संस्मरण को रेहन मुक्त करके अपने पास लाइए। ''संस्मरणों का हिन्दी पाठ निरन्तर गतिशील रहा है, आज भी है।'' (दिलीप सिंह) नये संस्मरणों के भीतर के पाठ और उपपाठ के स्वर के लिए आज भी पाठक अधीर है, और पुराने संस्मरणों के लिए ऋणी भी। काशीनाथ सिंह जी के संस्मरणों बनावट, बुनावट, रंग-रेखाओं, ध्वनियों, स्पर्शों, रागों, अनुरागों को यदि कुछ ही पँक्तियों में रेखांकित करना हो तो, सर्वेश्वर दयाल की काव्य पँक्तियों में कहा जा सकता है—

जितनी रंगीन चिड़ियाँ थी मुझमें
सब उड़ गयीं
जाने किन तरुओं, गिरी शिखरों से
जुड़ गयीं
सूना नहीं हूँ मैं फिर भी जो चितेरे
राग बन करके
सब मुझमें ही निचुड़ गयीं।

—सर्वेश्वरदयाल सक्सेना

हृदय में कहीं एक मुक्तिदायिनी सिम्फ़नी बजी

“लेखन के जरिए लड़ो। दिखाओ कि तुम लड़ रहे हो। उर्जस्वी यथार्थवाद। यथार्थ तम्हारे पक्ष में है, तुम भी यथार्थ के पक्ष में खड़े हो। जीवन को बोलने दो। इसकी अवहेलना मत करो। तुम अकेले नहीं लड़ रहे हो, तुम्हारा पाठक भी लड़ेगा, यदि तुम उसमे लड़ाई के लिए उत्साह भरोगे। तुम अकेले ही समाधान नहीं ढूँढ़ोगे, वह भी उसे ढूँढ़ेगा।”

–ब्रटोल्ट ब्रेष्ट

“अब इन्हें मत रोकिए वकील साहेब। इसी में इनकी मुक्ति है।” मुन्ना की माँ। “जेल वाहन की जाली से मुँह सटा कर फागुन की ठण्डी पुरवा को फेफड़े में भरता है। पियारे आँखे मूँद लेता है। उसे लगता है, जैसे पुरखों का ‘तपर्ण’ करने के लिए गया जगन्नाथ जा रहा है।”

(इसी उपन्यास से)

यह है ‘तर्पण’। हड़ताल, सामाजिक आन्दोलन, समाजवाद का निर्माण गृहयुद्ध के स्थूल चित्रण नहीं है। शिवमूर्ति ‘कला’ के माध्यम से यथार्थ की पुनर्रचना करते हैं। सहज स्पष्ट जीवित छवियाँ और बिम्ब ही इस उपन्यास का प्राण हैं। वह जीवन की अवहेलना नहीं करते। ‘तर्पण’ की सादगी ही उसकी विश्वसनीयता है। उपन्यास के भीतर मौजूद ‘भारतीय ग्रामीण समय’ के स्पन्दन को बखूबी महसूस किया जा सकता है। एक बड़ी जनसंख्या है भारत की, जो ग्लोबलाइज़ेशन और बाजार की छाँव से विलग जीवन जी रही है। पर वहाँ भी हैं, जीवन के बदलते विविध रंग। अभावों और सादगी के साथ है छोटी-छोटी लालचें, मासूम से दिखने वाले छल। ‘तर्पण’ में बर्हिमुखी ज़िन्दगियाँ है। अन्याय के बरअक्स केवल की संघर्ष की चेतना ही नहीं जगी दलितों में, बल्कि दाँव पेंच छल छ़दम हथियार भी

बने। शिवमूर्ति की रचनाओं का सबसे सक्षम आयुध भाषा है। शिवमूर्ति मनुष्य के अनुभूति जगत के साथ-साथ स्वप्न जगत को भी महत्त्व देते हैं। वे खूब कहते है, लेकिन आश्चर्यजनक तरीके से कम शब्दों का प्रयोग करते है। "इलाके का नम्बरी मेड़्कट्टा नत्थूसिंह" नत्थूसिंह की उपस्थिति उपन्यास में नगण्य है, परन्तु उसकी यह चारित्रिक खूबी (?) पाठक के मस्तिष्क में रह जाती है। शिवमूर्ति व्यक्ति के भीतर अन्तरर्निहित चरित्र तत्व को देख लेते है। अनपढ़ ग्रामीणों के सामान्य जीवन के रंगो को पकड़ने की अकूत क्षमता है उनमें। संघर्षरत योद्धा की तरह वे अपने उपन्यास भूमि पर उतरते हैं परन्तु संघर्ष के साथ भी प्रकृति और जीवन के रस से विमुख नहीं होते। 'तर्पण' का हर दृश्य दरअसल कथा के पीछे की कथा कहता है। शिवमूर्ति गन्ध स्वाद का ऐसा मोहक विजुअल रचते है। जिस पर 'छप्पन भोग' न्योछावर है। गन्ने ऐसे कि नाखून से खुरच दो तो रस की बूँदे चू पड़े। मटर के नरम पोल्ले सिर हिला कर खोंटने का न्योता दे रहे हैं। नरम पोल्लों की मासूमियत और रस भरे गन्ने के पोरों का सौन्दर्य छलता हैं रजपत्ति को। चन्दन जानता है इनके आकर्षण को, इसी में बाँध कर तो रजपतिया का ज़िबह किया जा सकता है। रस की हसरत दोनों और पल रही है। बस एक और मानवीय है और दूसरी अमानवीय। उपन्यास प्रारम्भ से ही सामाजिक परिवर्तन की बहुआयामी एवं आदिम तलहटी को एक साथ संस्पर्श करता है। मज़दूरों व दलितों के दिन बदले हैं, उनकी चेतना को लाठी के बल पर सुलाया नहीं जा सकता। हाँ बहलाने फुसलाने की बात और है। चन्दन और रजपत्ती दोनो ही सधे कदमों से अपने लक्ष्य की ओर बढ़ते हैं। टकराहट से समीकरण बदल जाता है। मटर के नरम पोल्लों, गन्ने के रस भरे पोरों और स्त्री देह में फर्क तो करना ही होगा। अगर यह फर्क नहीं समझ मे आता तो स्त्रियाँ समझाने को तैयार हैं। "अरे तुम लोगो की आँख का पानी एकदमै मर गया है। आँख मे फूली पड़ गयी हैं। बिटिया, बहिन की पहचान नहीं रह गयी है, तो कैलासिया को काहे नहीं पकड़ लेता घरवै में"। यह दलित चेतना का सौन्दर्य है। शिवमूर्ति भाषा की सहजता में प्रेमचन्द के बिल्कुल पास खड़े होते हैं। हादसा होते-होते टल गया। पर जो नहीं हुआ उसकी अनदेखी नहीं की गयी। बड़ी-बड़ी घटनाओं अनदेखी की विवशता अब नहीं। चन्दर की बदनियती की शिद्दत से दखल ली गयी। और इसी दखल में आपसी डाह द्वेष, थाना कचहरी नेता। व्यक्तिगत अपमान की सार्वजनिक राजनीति छल-प्रपंच गवाही, लालच पुलिस व थाना ठाकुर-बाभन। घर में बुजुर्गों की उपेक्षा, स्त्रियों के सन्दर्भ मे पुरुष मानसिकता चाहे वह पंडित हो या दलित जाति। धरमू पंडित–"ज्यादा गचर-गचर किया तो भर जूतन के....कुकुरि।" वही

पियारे भी कहता है—"तु क्यों फाट पड़ी बीच में बिना बुलाये औरत जात।" में जड़ीभूत साम्यवाद (?) देखा जा सकता है इन सबका समस्त गहराई से चित्र खींचते हैं शिवमूर्ति। वे जीवन के अन्तरतम कोनों मे जिस निर्भयता से प्रवेश करते हैं, अद्भुत है।

दृश्यों के विपर्यय रचकर उपन्यास को न केवल सिनेमेटिक गुणों से सम्पन्न करते हैं बल्कि गहरे अर्थों के साथ गहरा रंग भी देते है। धरमू पंडित अपने बेटे के साथ परदे के भीतर बैठकर जेल तक जाना चाहते है। वहीं पियारे चाहता है उसे बाजार के बीच से ले जाया जाय। साख गिरने और उठने का रास्ता एक ही है, मंजिल भी एक ही है। मंगलेश डबराल कहते हैं—"यथार्थ। यह संसार का सबसे कठिन शब्द है। करोड़ों जीवन यर्थाथ को समझते-समझाते बीत गये। यह तब भी सबसे विकट गूढ़ और रहस्यमय शब्द है"। 'तर्पण' के सन्दर्भ में यह कहा जा सकता है कि शिवमूर्ति में 'पेड़' को उसके समूचेपन में व्यक्त करने की क्षमता है।

बहुजन पार्टी के नेता भाई जी जब गाँववालों के इस केस मे इन्वाल्व होते है, तो सम्पूर्ण परिदृश्य बदलने लगता है। अर्धसत्य को पूरी शिद्दत से सत्य बनाने की स्ट्रेटजी अपनानी होगी। कम्प्लेन्ट घटना दर्ज़ करने के लिए नहीं बल्कि जीत के लिए लिखानी होगी। दोनों ही ओर से हर सम्भव साधन अपनाए जाते है। चन्दर को दो बार जेल जाना पड़ता है। भद्र समाज को नगण्य, उपेक्षित, शूद्र जातियों का अपने समक्ष खड़ा होना ही अपने प्रति सबसे बड़ा अन्याय लगता है। यही तथाकथित अन्याय ब्राहमण और क्षत्रिय को एक मंच पर लाता है। चन्दर जेल से छूटने के बाद अपने को हीरो समझता है। 'जेल जाना, जेल से आना' बड़ा ग्लैमर है। सिनेमा से लेकर अबूसलेम तक 'दबंग' (हिन्दी फिल्म) सलमान खान के संवाद पर "मैं अफसर हूँ वह भी करप्ट किसिम का।" मरने वाले लाखों युवाओं का मानसिक रुझान किस ओर है, सहज अनुमानित है। भाई जी तो चाहते हैं 'आत्मरक्षा' हेतु दलितों को बन्दूकें दिलवा दी जाए। बन्दूकें रहेंगी तो 'बूथ कैप्चरिंग' के काम भी आयेगीं। आज की दुनिया मे कपट और क्रूरताओं के सहारे ही आगे बढ़ा जा सकता है। इस कपट और इसी ब्रह्मास्त्र पर दमित व दमनकारी दोनों की श्रद्धा (अन्ध) है। केवल भूमिकाओं को बदलने का खेल जी जान से खेला जा रहा है। इस बात को इतनी सहजता से व्यक्त करना दरअसल समय के अँधेरे को ठीक ऐसे व्यक्त करना कि प्रत्येक छवि को स्पष्ट, मुखर और उसकी बारीकी के साथ देखा जा सके। शिवमूर्ति की आन्तरिक ऊर्जा का ही प्रमाण है। शिवमूर्ति के उपन्यासों में ग्रामीण जीवन जिस सहजता के साथ दिखायी देता है ठीक वैसा ही उनके स्वभाव में भी देखा जा सकता है। अपने उपन्यास

का मूर्त रूप सुप्त ज्वालामुखी की तरह जिसके भीतर कितना कुछ खदबदाता है, बाहर से शान्त। उपन्यास की नियति लेखक ने नहीं स्वयं नियति ने तय की है। मानो सब कुछ प्राकृतिक ढंग से अनायास घटता चला जा रहा हो। घटनाओं का क्रम इस तरह नियोजित किया गया कि हर दृश्य समय की वाणी हो गया। चन्दर, भाईजी और मुन्ना भाग जाते है लेकिन इस घटना की जिम्मेदारी गौरव की तरह अपने सिर 'पियारे' लेता है। औसत ज़िन्दगी में अपने को कीड़े की तरह रेंगते हुए पाने वाला पियारे अपनी छद्म मर्यादा तोड़ कर एक विराट चरित्र में प्रवेश करता है। और याद आते हैं नाबाकोव 'एक बुद्धिमान पाठक किसी उत्कृष्ट पुस्तक को अपने दिल से ही दिमाग से नहीं बल्कि अपनी रीढ़ से छूता है।' सचमुच पाठक अपनी संवेदनशील रीढ़ से ही उपन्यास को महसूस करता है।

दलित राजनीतिक विमर्श के नये आयाम को बड़ी शिद्दत से शिवमूर्ति संस्पर्श करते हैं। पियारे प्रतिरोध की संस्कृति में आस्था रखने की अपनी नवशक्ति से परिचय पाता है। मानवीय गरिमा की क्षति पियारे के हाथों में नहीं होगी, परन्तु भाई जी जैसे लोंगों की शक्तियाँ अन्ततः अलोकतान्त्रिक और अनैतिक बल में ही रूपान्तरित हो जायेगें। शिवमूर्ति तात्कालिक लक्ष्यों को प्राप्त करने में व्यक्तिगत राग-द्वेष के लिए जातिगत मुद्दे को ज्वलन्त प्रश्न बनाने में लगी मानव की अन्तःशक्तियाँ अन्ततः किन दिशाओं मे फलीभूत होंगी इसका स्पष्ट संकेत करते हैं। इसीलिए शब्दों की शाश्वत सत्ता स्वीकारने के लिए पाठक भी अपने को बाध्य पाता है। शिवमूर्ति के साथ पाठक भी दण्ड देने का चिर आकांक्षी, अपराध अपने सर लेकर पुरखो को तारने वाले पियारे में ही अपनी अनन्त आस्था व्यक्त करता है। फागुन की ठण्डी पुरवा को फेफड़े में भर कर जब पियारे आँखे मूँद लेता है तब पियारे के ही नही बल्कि पाठक क हृदय मे भी कही एक मुक्तिदायिनी सिम्फ़नी बजती है। और बजती हुई सिम्फनी दूर तक पीछा करती है, कुछ इस तरह–

"वो कौन हैं जिन्हें तौबा कि मिल गयी फुर्सत,
हमें गुनाह भी करने को ज़िन्दगी कम है।"

पीड़ा की सर्जनात्मक यात्रा : वजह बेगानगी नहीं मालूम

गर मैं मर गया
खुला छोड़ देना बरामदा
ताकि मैं देख सकूँ
सेब खाते बच्चों को
फसल काटती औरतों के
गीत सुन सकूँ
गर मर गया मैं
बरामदा, खुला छोड़ देना—

—लोर्का

उपर्युक्त पंक्तियाँ संवेदनात्मक संकल्प हैं। और कौन है? साहित्यकार के अलावा जो मृत्यु के बाद भी जीवन सौन्दर्य के सपने देखना नहीं बन्द करता। गोली 'लोर्का' को मार दी गयी, पर सपनों को? देशकाल का अतिक्रमण कर साहित्यकार का सपना सर्वदेशीय, सर्वकालिक, सार्वभौमिक, हो उठता है। कुमार स्वामी कहते हैं, ''कलाकृतियाँ हमारे अनुभूति लोक को नहीं, हमारे फलसफे को विकसित करती हैं''। ऐसा ही अनुभव होता है, 'वजह बेगानगी नहीं मालूम' (विनोद कुमार श्रीवास्तव) को पढ़ते महसूसते हुए। संत्रस्तकाल की टीस का संकेत भर है। इतिहास को फिक्शनल समय में ढालने का विलक्षण कविताई अन्दाज। सवाल ना तो साम्प्रदायिकता का है, ना ही सद्भाव जैसे भारी शब्दों की जिम्मेदारी उठाने का दावा उपन्यास करता है। बड़े मामूली सवाल हैं कि मनुष्य अपने आत्म के प्रति इतना सशंक क्यों हो उठा है? एक-दूसरे को पहचानने की खोज आज भी जारी-क्यों हैं? समूचा मनुष्य 'कुंजन मामा' की तरह खण्डित क्यों हो चुका हैं? मनुष्य-मनुष्य के बीच संवाद की सम्भावनाएँ आंतक नफरत के अँधेरे में डूबती सी क्यों जान पड़ रही हैं? क्या हम प्रेम करने के योग्य नहीं रहे? क्यों हम अपने

से ही अजनबी हो गये? प्रत्येक जाति के अनुभव, स्मृति, संस्कार आत्मा का रंग जब जीवित होकर धड़कता है तब भारतीय संस्कृति स्पन्दित होती है। इसे नष्ट कर धर्म की इयत्ता सुरक्षित 'कैसे रह सकती है'। दरअसल सवालों का अनन्त सिलसिला थामे उपन्यासकार विलुप्त, उपेक्षित, विस्मृति जिस परम्परा की खोज कर उसे पुनर्स्थापित करने की जिद्‌द लिए निकला है वह कुछ और नहीं मानव से मानव का अन्तर्सबंध है। पूर्वांचल की बोली बानी, माटी की गन्ध, घर, दुआर, तीज, ताजिया ताल, पोखर, विवाह, श्रम, हलवाही मजूरी, धान की रोपाई और रोपाई के गीत, पढ़ाई नौकरी सारे उपादान सशक्त ढंग उपन्यासकार का साथ देते हैं यही कारण है, कि जाने पहचाने यथार्थ से कहीं ज़्यादा उज्जवल कहीं अधिक अर्थपूर्ण अमूर्त यथार्थ हो उठता है। उपन्यास की कथा मुख़्तसर सी कुछ यूँ है, कि पूर्वांचल का एक गाँव है ब्राह्मण, ठाकुर, अहीरों, कटास्थों, चूड़िहारों से बना गाँव और गँवई किस्म के लोग। ये एक दूसरे की जरूरतों और जरूरतों का निर्वाह भी बखूबी जानते हैं, अपनी खामियों खूबियों के साथ रहना जानते हैं। गाँव ही इनकी दीन-दुनिया है। यही इनका धर्म, कथा के सूत्रधार प्रभात का ननिहाल भी यही है। धीरे-धीरे बदलते समय की रंगत गाँव पर चढ़ने लगी और गँवई चटख रंगत धूसर में तब्दील होने लगा। गाँव अपनी पुरानी पहचान खोने लगे। उनकी पहचान बचाने की जिद्‌द लिए लोग मायूस। ऐसा कब हुआ कि मरनेवाले को अपने गाँव की खाक़ नसीब न हो, पर ऐसा हुआ। सत्तार की अन्तिम इच्छा के मुताबिक उनकी मिट्‌टी को गाँव में दफनाया जाना था। परन्तु उनकी अन्तिम इच्छा जातिगत घेरे में फँस कर अतृप्त रह गयी। सत्तार के जीवन और मृत्यु के बीच के स्पेस को देखें, तो उन्हें पहली बार मुसलमान बनाया पहलवान 'रेस्टोरेन्ट' के एक ग्राहक ने और अन्त तक इसी व्यथा ने उनकी मिटट्‌ी से गाँव की मिट्‌टी छीन ली। यह गाँव अपनी ढब रब कुछ-कुछ नया हो चला था जो कुंजनमामा से सहा नहीं जा रहा था। आवाज किसे दें? ऐसे में उनके होठों पर ज़ख्मी मुस्कराहट ने स्थायी भाव बना लिया। 'गाँव में सियासी रंग चढ़ने लगा यह सियासी रंग लोकल' नहीं है। इस सियासत में लाठी मार कर पानी अलगाने की कूवत है। रंग अलगाने लगा, पोशाकें बदल रही थीं। ग्रामीण संस्कृति की भाषा केवल श्रम में झलकती थी। श्रम भी हरे और भगवे रंग में बदलने लगा। औरतें अपनी तरफ से संस्कृति का पल्ला थामे रहती परन्तु कब तक? किसी दिन तो हरे रंग की व्याधि से 'सत्ती' को पीड़ित होना ही था और एक दिन तो भगवा रंग को चुन्नी मामी का कलेजा चीर देना ही था। कब पता था कि रंग-बिरंगी गोल-गोल चूड़ियों के बिहँसते संसार की रानी गाँव की बहू बेटियों की निकटस्थ

चुन्नी मामी से सारे रंग छीन जायेंगे और रह जायेंगे उनकी आँखे में बेरंग आँसू।

प्रभात, रज्जन, दिलबहार जैसी नयी पौधे भी इसी परिवेश की गन्ध में बढ़ रही थी बहक रही थी सम्भल रही थी, सँवर रही थी। वह देख रही थी अचानक चूड़िहारों का मुसलमान होना। मदरसे मस्जिद की चिन्ता करना और इस तरफ सम्पूर्ण रामायण और भगवती जागरण के प्रति अचानक आस्था का बढ़ना। पहले त्यौहार गाँव के थे किसी धर्म विशेष के नहीं। जब त्यौहार जाति के हो गये सो रस्मी तौर पर निभते! ना हिंसा हुई, ना रक्तपात, सीधे-सीधे ना किसी धर्म को गाली दी गयी। ना ही किसी की बहू बेटी अगवा कर ली गयी। पर गाँव में फाँक पड़ चुकी थी। गाँव जिस नैतिक आयाम को खो चुका था उसका परिणाम था गाँव में पसरी संवेदनहीनता वह किसी हिंसा से कम थी क्या? गाँव वालों के भीतर सदियों से पुरखों की विरासत जो ढ़ह चुकी थी वह किसी मस्जिद मन्दिर के ढहने से कम भयावह नहीं थी। प्रभात इलाहाबाद जैसे शहर में राहत इसीलिए महसूस करता है, कि वह सचमुच अजनबी है। गाँव और गाँव के समय दोनों से नजर बचाते प्रभात और दिलबहार बाहर निकल गये। रज्जन वहीं पर हैं। अपनी माटी से बेभान नहीं ये पौधे इसलिए बदलती बयार इन्हें पीड़ा देती है। ये लौटते हैं, अपने पत्रों के माध्यम से। कई बातें जो आमने सामने नहीं की जा सकती वही बातें पत्रों में बड़े सुलझे तरीके से की जा सकती हैं, इसलिए पत्र में जो सवाल रज्जन उठाता है वह अकादमियों, सेमिनारों, बुद्धिजीवियों की गोष्ठियों में नहीं उठाये जाते–''जिस समय हम साथ थे और यह सब हो रहा था तो हमने क्या किया ''? रज्जन का दर्द यह भी है कि एक बहुत बड़ा वर्ग है जो झगड़े की रोटी तोड़ता है, वह झगड़ा क्यों बन्द होने देगा? यह सत्य है, महज हिन्दू-मुस्लिम का मतभेद ही खतरा है क्या? राजस्थान का मीणा, गुर्जर, महाराष्ट्र का परप्रान्तीय मुद्दा, झारखण्ड का आन्दोलन मणिपुर मिज़ोरम के आन्दोलन ये सारे आंदोलन रक्तरंजित हिंसाचार का भयावह परिदृश्य रचते हैं।

विस्थापित गाँवों की कथा या ब्यौरा उपन्यास नहीं देता क्योंकि इन्हें किसी ने उजाड़ा नहीं है ना ये डूब क्षेत्र के हैं, अर्थिक पर्यावरण की दृष्टि से यहाँ कोई दुर्घटना नहीं हुई तब 'चुन्नीमामी' का आर्तनाद पाठक को अवसाद में क्यों ढकेल देता है? मनुष्य की संस्कृति पर, गाँव की अबोध माटी पर, घातक और मर्मभेदी घाव समय क्यों छोड़ गया? कौन सी अभिशप्त छाया धीरे-धीरे हमारे समकालीन जीवन को ग्रसती जा रही है। उपन्यासकार में जीवन के दुर्लभ और नाजुक स्वप्न को बचाने की मौजूद छटपटाहट हमारे संवेदनतन्त्र को स्पन्दित करती है। याद आते हैं निर्मल वर्मा–''भारत के पास आज भी यह विकल्प है कि वह एक दूसरे

के साथ, भीतर की कविता और बाहर के पेड़ दोनों को सुरक्षित रख सके। किन्तु यह तभी सम्भव हो सकेगा जब हम अपने खोये हुए घर और लुटे हुए परिवेश को फिर से अपना बना सकें''। कमोवेश यही सपना कुंजन मामा का है। इसी सपने की डोर प्रभात रज्जन दिलबहार आगे चल कर सुरेश मोहितुल भी थाम लेते हैं। इस सपने में भारतीय अनुभव विभिन्न और बहुस्तरीय यथार्थों द्वारा अभिव्यक्त होता है। एक दूसरे का निषेध नहीं करता। बल्कि एक दूसरे का पूरक बन कर।

लक्ष्मी (प्रभात की ममेरी बहन) की शादी में आँधी-बारिश से तहस-नहस हुए अन्न-जल चारों तरफ फैली अन्न की सड़ांध को युद्ध स्तर तक साफ करते युवकों के बीच कीचड़ मिटटी से लथपथ दिलबहार का चेहरा 'ज्यों-ज्यों' बूड़े स्याम रंग त्यो-त्यों उज्जवल होय। का अर्थ रचता हुआ उम्मीदों की रोशनी से आलोकित होता दिख पड़ता है। लक्ष्मी की शादी में रज्जन प्रभात दिलबहार का एक साथ होना पहले की तरह नहीं है। बल्कि बन्द गाँवों के खुलने का अवसर भी है। पाकिस्तान बनते क्यों हैं? घर जलते क्यों है? इस पर खुल कर संवाद करने का साहस भी है, रज्जन और दिलबहार में। बड़ी बारीकी से एक आलोचनात्मक अन्वेषण के साथ दोनो अपने-अपने भय में मुखरित होते हैं और एक आलोचनात्मक अन्वेषण के साथ अपने समय में हस्तक्षेप करते हैं। प्रभात का अपने ननिहाल बार-बार लौटना दरअसल हर बार के बदलते समय का साक्षी होना है। प्रभात की दिक्कत यह थी कि जिन गाँवों में हिन्दू-मुस्लिम कोई समस्या ही नहीं थी वहाँ वह समस्या बना दी गयी। कुत्सित में समय चुप रहने की सलाह दी गयी। और योग्यता का सबसे बड़ा मानदण्ड जाति को मान लिया गया। लघुतम इकाई व्यक्ति से लेकर बृहत्तर आयाम राष्ट्र तक जल रहा है, समय के परिदृश्य पर ईश्वर शैतान इनसान गड़मगड्ड़ हो गये। '' देश औघड़ों तान्त्रिकों और कठमुल्लों का लग रहा था। किसी विकासोन्मुख समाज का तो कतई नहीं''। (पृष्ठ 134 वजह बेगानगी नहीं मालूम) प्रभात दिलबहार रज्जन के भीतर का मर्मशील, मूल्यवान, महत्त्वपूर्ण माननीय अभिलाषा आज की लोकतान्त्रिक व्यवस्था के भीतर दमित और बाँझ बन कर पड़ी है। वह जिन मूल्यों पर विश्वास करना चाहते हैं, वह व्यवस्था में उपलब्ध नहीं। इस दुनिया में मनुष्य सम्पूर्ण मनुष्य की तरह मौजूद रहे। हर राजनीतिक तन्त्र के लिए सबसे बड़ी चुनौती है। मनुष्य और समय के बीच फैले इस अँधेरे मौन को अपनी धीमी आवाज से उपन्यास ने तोड़ा है। इसीलिए यह छोटे कलेवर का बड़ा उपन्यास बनता है।

एक मुर्दे को ख़ाक नसीब न होने का 'दंश' ऱतार और कुंजन मामा में ज़िन्दगी और मृत्यु का विलयीकरण कर एक खौफनाक मंजर रच देती है। सदियों

से इतने अभूतपूर्व परिवर्तन हुए, इतना विकास इस सबके बावजूद मनुष्य में वही बदहवास किस्म की हताशा क्यों है? आज का मनुष्य समय के क्रूर नाटक का गूंगा दर्शक मात्र क्यों नहीं लिखता? तमाम अदृश्य बुने सवालों पर ठहरा उपन्यास ग्रामीण मनुष्य की सहज जीवनधारा से उठाये बिम्बों, प्रतीकों के माध्यम से यह सिद्ध करने की पुरजोर कोशिश करता है कि भारतीय होने की परिभाषा इतिहास, धर्म जाति की कसौटी से नहीं बल्कि अपने रहन-सहन आचार विचार और आस्था से सिद्ध होती है। यही उपन्यास की शक्ति भी है और यही सरोकार भी। उपन्यास में मौजूद शब्दों के स्मृति संकेतों का उनके भीतर छिपे बहुआयामी अर्थों को संवेदनशील पाठक बकौल फॉकनर अपनी रीढ़ से महसूस कर सकेगा। इतना स्पेस उपन्यास में पाठकों के लिए छोड़ना दरअसल अपनी रचना प्रकिया में साझीदारी करने का एक खुला आमन्त्रण है। यह उपन्यास अत्यन्त विजुअल है, गतिशील जीवित बिम्बों की दृश्यमालिका पात्रों के टोन, लहजे, बोली बानी को पढ़ने का नहीं सुनने और देखने का सुख मिलता है। खामोशी की गूंज भी अपने होने का अहसास दिलाती है। उलट अपने में समाने के लिए बाध्य करनेवाले, माटी की गन्ध खूबसूरत अन्तर्मुख करने वाले माटी की गन्ध से सराबोर उपन्यास हिन्दी जगत को देने के लिए विनोद जी निःशंक बधाई के पात्र हैं।

वसंत का इंतजार करते होंगे वृक्ष

रजनी गुप्त के तीसरे उपन्यास 'एक न एक दिन' में वसंत का इंतजार करते वृक्षों (पात्रों) की तड़प को महसूस किया जा सकता हैं उपन्यास शब्दों का समन्दर होता है। पर उसे यदा-कदा कविता की अंजुरी में अपनी अर्थवत्ता तलाशने देखा जा सकता है। रजनी के तीनों उपन्यास का संग्रथक सूत्र 'स्त्री' है। 'स्त्री जीवन और स्त्री स्वर।' इस उपन्यास पर चर्चा करने से पहले इस पुस्तक का जिक्र करना जरूरी है जो स्त्रीवादी साहित्य को समझने का एक सुथरा रास्ता बनाती हुई नजर आती है। 'ज्ञान का स्त्रीवादी पाठ' (सुधा सिंह) सुधा जी कहती हैं उपन्यास मूलतः स्त्री विधा है, यह स्त्री को सामाजिक जगह देने के साथ-साथ अपनी बात कहने का अवसर भी देता है।

—स्त्रियों ने इन कथारूपों के जरिए एक बड़ा काम यह किया कि पितृसत्ता के खिलाफ पाठ का स्तर पर वैचारिक मुहिम छेड़ा।

—स्त्रियों ने इस बात की परवाह किए बिना उनकी रचना स्थापित मानदण्डों पर खरी उतरी है या नहीं लिखा।

—स्त्री कथा लेखन मूलतः वर्णात्मक है।

इन मुद्दों पर विचार करते हुए लगता है कि स्त्रीवादी साहित्य का सौन्दर्यशास्त्र निःसंदेह अलग भूमि पर बनेगा। मुख्य धारा की आलोचना इसके मूल्यांकन के लिए ठीक नहीं है। इसका अर्थ यह नहीं है कि मैं आलोचना के क्षेत्र में स्त्री और पुरुष का भेद होना सुखद मानती हूँ। बल्कि इस तरह की जरूरतें कई बार विडम्बनाओं के कोख से जन्म लेती है। रजनी के उपन्यास की सेन्ट्रल थीम शक्ति की छटपटाहट है। निकोलाई द्रोबोल्युबोव के शब्दों में व्यक्त करूँ तो 'भौतिक जगत का कोई ऐसा पदार्थ नहीं जो निरा जड़ हो जिसमें अपनी शक्ति न कसमसा रही हो। इस प्रकार की कोई ऐसी शक्ति नहीं जो अपना अलग पदार्थ से स्वतन्त्र अस्तित्व रखती हो।'

उपन्यास में विचार, समय, पात्र, प्रकृति डायरी, एकालाप सारे के सारे इसी

कसमसाती शक्ति को पहचानने का प्रयत्न करते दिखाई देते हैं। यह शब्दों के सौन्दर्य को दिखाने के लिए विचारों की खोज करता हुआ उपन्यास नहीं है, बल्कि विचारों की अभिव्यक्ति के लिए शब्दों को ढूँढ़ता हुआ उपन्यास है। यह छटपटाहट उपन्यास के आवरण चित्र से ही देखी जा सकती है। स्याह, सुरमई, ललछौहें रंगों की अपनी एक जुबां और पीड़ा और पात्रों का वह अन्तहीन भटकाव ही दरअसल उपन्यास की बेचैनी है। हल्की दस्तक से ही पाठक ऐसी दुनिया में प्रवेश करता है। जहाँ विकसित दुनिया के सभी चरित्र बुनियादी तौर पर टूटे-फूटे और अधूरे हैं। मनुष्य की आपसी समझ के बिना दुनिया के सारे संसाधन किसी समाज को स्वस्थ दिशा नहीं दे सकते। कृति हो या अनन्या या सर्जना। कृति अनन्या अपनी राह बनाती हुई दुनियावी बाधाओं पर विजय पाती स्त्रियाँ हैं लेकिन सम्बन्धों का सुकून पद और अधिकार नहीं तय करते इसीलिए अपने आस्तित्व की पहचान कराती इन स्त्रियों के आसपास शून्य नज़र आता है। एक अन्तहीन भटकन। उपन्यास के साने पात्र मानवीय सम्बन्धों की अर्थवत्ता तलाशते हैं। जीवन सार्थकता और भौतिक उपादानों के बीच हिचकोले खाता है। राजीव अनन्या, कृति सर्जना, नागेन्द्र चौहान, नेहा। कहाँ है इनकी खुशी? जीवन से क्या चाहते हैं ये लोग? ब्रीदिंग स्पेस की हद क्या है? निःसन्देह घर और बाहर के तमाम प्रश्नों से टकराती त्रासद स्थितियों को बयां करती कथा स्त्रियों की दुनिया की महागाथा बन जाती है। कृति 'अनन्या' से कहती है 'हम सब की यही कहानी है अपनी जड़ों से टूटे-बिखरे पन्नों की तरह इधर-उधर भटकते रहना ही शायद हमारी नियति है। एनी वे खुश हो और बनी रहो' (पृष्ठ 39) अमानवीय वृत्ति और शोषक व्यवस्था के खिलाफ कृति का प्रतिरोध है, न कि पुरुषों के खिलाफ कोई अभिमान। अनन्या की माँ का चरित्र उपन्यास के इसी स्वर को दृढ़ करता है। अननया के माँ के सामने मिपा निरीह और असहाय हैं और अनन्या की माँ धन सौन्दर्य और दर्प में डूबी हुई स्त्री। स्टुअर्ट मिल के कथन को देखें तो इन दृश्यों की एक संगत बनती है—'पत्नी के झगड़ालू हाने की यह ताकत सिर्फ प्रतितानाशाही ही स्थापित करती है और इसका शिकार वे पति होते हैं, जिनके स्वभाव में अत्याचार व तानाशाही नहीं होती।' दरअसल यह पुस्तक तमाम टकराहटों के बावजूद एक साझे पुल की उम्मीद में साँस लेती है क्योकि ज़िन्दगी की अन्धाधुन्ध दौड़ सम्बन्ध विहीन, संवेदनहीन समाज का निर्माण करने जा रही है, जो मनुष्य समाज की सबसे बड़ी पराजय होगी। नीति, तन्मय, शिखा, रीतिका, विवेक उसी दुनिया के बशिन्दे हैं। जिनके पास पैर टिकाने की जमीन ही नहीं है। नयी लाइफस्टाइल के प्रति पैदा ललक केवल

मजदूर वर्ग का निर्माण करेगी। आर्थिक स्तर पर श्रेणी तय होगी, चतुर्थ श्रेणी का मजदूर, प्रथम श्रेणी का मजदूर न रिक्शावाले को अपनी सन्तान का नाम याद होगा न ही बहुतराष्ट्रीय कम्पनी में एक लाख रुपये पाने वाले अधिकारी को। उपभोक्ता संस्कृति, कंप्टीशन और स्त्री-पुरुष सम्बन्ध इन सबका जो वास्तविक खाका खिंचा गया है, इस उपन्यास में, वह भयावह है, पर सच भी तो है। इस पर चिन्ता की जानी चाहिए। दरअसल यह चिन्ता इसलिए भी होनी चाहिए कि बात परिवार और सन्तान तक पहुँच चुकी है। कृति तन्मय के जरिए आपाधापी के संसार को देखती है।

उपन्यास में कई तरह की ठोस और वाजिब चिन्ताओं को उभारा गया है। किसी कृति की दुनिया उसके पाठक कहते हैं और पाठक की कुछ चाहतें होती हैं, उनकी चाहत से लेखक की लयबद्धता जरूरी होती है। इस मामले में रजनी गुप्त के सन्दर्भ में कहूँ तो अपनी बात में असर पैदा करने के लिए उन्हें भाषा को एक धार देनी होगी, शब्दों की फिजूलखर्ची साहित्य को निर्धन करती है। शब्दों को साधने की कला (कृपया इसे शिल्प न कहें) के बिना बड़ी से बड़ी बात यूँ ही चली जायेगी। भाषा सबसे ठोस औजार होता है साहित्यकार का क्योंकि कोई भी कृति समाज और समय के भीतर चलने वाले तमाम अन्तरद्वन्द्वों की साक्षी होने का दावा करती है। निर्मल वर्मा के शब्दों में कहूँ तो—'एक अखबारी रिपोर्ट में शब्दों की उपयोगिता रिपोर्ट के कथ्य को सम्प्रेषित कर देने के बाद सामाप्त हो जाती है। किन्तु एक कविता को एक बार पढ़ लेने के बाद उस का महत्त्व खत्म नहीं हो जाता। यहाँ शब्द माध्यम नहीं है इसलिए हम बार-बार उसके पास लौटते है।' कहानी और उपन्यास के लिए रजनी को अपनी भाषा तलाशनी ही होगी। उपन्यास में भाषा की कमजोरी स्थूल (प्रोक्ति, विन्यास) और सूक्ष्म (अभिव्यक्ति के लिए सार्थक शब्द) दोनों स्तरों पर उजागर हुई है। भाषा की सार्थक खोज उपन्यासकार को उस दुनिया में प्रवेश करायेगी जिसकी वह अधिकारी है।

अलाव के आँच सी कहानियाँ

किसी अलाव की सी आँच की रोशनी में चेहरे
दिन की रोशनी से भी ज़्यादा पहचाने जाते हैं।

–भगवत रावत

व्यक्ति न तो शून्य में पैदा होता है और न अकेला शून्य में कुछ कर सकता है। उसका हर नैतिक निर्णय दूसरों की पृष्ठभूमि में होता है। और अगर सब अपनी-अपनी चालें चले तो कोई समाज नहीं बन पाता, फिर यह दृष्टि साद, स्टालिन और हिटलर की दृष्टि की ही पोषक होगी। उषा जी की कहानियाँ आज के समय में उभरते जा रहे इसी शून्य के बरअक्स खामोश अलाप हैं। इसमें विद्रोह की तड़पती बिजली के तेवर नहीं है, लेकिन प्रत्येक अराजक स्थिति के खिलाफ असहमति का दृढ़ स्वर सुना जा सकता है। यह अलग परिवेश की कहानियाँ है। इण्डो-ब्रिटिश नागरिक की कहानियों की भाषा की भी संगति आज की हिन्दी कहानियों की भाषा से अलग है। इसके आस्वाद के लिए दृष्टि को व्यापक बनाना होगा। इसे देखना ही काफी नहीं बल्कि दृष्टिसम्पन्न होना होगा। यह कहानियाँ अलग परिवेश की कहानियाँ है। प्रत्येक व्यक्ति का भाव-लोक अपने परिवेश से ही आकार ग्रहण करता है। उषा जी ब्रिटेन की ही धरती, आसमान और पेड़-पत्तों, रंग-गन्ध, रीति रिवाजों, मुहावरों में अपनी भावना की अभिव्यक्ति तलाशती हैं। परन्तु भाषा के लिए, अपनी कर्मभूमि के लिए आदर का भाव लिए भी अपनी जड़ों की ओर लौटती हैं। भाषा का यह विशिष्ट बोध और लय उनकी कहानियों को रूपायित करता है।

रेने देकार्त मस्तिष्क समेत मानव शरीर को एक मशीन के अतिरिक्त कुछ नहीं मानते, लेकिन वह चैतन्य मन की सत्ता को सर्वोपरि मानते हैं–''मैं सोचता हूँ, इसीलिए मैं हूँ।'' यही सोच व्यक्ति के सरोकारों में मूर्त होती है। 'वह रात और अन्य कहानियाँ' के संकलन सभी कहानियाँ मानवीय सम्बन्धों के उषा की

पड़ताल करती हुई, कहानियाँ है। व्यक्तिगत स्तर पर सम्बन्धों के संघर्षो की पहचान कराती हुई अन्तरराष्ट्रीय स्तर तक सम्बन्धों के अनुसलझे प्रश्नों को लेकर खड़ी होती हैं, उषा जी की एलोरा, डैडी, चुनौती, रिश्ते जैसी कहानियाँ बदलते समय में सम्बन्धों के बदलते समीकरण को सकारात्मक अर्थों में स्वीकार करने की पहल करती दिखाई देती हैं। 'चुनौती' कहानी एक ऐसे सूक्ष्म तत्व को उजागर करती है जो हमारे लिए कोई मसला ही नहीं रहा। बच्चे के कैरियर के लिए चिन्तित माँ-बाप की चैतन्यता का अतिरेक धीरे-धीरे मनोरोग बनता जा रहा है। भौतिक उठा पटक का समय इस मनोरोग को अनुकूल खाद-पानी दे रहा है। चर्चा इस पर खुल कर की जानी चाहिए। ('तारे जमीं पर' फिल्म में इसी प्रश्न को लेकर खड़ा होता है।) 'सवेरा' ज़िन्दगी के तथाकथित सत्य और सत्य के बीच का पर्दा हटाती है।

'सलीना तो सिर्फ शादी करना चाहती है'। यह कहानी अपने समूचे सादगीपन के साथ 'सिर्फ' शब्द में धड़कती है। क्या आपने कभी इस शब्द का इस्तेमाल संवेदना, कोमलता, प्रेम, करुणा, आह के लिए होते देखा है। शायद नहीं। इस कहानी में 'सिर्फ' अपने परम्परागत अर्थ का त्याग करता है। यहाँ 'सिर्फ' शब्द अपनी अभिव्यंजना में एक उमंग है एक सपना है और स्वप्न की अन्तर्यात्रा से गुजरते दो यात्रियों के स्वप्नभंग की पीड़ा भी, साथ ही तथाकथित सभ्यता के बाजार में खड़े नंगेपन को धिक्कार भी। कहानी की चेतना स्पेस का अतिक्रमण करती है। मानवीय अंगों की खरीद-फरोख्त करने में यदि सोने या चाँदी की सड़कों वाले देश को महारत हासिल है तो दूध की नदियों वाला देश ही कौन सा पीछे है? जिन कोमल संवेगों से यह कहानी बुनी गयी है, उनकी पृष्ठभूमि में पीड़ा की अथाह नीली लहरें किनारों पर आ-आ कर दम तोड़ देती हैं। पाठक बिना किसी भौतिक आघात के ही विह्वल होने लगता है। क्या ऐसी ही प्रक्रियाओं के अभौतिक कारकों को हम मन नहीं कहते?

बीटाविक्स, दूध, सेब, खाने के जूठे बर्तन, सिगरेट की गन्ध, बंकबेड और एक औसत कमरा इन्हीं उपादानों से उषा जी बुनती है एक मास्टर पीस जिसका शीर्षक है 'वह रात'। कहानी गम्भीरता और सहजता के दोनों छोरों पर बहुत सधी और सन्तुलित दृष्टि से चलती है। आठ वर्षीय 'मार्थ' कथा का नरेटर है। नौ वर्षीय एनिटा इस परिवार की गार्जियन। माँ इस घर की छत। 'वह रात' जीवन का एक मार्मिक बयान है जो मृत्यु से खुलता है। एक वेश्या की मृत्यु किसी भी देश समाज की बड़ी घटना नहीं होती। तब यह त्रासद दृश्य विधान समस्त संवेदन तन्त्रियों को क्यों झकझोरता है? शायद इसी लिए कि माँ को

तलाशती बच्चों की निरीह आँखें पाठकों से टकरा जाती हैं। शरीर में भय की झुरझुरी दौड़ जाती है। दरअसल यह कहानी मनुष्य और शब्दों के बीच खुल गयी खाई को पाटने की प्रक्रिया है।

'अस्सी हूरें शीराज मुनव्वर और जुलियाना' और 'तीन तिलंगे' दो विरोधी पाश्वभूमि की कहानियाँ है। इसके विरोध के भीतर एक आन्तरिक लय है, एक सिम्फनी है, संवेदना की। यही सृजनकर्ता की आन्तरिक शक्ति भी है। दो विपरीत ध्रुवों का मिलन बिन्दु एक खतरनाक प्वाइंट है, जरा सी चूक अपने परिणाम में भयानक होती है। एक ज़िन्दगी की हद में आने और दूसरी जिंदगी की हद से जाने की कहानी है। तथाकथित धर्मों के बर्बर ठेकेदारों के चेहरों के बीच लुईस जैसे मानवीय बल को आधार देनेवालों का चेहरा भी है, जहाँ जीवन का सौन्दर्य अपने अनन्त रूपों में उद्घाटित होता है।

चेरी ब्लासम जवाँ है। प्रकृति का झरता हुआ यह गतिशील सौन्दर्य चाक्षुष बिम्ब बन जाता है। खूबसूरत फूल झर रहें हैं शर्ली के बाहर और पाठक के भीतर। कथा की भाषा चुपचाप कविता में समा जाती है। ज़िन्दगी के हर रंग से शर्ली ने सीखी है केवल प्यार की भाषा। इसी ने दिया है शर्ली को स्थितियों से समायोजन का सलीका। कर्तव्यविहीन अधिकार के खिलाफ 'शर्ली सिंपसन शुतुरमुर्ग है' कहानी लेखिका का अहिंसक प्रहार है। जो स्त्री-विमर्श का पाठ नहीं रचता, बल्कि स्त्री-पुरुष सभी से आत्मविश्लेषण की मांग करता है। उषा जी की कहानियों से गुजरने पर पाठक उससे अपनी ही जमीन पर एक आत्मीयता रिश्ता बना लेता है। साथ ही ब्रिटेन या पश्चिमी समाज के सन्दर्भ में सुनी-सनाई, बातों से बनी धुन्ध की चादर भी उतार फेंकता है पारदर्शी स्थिति में दो छोर से बढ़ते हुए दो हाथों के मैत्री की पहचान ही उषा जी की कहानियों की सबसे बड़ी उपलब्धि है।

ठंड से नहीं मरते शब्द

ठंड से नहीं मरते शब्द
वे मर जातें हैं, साहस की कमी से
कई बार मौसम की नमी से
मर जाते हैं शब्द।

–केदारनाथ सिंह

'इस जंगल में' दामोदर खड़से की कुल अठारह कहानियों का संग्रह है एक शब्द इसमें सायलेन्ट है अगर आप ध्यान दे तो सुनायी देगा 'इस जंगल समय में' कॉमन मैन का समय इन कहानियों की नाभिकीय चेतना है। कथाकार की सघन संवेदना की रचनात्मक परिणति का नाम है 'इस जंगल में'। कला और साहित्य की अपनी एक काल चेतना होती है। दामोदर खड़से जी की चेतना इन कहानियों में काल के विविध स्तरों पर सक्रिय न होकर, बल्कि एक ही बोध से बन्धी रहती है। वही उनकी प्रतिबद्धता भी है। क्योंकि भारतीय समय और समाज के फलक पर घटी और घटती जा रही बड़ी-बड़ी दुर्घटनाओं में मरते छोटे-छोटे आदमियों का न अपना कोई समय है, न अपना भारत। कल की पुरानी नैतिकता का पैरोकार सच्चा ईमानदार, नेक पर दुःखकातर आदमी अपमान झेलता हुआ आदमी, दिनों-दिन अकेला होता जा रहा है। राजनीति ने ऐसे आदमी से पल्ला झाड़ लिया है, मीडिया, दूरदर्शन के सीरियल और फिल्मों ने उसका साथ छोड़ दिया है अगर उसके साथ कोई खड़ा है, तो वह है भारतीय कहानी। यही बल मोहन दीक्षित (लौटते हुए) और श्रवणकुमार (श्रवणकुमार का अन्त) की मृत्यु के बाद भी उनका अन्त नहीं होने देता।

अपनी सादगी खोए बिना दामोदर खड़से की कहानियाँ बौद्धिक विमर्श में बदल जाती हैं। अपनी पूरी ठसक और कसक के साथ भूमण्डलीकरण के समक्ष एक प्रश्न लेकर खड़ी होती हैं ''मस्तिष्क का स्वास्थ्य''। क्या आपको मौजूदा

स्थिति में यह प्रश्न बेचैन नहीं करता? श्रवण, अभिनव, मनोहर पांडेय, अजीत देशपांडे, सुदेश, नीता, अनय, मानसी जैसे पात्र, श्रम, पूंजी, सत्ता व्यवस्था, बाजार, उपभोक्ता के बनते बिगड़ते सम्बन्धों के बीच मानसिक तनावों से गुजरते हुए अन्ततः उन्हीं तनावों के सुपुर्द हो जाते हैं, जो निम्न से लेकर उच्च मध्यवर्ग की नियति बन चुकी है।

'फिरौती', 'इस जंगल में', 'तेन्दुआ', 'आग' जैसी कहानियों में भ्रष्ट एवं निर्मम राजनीति अपने जीवन्त रूप में मौजूद है। जिस भ्रष्ट व्यवस्था के भोक्ता हम हैं जिसके विरोध में हम खड़े हैं। कब उन्हीं विरोधी प्रवृत्तियों को अपना लिया हमने पता ही नहीं चला। 'फिरौती' का निशिकान्त इसी बात का प्रमाण है। दामोदर खड़से की कहानियों के उपादान आम आदमी के जीवन की रोजमर्रा की घटनाएँ हैं। कपड़े धोती औरत, रोटी बनाती औरत, बारीश में फँसी औरत, वेतन और खर्च के बीच सन्तुलन बिठाने की कोशिश में पति-पत्नी, गौरेया का घोंसला, खेलती बच्ची, मीटिंग, दफ्तर, मन्दिर, सड़क, दान सीढ़ियाँ ये सारी मामूली चीजें कथा में आने के बाद मामूली नहीं रह जाती। ये पाठक के मानस में तनाव रचती हैं और पार्श्वभूमि में उस अनकही कथा को उजागर करती हैं, जिनसे मनुष्य की ठोस प्राणवत्ता अमूर्त निर्जीव पदार्थ में बदल जाती है। भय, तनाव, सन्देह, अभाव, असन्तुलन जैसी आदिम स्थितियाँ समकाल को शाश्वत काल में बदल देती हैं। इन सारी उदास स्थितियों में भी दामोदर खड़से खुशी की जगह तलाशते हैं 'एक और मन रहा राम का जो थका नहीं' इसी मन से कथाकार मुहब्बत के लिए रंगों की खोज करता है। स्याह रंगों के विरुद्ध पीला रंग। अच्छा होता एक अखण्ड 'पीली रिबन' समूची पृथ्वी को बाँध लेती जिसके एक छोर पर अमेरिका और दूसरे छोर पर इराक होता। युद्ध की घोषणा न होती और पेड़ न कांपते पेड़ अपनी उम्र जी पाते। पर ऐसा कहाँ हुआ? न अमेरिका और इराक के बीच बँधी यह पीली रिबन ना ही हमारें और आपके बीच। दामोदर जी साहित्य ही नहीं समाज की जमीन पर भी आपके रंगों की तलाश पूरी हो। इसी दुआ के साथ आमीन।

आया मोड़ कहानी में

"मेरे भाई एकान्त में जाओ तो अपने साथ मेरे आँसू ले जाओ क्योंकि मैं उसी से प्यार करता हूँ, जो अपने से परे कुछ बनाता है।"

–नीत्से

अपने से परे रचने वालों, दूसरो के आँसू सहेजते हुए चलने वालों की रचनाओं के पीछे देर से ही सही, लँगड़ाता हुआ ही सही न्याय आता है। काशीनाथ सिंह जी की माने तो ''कहानी विचारों से नहीं बनती ज़िन्दगी से बनती है। वह ज़िन्दगी जो समाज में कई स्तरों पर फैली है। और किसी रूप में अपने अस्तित्व के लिए, संघर्ष कर रही है।'' इतिहासकार अपने समय की सत्ता के दामन के दाग-धब्बों को छिपाता हुआ चलता है, परन्तु साहित्य इसके बरक्स है। गीत चतुर्वेदी की तीन लम्बी कहानियाँ जीवन से चुनी गयी कहानियाँ हैं, जहाँ नन्दू, सावन्त का नया स्वर राजनीति सत्ता के स्वार्थपूर्ण स्त्री विमर्श की छद्म अस्मिताओं के प्रभावशाली आडम्बर को चूर -चूर कर देता है, यह नया स्वर भविष्य में उभरने वाले संघर्षों का पूर्वाभास है। गीत चतुर्वेदी की कहानियाँ अपने समय में खड़ी होकर भी अपना कद समय से ऊपर उठाती हैं। छोटे लोगों की ज़िन्दगियों का सिलसिलेवार महाआख्यान हैं गीत की कहानियाँ। इन कहानियों में गीत ने अपने समय की स्त्री नहीं बल्कि सबसे सत्ताहीन स्त्री को न्याय देने की कोशिश की है। यह कहानियाँ केवल कथाएँ नहीं है, बल्कि ज़िन्दगी में हिस्सा लेकर उसको बदलने की पुरजोर कोशिश है। 'इलिया एहरनबुग' का मानना है कि ''महान कला जीवन का दर्पण नहीं होती, वह ज़िन्दगी में हिस्सा लेकर उसे बदल रही होती है।'' यह सच है गीत की कहानियों का लिखने का ढंग अलग है, लेकिन यह नवता नब्बे के बाद के लगभग सभी कहानीकारों में देखी जा सकती है। गीत की कहानियाँ चीखती चिल्लाती झुँझलाती हुई नहीं है। शायद सौन्दर्य का स्वभाव है वह बहुत आहिस्ता बोलता है। और उन्हें ही सम्बोधित करता है, जो जाग चुके

हों। या यूँ कहूँ जागने का दिखावा करते हैं। पिछला समय हाशिये के केन्द्र में आने का रहा है। और साहित्यिक सेमिनारों, चर्चाओं, पत्रिकाओं की बहसों का नाभिकीय केन्द्र भी 'दलित और स्त्री' ही रही है, सावन्त आँटी की लडकियाँ', 'सौ किलो का साँप', 'साहिब है, रंगरेज'की नन्दू सावन्त, सखूबाई नागमोड़े, कमला नागमोड़े, डिम्पा की माँ, यह गीत की कहानियों की वह स्त्रियाँ हैं जो कहानी तो स्वतन्त्र रचती है। पर दूसरी कहानियों में बेरोक टोक, आवा–जाही करती हैं। निम्नमध्यवर्गीय कॉलोनी ही इन स्त्री पात्रों की अन्तःसूत्रता का कारण है। यहाँ की बदहाली, बेहाली स्त्री शोषण का वह चित्रण नहीं करते। जिसकी कन्डीशनिंग हम पाठकों को हो चुकी है बल्कि उनकी कहानियाँ कन्डीशनिंग तोड़ने का काम करती हैं। दरअसल पुरुष और पशु के बीच तनी हुई रस्सी का नाम स्त्री है और इस तनी हुई रस्सी की यात्रा (स्त्री जीवन) बहुत खतरनाक हैं। स्त्रियों के लिए 'गीत' चतुर्वेदी का बोध बादलों की तरह गहराता है, जिन बादलों में बिजली गिराने की क्षमता होती है। गीत की कहानियाँ कहती हैं–"औरत अपने पीछे, एक औरत छोड़ जाती है। वह जिस जगह बैठती है, वह जगह औरत हो जाती है, वह जिस मटके में पानी भरती है वह मटका औरत हो जाता है। वह जिस दिल में रहती है, वह दिल औरत हो जाता है"। सखूबाई नागमोड़े की मृत्यु के बाद गीत लिखते हैं–उसे खुद को विश्वास नहीं हो पाया कि वह मर गयी है। दरअसल यहाँ स्त्री की जिजीविषा के साथ मॉर्ख़ेज की कहानियाँ भी याद आती हैं जहाँ मौत से ज़िन्दगी की चाहत दिखाई देती है। जिस कॉलोनी में नन्दू सावन्त रहती है वह 'टाइप्ड' है। किसी भी शहर में उसकी हमशक्ल कालोनी से आपका साबका पड़ सकता है, जहाँ बड़ी होती बेटियाँ सार्वजनिक उत्सवों में टपोरियों के चक्कर में पड़ती हैं। जहाँ फिल्मी गाने सर्वाधिक रिझाने के काम आते हैं। जहाँ के बापों के गुस्से को पाला मार गया वरना अपने बाप को सत्रह साल की उम्र में लात मारने वाला विजू सावन्त क्या कम गुस्से वाला था? इन कालोनियों में समय बमकता है। बाजार राजनीति, भूमण्डलीकरण को लेकर नहीं बल्कि वीजू सावन्त और नाम्या जाधव के बीच हेमामालिनी और श्रीदेवी के सौन्दर्य को लेकर हुए झगड़े में समय फट पड़ता है। यहाँ 'आती क्या खंडाला'? के तर्ज पर हर लड़के की कॉलर खड़ी है, गले में रूमाल है। नन्दू सावन्त एक अद्द हीरो टाइप साहसी प्रेमी की तलाश में फिसलती है। नन्दू इस कहानी में थोड़ी खामोश सी दिखती है और दूसरी कहानी में बोलती हुई नन्दू सावन्त है। एक कहानी का पात्र दूसरी कहानी में कहानी से संवाद करता है नन्दू ने कहा "चाची बहुत आसान होता है, किसी को बदनाम करना। मरद जिसके साथ सपने भी...उसके

करेक्टर को असल लाईफ में बदनाम कर देता है। अब कोई उस औरत से पूछने तो जा नही रहा।'' नन्दू सावन्त को अपना दर्द बाँटने के लिए जिस पात्र की तलाश है। वह दूसरी कहानी में मौजूद है, सो कोशिश करना नन्दू की आदत है। वह फ्रेम से बाहर आ जाती है। नन्दू हर वक्त कोशिश करती है और कोशिश करते इन्सान से खूबसूरत कुछ हो ही नहीं सकता। नन्दू सावन्त भाग गयी। नन्दू सावन्त की माँ पार्वतीबाई रो रही है, लोग हँस रहे है। गीत चतुर्वेदी कहते हैं ''जाने कैसा समय आ गया है, जब त्रासदियों पर सरेआम हँसा जाता है।'' नन्दू वापिस लौट आयी 'नन्दू सावन्त क्यों बिगड़ी इसका जवाब नन्दू सावन्त के पास भी नही था। चुप्पी के किले में बैठी बार-बार सुना करती कि 'वह बिगड़ गयी'। नन्दू की किसी से भी दुश्मनी नहीं थी, उल्टे वह घर में सभी को प्यार करती थी। उसका सपना था कि उसका पति बहुत पैसे वाला होगा। खानदानी पैसे वाला नहीं अपनी मेहनत से कमाने कमाने वाला। वह उससे पैसे लेगी और अपने भाई–बहनों को वे सारी चीजें दिलाएगी, जो उन्हें पसन्द थी। यही 'नन्दू सावन्त' कुमार विकल, की कविता में भी उपस्थित है–

मुझे लौटा दो बस
इस विशाल पृथ्वी पर
मैंने जो बसाया था
एक छोटा स्वप्न घर

नन्दू भेष बदल-बदल कर आती रहेगी। कभी पप्पू कभी सुधा की शक्ल में। युगों-युगों तक रखा पानी सूखता रहेगा। बूढ़ी खामोशी हवा में तैरती रहेगी अँधेरा दीदों से देखने का शऊर छीन लेगा। लेकिन परिस्थितियाँ सूखते पानी जैसी ही बनी रहेगी। इसी कालोनी में सखूबाई जिसके पेट पर हरा साँप जीभ फिरा कर चला गया। हरे साँप के तिकड़ी सम्बन्धों में फँसी अनेक स्त्रियाँ जो मरने से पहले तक जीना चाहती हैं, पर जीने से पहले मर जाती हैं। (सौ किलो का साँप) सखूबाई के हरे साँप का नाम 'रमाबाई' है, जो उसके पेट का अल्सर बन गयी। बंडू नागमोड़े न चाहते भी रमाबाई को हरी साड़ी दे आया। यही हरा साँप सखू बाई की दुनिया उजाड़ गया। दूसरी ओर एक लड़की के लिए लड़की से औरत में तब्दील होने की ललक से बड़ा भय निकला अपना भाई अर्जुन गढ़वाली का और उसकी बहन ने आत्मदाह कर लिया। न जाने कितनी बहनें प्रेम में पड़ कर, प्रेम से भयजदा है। आत्मदाह करने को विवश। अर्जुन गढ़वाली अपनी प्रेमिका कमला नागमोड़े से सामूहिक प्रेम करता है? कमला नागमोड़े की नींद बेहोशी में झँपी आँखे 'मूवी कैमरे' का आभास पाती हैं। कितने थे? क्या किया कुछ भी

पता नहीं? मुहब्बत इतनी बेरंग हो सकती है? गीत के यहाँ हरा रंग खौफ पैदा करता है; मृत्युबोध गहरा करता है। अजगर का रूपक जिस तरह से गीत ने बाँधा है अद्भुत है। अधिकांश लड़कियाँ अजगरों से खेलती है। प्रेम करती हैं इस विश्वास के साथ वह उन्हें रूहानी ताकत देगा। लेकिन ऐसा कब हुआ? यह तो 'सौ किलो का कोबरा'. निकला गीत चतुर्वेदी लिखते हैं—''झींगुर बोल रहे हैं। उसने कातर शक्ल वाली चिल्लाहट फेफड़ों में भरी और उसकी उल्टी कर दी। हर अक्षर एक रूदन है, हर साँस एक सिसकी। हर आवाज एक आँसू है, जिसके भीतर वह डिग रही है। कोई पत्ता खड़कता है, और उसकी रूह भीग जाती है''। सौ किलो का अजगर दरअसल फैण्टेसी है, पर वैसी ही है जैसी मुक्तिबोध की कविता 'अँधेरे में'। ''साँप को प्यार नहीं करना चाहिए वो काट लेता है। वो तो अपनी मासूमियत मे भी काट लेता है और गुस्से में भी। स्त्री-विमर्श को यह रूपक कथा एक नया मूल्य और नया अर्थ देती है और देती है एक नयी भाषा। कहानी समय के खिलाफ में नहीं समय के सन्दर्भ में रची गयी है। कमला नागमोडे की पीड़ा एक स्त्री की नहीं बल्कि बृहत्तर स्त्री समाज की पीड़ा से संवाद से करती है। 'साहित्य' हमारी आत्मा की एक विराट 'ब्लू फिल्म' है। निर्मल वर्मा का यह कथन गीत चतुर्वेदी की कहानियों को महसूस करते हुए कई बार भीतर ही भीतर टकराता है। इसकी 'स्त्री छवियाँ' अपने समय के अश्लील प्रलोभनों से उपर उठ जाने की माँग करती है। सीविलाइज्ड चरित्र नहीं है। बल्कि अण्डरग्राऊण्ड चरित्र है। हाशिए के चरित्र है, पर हैं मुनष्य। हर भारतीय स्त्री का दर्जा बराबर नहीं है। स्त्री आस्मिता के संघर्ष के लिए इस बुनियादी बात को नजर अन्दाज़ नहीं करना है। डिंपा की माँ हिन्दी कहानी का कालजयी चरित्र है। खासी बदनाम है डिंपा की माँ। बदनाम क्यों है? गीत चतुर्वेदी के ही शब्दों में ''कालोनी तो साली वैसी ही अफवाहों का कमाठीपुरा है''। (क्या केवल एक कालोनी? या सम्पूर्ण भारतीय समाज स्त्री के सन्दर्भ में अफवाहों का कमाठीपुरा है।) हज़ार किस्म की बातें करते हैं लोग स्त्रियों के बारे में और वह भी दावे के साथ। राग रंग, प्रेम रंग, अंग रंग, रंग ही रंग से सराबोर सूर्यगन्ध सी चारो ओर फैल रही है एक स्त्री। और सन्देह रंग में पगा उसका साहिब उसे रंग रहा है मनमर्जी का रंग। स्त्री समझा रही है साहिब...लड़की के बारे में सब बोलते हैं, लिपिस्टिक लगा लो तो चार बात फैल जाती है, स्लीवलेस पहन ले तो मानो नंगी है। वह जगह ही ऐसी है। डिंपा की माँ सहज है हर किसी से हँसकर बोलने वाली परन्तु स्त्री को सहज होने कौन देता है? एक स्त्री की सहजता से घर के दरवाजे टूट कर बिखर गये, छत उड़ गयी, फर्श उड़ गयी। खिड़की उछल कर दूर जा गिरी। दरवाजें

खौफ़ में, दीवारों और चौखटों का साथ छोड़ भागे। चार-आठ दीवारों के पीछे जो कुछ बन्द था दीवारों के हट जाने के कारण अजीब सी नंगयी जाग गयी थी। स्त्री की कथा नहीं बल्कि भय के लिहाफ में लिपटी निम्नमध्यवर्गीय स्त्री जीवन की दार्शनिक व्याख्या गीत चतुर्वेदी करते है। पिटने से बचने के लिए डर के लिहाफ में आवृत्त दौड़ती एक भव्य स्त्री दिखती है, इस कहानी की स्त्री जिसे कालोनी वालों के साथ-साथ पाठकों ने भी देखा। जिसकी भी डिंपा की माँ पर नजर पड़ी गलत पड़ी। अपनी मर्जी के खिलाफ अकेलापन स्त्री के लिए दर्द का सैलाब है। ऐसे दर्द में कौंध उठती है कभी-कभी पहले प्यार की छवि, जो डेविड के साथ आते ही डिंपा की माँ की सात समन्दर नीचे फेंक आयी थी। आज वक्त ने अचानक उसके गीलेपन को रंग दिया। डिंपा ने भी अपनी माँ को चौराहे से देखा इसीलिए उसने भी अपनी माँ की देह को अपनी कैरियर की सीढ़ी बनाना चाहा। डिंपा की माँ की रूह तक नंगी हो गयी। उसकी आँखों में पिटा हुआ आँसू था। भाऊ डेविड का भाई डिंपा की माँ का पुराना आशिक। इनकार करने पर डिंपा के बाप से बता दिया यह मेरे कमरे में रात को आती है। स्त्री चरित्र का प्रमाण केवल 'कहा' होता है। यह 'कहा' हर कानून से ऊपर। वैसे आप का कहा दौ कौड़ी का मानते हैं, लोग। लेकिन क्या आप किसी स्त्री के बारे में कह रहें हैं तो आपकी बात अचानक मूल्यवान हो उठती है। डेविड का हाथ फिर चलने लगा। एक भरे पूरे चित्र को रंगो का कसाईबाड़ा बना दिया। डिंपा की माँ रूह में बदल गयी है। रूह कहाँ रोती है। वह देखती है खुद पर हो रहे अत्याचार को बस देखती है। स्त्रियों की रूहें भटक रही हैं। युगों से युगों तक इनसानी देह की तलाश में। गीत चतुर्वेदी भी उनकी तलाश में हमराही है। गीत की कहानियों को अश्लीलता के कटघरे में खड़े करने का प्रयास किया गया। ऐसे में देवीशंकर अवस्थी याद आते हैं। ''साहित्य का एक सिद्धान्त जो कालिदास, बाणभट्ट और तुलसीदास पर लागू होता है आधुनिक कहानियों पर लागू नहीं होता। प्रश्न श्रेष्ठता एवं निकृष्टता का नहीं भिन्नता का है।'' साहित्य का मूल क्षेत्र जीवन ही तो है। क्या साहित्य के लिए सर्वमान्य शाश्वत नियम की स्थापना जा सकती है? देवीशंकर अवस्थी की मानें तो कोई वैज्ञानिक किसी नये सत्य की खोज निर्द्वंद होकर कर सकता है। और उसको बराबर प्रोत्साहन मिलता जायेगा, पर लेखक यदि मानवीय सम्बन्धों के किसी अप्रिय नये सत्य की ओर इशारा कर दिया तो उसे परम्परा के नाम पर निन्दा मिलेगी।'' यथार्थ को इतिहास बोध के साथ अभिव्यक्त करना जोखिम भरा काम है। मठ और गढ़ तोड़ने के लिए अभिव्यक्ति के खतरे उठाये जा रहे हैं। आने वाले समय में इन अभिव्यक्तियों के कद्रदान भी होंगे ही।

'स्त्री विमर्श' आज भी अधिकांश चुटकुले की तरह लिया जाता है। संसद से घर तक, सड़क से शिक्षा संस्थानों तक। ऐसा क्यों हुआ? मध्यमवर्गीय और निम्नमध्यवर्गीय स्त्रियों का जीवन अपनी निर्मम स्थिति में आज भी 'गैस चैम्बर' है। जिन स्थितियों पर गम्भीरता से बात होनी चाहिए थी उस पर गम्भीर लोग भी हँस पड़े, ऐसे समय में ही शशिप्रकाश जी के मुँह से निकला होगा। 'एक अगम्भीर हँसी मुझे रूला रही है'। नेल्सन मंडेला ने (25 जून 1979) कहा था—''बीमार मुल्क की सेहत के लिए उठाया गया हर कदम उन लोगों का अपमान है, जो बीमारी पर ही ज़िन्दा है''। इस तर्ज पर हो सकता है कि गीत की कहानियाँ कुछ लोगों के लिए अपमान हो। पर भाषा और समय, कविता और इतिहास के बीच फैली गीत चतुर्वेदी की कहानियाँ निम्नमध्य वर्गीय स्त्रियों की जीवनयात्रा में सम्मान की पताका लहराती छाँव बन जाती हैं।

यह सब तो लगा रहेगा

"अनोखी होती होगें वे लड़कियाँ जो कहानियों में निकल पड़ती हैं, घर छोड़कर निकल जाने के बाद जो लड़ाई जीत लेती हैं, उन्हें लोग जान लेते हैं, बाकी सब पता नहीं कहाँ समा जाती हैं? उनको कोई नहीं जानता? उनका कोई समाज नहीं बनता। बनता तो उन्हें अभी इतना सोचना क्यों पड़ता?"

'लिस्ट से गायब'–अल्पना मिश्र

अल्पना की कहानियों की स्त्री पात्र इतनी जानी पहचानी लगती हैं कि उनके अनुभवों और हम स्त्रियों के अनुभवों के बीच फांक करना मुश्किल लगता है चूँकि अल्पना किसी विमर्श के तनाव तले कहानी नहीं रचती है, इसीलिए उनकी कहानियाँ स्त्री जीवन की होकर भी समाज के अन्य सरोकारों से जुड़ी हैं। दैनोंदिन का स्त्री जीवन घर में घर के बाहर नौकरी करती स्त्री, वायवा देती स्त्री, किचेन में बिसूरती स्त्री, बसों में खड़ी लोगों की निगाहों और भीड़ के बहाने होने वाले जाहिल स्पर्श को अपनी आदत बनाने की तैयारी करती स्त्री "यह सब तो लगा रहेगा" जैसा एक स्त्री द्वारा फेंका गया लापरवाह वाक्य समय के इतिहास को ही नहीं बल्कि समय के भविष्य को भी अपनी नंगी नुकीली इमेज से भेद जाता है। भूख से रोती, पति से पिटती स्त्रियाँ, इन कथाओं में नहीं हैं, तो क्या अस्तित्व के माने कुछ नहीं हैं। घर और नौकरी में तालमेल बिठाती स्त्रियाँ घर से बाहर निकलने की आजादी का मोल चुकाती स्त्रियाँ, अपनी चेतना के तार तक छूना भूल जाती हैं। और 'घूरे के भी दिन फिरते है?' जैसी कहावत दुहराती हुई साथ में इतना जोड़ना नहीं भूल पाती हैं स्त्रियाँ। घूरे के भी दिन तो फिरे हैं पर कहाँ? अपनी बेटी की सहेली को कुत्सित दृष्टि से देखना। पोती की उम्र वाली बच्ची को भी नज़र की मैल क्यों न कहूँ मैला में लिथड़ देना। बस खून के रिश्तों से नजर बची रहे। कई बार तो वह भी नहीं बचती। पुरुषों की इन फितरतों की

शिकार बच्चियाँ, स्त्रियाँ क्या अल्पना के कहानी संसार की स्त्रियाँ हैं? या हम सब स्त्रियाँ अपने असली जीवन को दुहराने के लिए उनकी कहानियों में आ गयीं। जैसे टेलीविजन पर किसी घटना का नाट्यरूपातन्र दिखाया जा रहा हो। अल्पना की कहानियों का शिल्प भी उस गृहिणी की तरह है जैसे किसी स्त्री ने घरेलू कामों की व्यस्तता में हाथ पीछे ले जाकर अपने बिखरे बालों को जूड़े में समेट लिया। और इस जुड़े में न केवल बाल संयत हुए बल्कि गृहिणी का व्यक्तिव आत्मविश्वास से झलक उठा कुछ कुछ ठोस, कुछ मजबूत, कुछ कुछ नरम। 'मिड डे मिल' में रानी का चरित्र गोदान की धनिया की याद दिलाता है। परिस्थितियों की कोंख स्त्री में उसकी संघर्ष क्षमता को कुछ अधिक ही धारदार बनाती है। रानी नौकरी, रोटी, बीमार बेटी के उपचार में लगातार पृथ्वी पर नाचती हुई उस लट्टू की तरह है। जो स्त्रियों और लड़कियों पर 'ड्रेस कोड' लागू करने वालों, उनके परिधान मात्र से भारतीय संस्कृति की हिलती चूलों को सम्भालने वाले लोगों के संसद भवन में बैठकर पोर्नोगॉफी की वी.डी.ओ देखने वालों से न देश चिंतित है ना लोग। ना इस के लिए लोकपाल विधेयक की जरूरत है। नहीं यह भष्टाचार चरित्रहीनता के खाते में आता है। क्या श्लीलता अश्लीलता की सारी शर्तें 'राखी सावन्त' और 'मल्लिका शेरावत' के लिए है? अल्पना के ही शब्दों में कहूँ तो, ''वे सच, जो सच के भीतर छिपे रहते हैं, दिखते नहीं, जिन्हें बेदखल मान लिया जाता है, वे सच अपनी अनुपस्थिति में भी उपस्थित होते हैं, जब अल्पना कहती है 'लंगोटिया यार' जैसा कोई वाक्य स्त्रियों के लिए नहीं गढ़ा गया उनकी 'सखी' में ही सब आ जाता है। 'राष्ट्रपति' अध्यक्ष, प्राचार्य कुलगुरु, कुलसचिव जाने कितने ही शब्दों की ओर ध्यान चला जाता है। जो स्त्रियों के लिए गढ़ा ही नहीं गया है।

महाविद्यालयों, विश्वविद्यालयों मे चिन्ताएँ जेन्डर सन्दर्भित हैं एक तरफ कमोटियों, बी ओ एस, सीनेट सलेक्शन की तो दूसरी तरफ अल्पना के शब्दों में समय बीत रहा है, हमारे बच्चे अकुला रहे हैं, हमारे भीतर हमारा घर इन्तज़ार कर रहा है। घर में बढ़ते बच्चों में बेटे और बेटी की जरुरतों में फर्क किया जाता है। फिर जिम्मेदारी उठाती लड़कियों कि ज़िन्दगी भूरे ठूंठ में तब्दील हो जाती है और कोमल आंकाक्षाओं के फिरोजी कार्डिगन बम विस्फोट मे दिल्ली की सड़कों पर लावारिश से पड़े रहते हैं। दरअसल अल्पना की कहानियाँ पढ़ते समय कहानियों का सुख देती हैं। और सुकून भरी विश्रान्ति और थके यात्री की सुखद पनाह भी। फिर-फिर फिर सोचने को उकसाती है और पीड़ा की ओर ढकेल देती हैं। कहानी 'जिम्मी' की चलती है। जिम्मी अर्थात कुतिया। कुतिया मेटाफर है।

'जिम्मी' बरामदे से कमरे में घूम-घूम कर पिटती रही और फिर दरवाजा खुलते ही भाग खड़ी हुई। दिन भर भटकती रही। इस दुनिया में सब कुछ मिल सकता है, औरत जात को उपयुक्त जगह नहीं मिल सकती। सो रात ढले तक जिम्मी फिर छत की शरण में आ गयी। चार-पाँच कुत्तों द्वारा जिम्मी पर आक्रमण व छत पर होने वाले घमासान युद्ध को गृहस्वामी हिंसक आनन्द में बदल देते हैं पत्नी के साथ कुछ वैसा ही करके। लगभग भारतीय परिवारों में डिग्रीयाँ स्त्रियों के अपमान के लिए प्रयुक्त की जाती है। अरे पढ़ी लिखी हो इतना भी नही पता? जैसे स्त्री का साहस कई सन्दर्भों में चरित्रहीनता का पर्याय बन जाता है। वैसे ही डिग्रीयों का इस्तेमाल भी स्त्री की अवमानना के लिए किया जाता है। पत्नी की तड़पती आत्मा एक बार, बस एक बार उसके टीसते टांको पर दुख से भरी आह पति की निकल जाती बस एक बार। लेकिन सदियों से दुरदरायी जाती स्त्री अपने दर्द में अकेली खड़ी है। स्त्रियों के लिए नौकरियाँ? कहिए क्या नहीं कर रही औरतें? कहाँ जा रहा है स्त्री विमर्श? राष्ट्रपति स्त्री हैं, मोटर मैन है। क्या यह आधी आबादी का सच है? और स्त्री विमर्श के बारे में तो कहा जा रहा हैकि इसका रूप स्पष्ट नहीं है किस दिशा में जा रहा है विमर्श? हो सकता है यह सच हो। अगर ऐसा है तो इसका कारण यही है, कि लड़ाई कैसे और कहाँ खड़े होकर की जाए। धूमिल के शब्दों में बंया करू तो–

तुम्हारे पास वह कौन सी सुरक्षित
जगह है, जहाँ खड़े होकर तुम
अपने दाहिने हाथ की साजिश के
खिलाफ लड़ोगे।

अल्पना उन स्त्रियों से सहमत नहीं हो पाती जो बाजार में दुखों का मोलभाव करती हैं और सहानुभूति के लिए अपने हक़ में फैसले करवा लेती है। वे कहती है। ''पर दुख इतना स्थूल होता है क्या? इतना सीधा और सपाट कि कह दिया जाए जस का तस। कुछ जो हम जी रहे होते हैं। कुछ जो समझ रहे होते हैं, जो कुछ हमारी नसों में उतरकर हमारे रक्त का हिस्सा बन चुका होता है। वह क्या सचमुच इतना सतही होता है कि उठाया और रख दिया, किसी के आगे। तो गिन लो कितना अनगिनत है। कि लो नाप लो कितना अथाह है तो तौलो इसकी सघनता को।'' मोबाइल पर पति द्वारा नम्बर चेक किया जाना। बाहरी साथियों द्वारा यह कहा जाना ''नौकरी करेगी, बाहर घूमेगी, साथ जायेगी और बनेगी सतीसावित्री इस तरह की भनभनाहट और संशय के बीच से स्त्री को अपनी राह बनानी है। आँसू पोंछने के लिए ठहरने की जरुरत नही है अगर आप

ठहर गयीं तो ठहरा दी जायेगी। हमेशा के लिए मीसिंग है भारत की लाखों गोल्ड मैडलिस्ट लड़कियाँ। इधर फौज में लड़ने वाले जवानों या अफसरों की बीवीयों को मैडल मिलता है। पर नौकरी नहीं। घर नहीं। पति के बदले पैसे अफसरों की बीवियों को कम और जवानों की बीवियों को उससे भी कम। एक फौजी स्त्री का सोचना यूँ होता है–" इससे पहले तक युद्ध से जुड़े अपने भविष्य के बारे में भी नहीं सोचा था। सोचती थी, युद्ध की जब कभी आवश्यकता पड़ेगी, लेकिन यहाँ तो रोज युद्ध हैं, रोज युद्धबन्दी है, रोज हताहत है, रोज शहीद हैं। फौजियों का तो जीवन ही छावनी में बेघर है, एक स्त्री का सोचना अपने समय को तब और लज्जित करता है। जब वह कहती है किनके लिए लड़ रहे है? क्या निकल रहा इनका परिणाम? क्या हो रहा है पीछे छूट गये परिवारों का। फौज का जीवन अल्पना का अनुभव विश्व है। इस अनुभव विश्व में एक भरा पूरा दायरा फौज का जीवन है इसीलिए जिन स्त्रियों के मर्मस्थल को स्त्री विमर्श को झंडाबरदारी करने वाले रहबरों की निगाहें छू भी नही पाई, उस अन्तरस्थल को उनकी कहानी उद्घाटित करती है।

अल्पना की कहानियाँ स्त्रियों के जीवन के शोर भरे आवरण को चीर कर भीतर के सन्नाटे तक पहुँचती हैं। 'आल इज़ वेल' के गुब्बारे में पिन चुभो देती हैं; और पाठक को अन्तर्मुख भी करती हैं।

अभिशप्त मनुष्य की नियति और रचनाकार का जीवनमूल्य

कोई एकाध सबब होता तो बतला देता
टूट गया पानी से प्यास का रिश्ता कैसे?

1967 में जन्मे 'एतगार केरेत' इस्त्राइल के प्रखर युवा फिल्मकार, कार्टूनकार, कहानीकार हैं। उनकी 'दीक्षा' कहानी आधुनिक जीवन के मानदण्डों से जुड़े बहुत सारे सवालों को एक साथ उठाती है और उसे युवा हीब्रू कहानी की एक प्रतिनिधि रचना भी माना गया है। यह कहानी कार्टून स्ट्रिप के रूप में भी प्रस्तुत की जा चुकी है।

हमारी आज की पारिवारिक, सामाजिक और राजनितिक ज़िन्दगी में शारीरिक और मानसिक हिंसा का लगभग हर रूप देखने को मिल जायेगा। हमने इस हिंसा को आत्मसात ़कर इसे स्वीकृति देने का दस्तूर भी बना लिया है। कुछ हद तक हम इसके प्रति निसंग और ठण्डे भी होते जा रहे हैं। इन्सानी फितरत भी अजीब है, हर विनाशकारी कदम के लिए कोई न कोई गौरवशाली सफाई ढूँढ़ निकालती है। 'दीक्षा' कहानी हिंसा के इसी खौफ़नाक 'ग्लोरीफिकेशन' या वैध करार दिये जानेवाले सवाल को अलग ढ़ंग से छूती है। इसके केन्द्र में खिलौने की ज़िद्द करनेवाला एक मासूम बच्चा है।

प्रेम और सहभागिता शाश्वत इन्सानी ज़ज्बा है। लेकिन इसी तरह इन्सानी ज़ज्बे का वध होता रहा तो आनेवाले समय में हम इन संवेदनाओं को पकड़ पाने की काबिलियत भी खो बैठेंगें और हमें यह अहसास भी नहीं रहेगा कि एक बच्चे को दुनियादारी का सबक सिखाने या विश्व में 'न्यूक्लीयर डिटेरेन्ट' खड़े करने के बहाने हमने अपनी संस्कृति और आदमियत का कितना बड़ा हिस्सा खो दिया। यद्यपि एतगार केरेत को शिल्प से लैस रचनाकार माना जाता है। इसके बावजूद कहानी की भाषा सपाट है। यह कहानी हिब्रू से अंग्रेजी और अंग्रेजी से हिन्दी तक की अनुवाद यात्रा तय करती हुई आयी है। लेकिन कहानी की संवेदना का ताप वहीं पहुँचता है, ज़हाँ उसे पहुँचना चाहिए।

क्या दायित्व बोध कराने का हमारा रास्ता सही है। कही दायित्व की धारणा हमारी गलत तो नही है। कहीं बच्चों की स्वाभाविक, सहज, स्वस्थ वृत्तियाँ उनकी संवदेना उनकी मित्रता उनकी मासूमियत हम धीरे-धीरे नष्ट करते जा रहे हैं।

इस छोटी-सी कथा का नरेटर भी नन्हा-सा है। पाठक समूची कथा के भीतर पाक और मासूम आँखों के जरिए प्रवेश करता है। पिता द्वारा पुत्र को समझदार और दुनियादार बनाने की प्रक्रिया ही कहानी है। इसमें टाइम और स्पेस के तात्कालिक मायने नहीं है। इसीलिए कहानी दिक्‌काल का अतिक्रमण करती है। मानवता (Humanity) ही परम वास्तविकता है। कहानी इसी जीवनमूल्य को लेकर आगे बढ़ती है। पूरी कहानी में संज्ञा 'पेसैक्सन' है। पेसैक्सन को ही बार-बार नाम से सम्बोधित किया गया है। तीन बार कथानायक 'योआवि' का पेसैक्सन एक निर्जीव मिट्टी का सुअरनुमा गुल्लक। जिससे योआवि का सहज मनुष्य सम्बन्ध विकसित होता है, क्योंकि 'योआवि' के भीतर प्रेम का निश्छल संसार है, जिसमें औरों को वह आसानी से बसाता चला जाता है। इस प्रेम को एक तरफा भी 'योआवि' नहीं मानता अपनी ही मुस्कान की प्रतिछवि वह पेसैक्सन के होठों पर देखता है और इसी को वह प्रतिदान भी मानता है। यहीं योआवि पाठकों के साथ एक महिन सम्बन्ध बुनने लगता है और बच्चा होकर भी बड़ों के लिए संवेदना की पुनर्पाठ रचना शुरू कर देता है। यहीं से शुरू होती है प्रेम की अद्‌भुत शक्ति पर यकीन करने की राह।

बार्टसिंपसन का गुड्डा मासूम 'योआवि' के सपनों का सबसे बड़ा लक्ष्य है और यही गुड्डा उसके डैडी के लिए योआवि को व्यवहारिक बनाने का सबसे कारगर औजार भी। इसके बावजूद योआवि को 'बार्टसिंपसन' के बदले 'पेसैक्सन' के सिर पर हथौड़ा मारना मन्जूर नहीं। पिता से गिड़गिड़ा कर वह एक रात की मोहलत माँग लेता है। रात में वह झाड़ियोंवाले खेत में पैसों से भरे पेसैक्सन को रख कर अलविदा कह देता है। पाठक जानता है पेसैक्सन के होठों पर नहीं बल्कि यह उदासी योआवि के चेहरे पर है, पर योआवि अपने भीतर की उदास नमी के प्रति उदासीन है क्योंकि उसका सारा सुख अपने दोस्त को बचा पाने में है। यहीं योआवि अपनी दुनिया से बड़ों को बेदखल कर देता है। साथ ही बड़ों की क्रूरता को भी अस्वीकार कर देता है।

कहानी बिना किसी निष्ठुर प्रहार और प्रतिरोध के हमारे भीतर पैठी-संवेदनहीनता और गूंगेपन को इंगित करती है। 'एतगार केरेत' के शब्दों का यह ठण्डापन हमारी तन्द्रा तुष्टि एक आयामी की दुनिया को झकझोर देती है। बाजार के स्वार्थ भरे समय में ध्वस्त होते संवादों के बीच कहानी विशुद्ध आन्तरिकता की

एक प्राइवेट भाषा बन जाती है। कहानी में निहित शाश्वत मूल्य इज़राइल की भौगोलिक सीमा और भाषाई (हिब्रू) सीमा लाँघकर विश्व समाज के केन्द्र में आकर सार्वभौमिक प्रभाव उत्पन्न करता है और इन्सानियत के सार्वभौमिक सरोकारों को छू लेता है। बच्चा पूरी मासूमियत से स्व की भावना से ऊपर उठकर समाजगत संवेदना से जुड़ता है, उसे स्वीकार नहीं हथौड़े की भाषा। कहानी अपनी स्थूलता में अर्थविहीन है और कथाविहीन भी। गुल्लक का पैसे से भरना, उससे मनचाही चीज खरीदना, उसके लिए उछाह में भर कर गुल्लक पर हथौड़ा चलाना। एक व्यावहारिक क्रम है। भूमण्डल के किसी भी परिवार के भीतर झाँक कर कमोबेश इसी तरह का दृश्य देखा जा सकता है। इसमें ऐसा कुछ भी बाहरी तौर पर नहीं दिखाई देता जिससे आप समाज में पसरती जा रही संवेदनहीनता को पकड़ पाने में सक्षम हों। कहानी में इकहरापन नहीं है। अपनी सादगी एवं सहजता में भी इसकी बहुआयामी परते हैं। कहानी अभिशप्त मनुष्य की नियति का बयान बिना किसी त्रासद घटना के करती है। शिद्दत से इस सवाल को उठाती है कि क्या आपकी तक़नीकी दक्षता, व्यावहारिक कुशलता, तार्किक क्षमता ने इस दुनिया को रहने के लायक बना दिया? दिन-ब-दिन इन्सान के बीच दूरी पसरती जा रही है। निःस्वार्थ सम्बन्ध अविश्वास के कटघरे में है। सारी शिक्षा-दीक्षा का अन्तिम लक्ष्य उस करूणा को पा लेना है। जहाँ आदमी को दूसरे की पीड़ा अपनी जैसी लगने लगे। पर ऐसा कहाँ हुआ? क्या मालूम हम जीने के जिन तरीकों को सही मानते हैं वे सही हैं या गलत। और फिर जैसी दुनिया में जी रहे उसे देख कर यह विश्वास करना और भी कठिन है कि हमारे तरीके सही हैं। मिट्टी के भीतर से उपजती मानवीय गन्ध और 'बात ही बोलेगी' की तरह का कहानी का फीगर इसे कालजयी कहानी बनाता है। जितेन्द्र भाटिया जी ने हिन्दी जगत को विश्व की अनेक कालजयी कहानियाँ अपने सहज अनुवाद के माध्यम से दी हैं, यह हिन्दी जगत के पाठकों पर उनका ऋण है।

हॉस्टल के पन्नों से : बिखराव में सृजन की तलाश

मनोज सिंह के उपन्यास 'हॉस्टल के पन्नों से' का मूल स्वर है 'समाज परिवर्तन'। जब कि उपभोक्तावाद के नशे से गाफ़िल वर्ग में समाज परिवर्तन कोई एजेण्डा नहीं है। सामाजिक यथार्थ की अभिव्यक्ति उपन्यास होने का बुनियादी तत्व है, उसके बिना वह उपन्यास नहीं रह सकता, लेकिन केवल यथार्थ लिख कर या अभिव्यक्त कर कोई रचना कलात्मक कृति नहीं बन जाती। उपन्यास की मूल कसौटी उसमें निहित विचार और उसे अभिव्यक्त करने का ढ़ंग दोनों ही है। बतौर विचारक और साहित्यकार मनोज सिंह सम्पूर्ण रूप से सजग हैं। समय को लेकर अपने समय में हस्तक्षेप करते हैं। युवावर्ग का बुद्धिमान होना ही पर्याप्त नहीं है बल्कि मानवीय समाज के समृद्ध होने के लिए उनका विवकेशील होना अनिवार्य है। इसकी गूँज उपन्यास में आद्योपान्त सुनाई देती है।

मनोज सिंह का यह उपन्यास दरअसल सम्भावना की संस्कृति पर आस्था प्रकट करता है। मनुष्य अपने सम्बन्धों को बाजार और फास्टफूड वाले कल्चर के भरोसे नहीं छोड़ सकता। बल्कि चैतन्य मनुष्य समाज को बेहतर बनाने अपनी कल्पनानुरूप को सवारने का प्रयत्न करता है। मानव जीवन की आवश्यकताओं की पृष्ठभूमि में कल की बेहतरी के लिए किए गये प्रयास के महत्त्वपूर्ण प्रतिफलन का नाम है 'हॉस्टल के पन्नों से'।

उपन्यास का शीर्षक ही बताता है कि स्मृतियाँ औपन्यासिक बुनावट का मूल आधार है। सम्पूर्ण उपन्यास स्मृतियों में नहीं चलता बल्कि वर्तमान का सतत चौकन्नापन स्मृतियों के साथ चलता है भारतीय युवा समाज की मानसिकता विशेष तौर पर युवाछात्रों की तेजी से बदलती जा रही मानसिकता का सूक्ष्म ब्यौरेवार चित्रण उपन्यासकार करता है। उपन्यासकार विभिन्न स्रोतों के माध्यम से समाज परिवर्तन की निहित आकांक्षा अभिव्यक्त करता है। यह एक कटु यथार्थ है कि समाज में वांछित बदलाव के प्रति विशाल समुदाय उदासीन है। स्वार्थ ही सर्वोपरि है। व्यक्तिगत विकास राष्ट्रविकास से ज़्यादा महत्त्वपूर्ण है। बकौल वेणुगोपाल

''एक छलाँग लगाई है उजाले ने, अँधेरे के पार''। उपन्यास भी उजाले से भरी छलाँग है। स्वयं उपन्यासकार उपन्यास की भूमिका में लिखता है ''आने वाली पीढ़ी इसमें से अपने रास्ते अवश्य चुन सकती है।'' उपन्यास जीवन की कला सिखाता है। मैनेजर पांडेय का उक्त कथन इस उपन्यास पर पूर्णतः चरितार्थ होता है। यह उपन्यास निसन्देह अपने पाठकों को जीवन मूल्यों के बीच चुनाव का संकेत देता है।

सम्पूर्ण क्रान्ति का स्वप्न लिए उपन्यास अपनी कौंध में कई बार नागार्जुन के कृशकाय उपन्यास 'नयी पौध' की याद दिला देता है, दोनों में एक अन्तःसूत्रता देखी जा सकती है। 'नयी पौध के प्रति विश्वास, जो समाज में बदलाव ला सकता है।'

उपन्यास 'रैगिंग' के दृश्य से प्रारम्भ होता है नाटयधर्मी शैली से शनैःशनैः बढ़ता हुआ कथा पर अपनी पकड़ मजबूत करता है। उपन्यास की शैली आत्मकथात्मक है। जार्ज लुकाच का कथन है कि ''उपन्यास का बाहरी रूप मूलतः आत्मकथात्मक होता है।'' उपन्यास की शैली आत्मकथात्मक है, परन्तु नायक की नहीं बल्कि उपन्यास का सूत्रधार प्रणव है, प्रणव अपनी स्मृतियों के सहारे कथा नायक 'दुष्यन्त कुमार राठौर' की संघर्षयात्रा को कलमबद्ध करता है। आई.आई.टी. के छात्रों की अपनी दुनिया है, जहाँ शरारतें है, उधम है, तिकड़में हैं, नादानियाँ हैं और इन्हीं तहों में छिपी है चालाकियाँ, स्वार्थ, छल, प्रपंच, दुष्प्रवृत्तियाँ धीरे-धीरे गहराती राजनीति है। जहाँ उजले दामन पर लगाये जाने वाले झूठे रंग ही असली प्रमाण बन जाते हैं। सिनेमा देख कर ये उद्घोष करने वाले छात्रो में ''असल में उत्कृष्ट कला कभी नहीं मरती जमाना फिर कोई भी हो।'' धीरे-धीरे जीवन की कला का ही क्षरण होता जाता है परन्तु यह भी ध्रुव सत्य है कि समय चाहे जितना बेचैन कर देने वाला क्यों न हो उक्त उद्घोष की तर्ज़ पर उत्कृष्ट व्यक्ति भी अपनी भूमिका लेकर अवश्य खड़ा होता है चाहे अभिमन्यु की तरह किशोर व निहत्था ही क्यों न हो? गलत का विरोध उसका धर्म हो जाता है। दुष्यन्त इसी स्वभाव, इसी धर्म का व्यक्ति है। ऐसा व्यक्ति आत्महंता हो जाता है। स्वार्थी तत्वों के राह की सबसे बड़ी बाधा। दुष्यन्त बिना शर्त स्त्रियों की इज्जत करता है। कुछ लोगों के साथ दुष्यन्त छात्र जीवन में ही सामूहिक सर्वनाश की स्पष्ट और भयावह तस्वीर देख रहा था और उसके खिलाफ लड़ने को अपने को बाध्य भी पा रहा था। सांस्कृतिक आक्रमण के विरुद्ध भी वे खड़े हैं। दुष्यन्त दिमाग रखता था पर जीता दिल से था इसीलिए हारता रहा। उसकी अच्छाई को आसानी से बुराई में तब्दील कर दिया गया। उपन्यास की पंक्तियाँ हैं ''असल में अच्छे व शरीफ लोगों के साथ एक बुरी आदत है। अमूमन कमजोर और निष्क्रिय होते

है।'' यही कारण है कि जीवन जगत में भी बुराई के विरुद्ध लड़नेवाला अक्सर अकेला होता जाता है। जिसे बड़ी आसानी से तोड़ दिया जाता है। अपने लिए चिन्तित रहने वाले लोग तथाकथित शरीफ कहलाते हैं। छोटे स्तर पर कॉलेज में ठीक वही सब घटता है जो, बड़े स्तर पर देश में चलता है। यूनिवर्सिटी और कॉलेज देश की कुटिल राजनीति के खिलाड़ियों का रिहर्सल ग्राऊण्ड है। राजनीति में मूल चरित्र नहीं ऊपरी आवरण चलता है। ऊपरी आवरण 'विष्णुदत्त' बनाता है और मूल चरित्र 'दुष्यन्त'। उपन्यास का मूल स्वर अवसादग्रस्त यर्थाथ को अभिव्यक्त करना है इसके बावजूद जीवन के प्रति अनास्था की बात नहीं करता है उपन्यास, बल्कि उपन्यास में निहित एक सकारात्मक उर्जा अवसाद को चीरने में कारगर सिद्ध होती है।

जीवन विश्रृंखलित हो गया है। अच्छाई का परिणाम देख कर इन्सान कुछ भी अच्छा करने से बचने और डरने लगा है मानवीय मुस्कराहट का मुखौटा लगाए लोगों के चेहरों की सही-सही पहचान है जन को। लेकिन क्या करें ''हाय-हाय मैंने उन्हें नंगा देख लिया इस बात की मुझे सजा मिलेगी।'' मुक्तिबोध के इस काव्य यथार्थ से बावस्ता रखता हुआ भी उपन्यास समाज परिवर्तन के सपने देखना नहीं छोड़ता। इसीलिए दुष्यन्त के संघर्ष में जीवन है और आगे जीवन की यही मशाल जीविका और काव्याश्री जैसी नयी पौध को सौंप देता है। युवा पीढ़ी अपनी अकूत उर्जा के साथ यह भी समझने लगी है, प्रतिरोध अगर प्रतिरोध की तरह नहीं हुआ तो यूँ ही फिल्मी भाषा में 'याहूँ-याहूँ' कह कर हाथ नचाने से कुछ नहीं होगा। विध्वंसकारी विघटनशील शक्तियों के प्रतिरोध में संगठन और शक्ति की मजूबती के साथ 'अराधन का दृढ़ अराधन से दो उत्तर' की तर्ज़ पर प्रतिरोध किया जाना चाहिए। निसन्देह इस उपन्यास में विचार और ब्यौरे प्रमुख है। तमाम घटनाओं के घटते हुए भी उपन्यास एक सीधी गति से आगे की ओर बढ़ता है। इसकी पठारावस्था का कारण शायद इसकी भाषा है। जो हर परिस्थिति में एक ही तरह से चलती है। औपन्यासिक विन्यास सघन नहीं हो पाता है। एक टीस और दर्द की जो लय पाठकों को छूकर या सर्द हवा की तरह चीर कर निकल जाय ऐसा हो सकता था पर हो नहीं पाया। लेकिन विध्वसंक गृहयुद्ध के दौर में लोकतन्त्र को जीवित रखने के प्रयास का ताना-बाना बुन कर उपन्यास रचा गया है। उपन्यास की इस मूल्यधर्मिता को अनदेखा नहीं किया जा सकता।

इन्हें तो जंगल में होना चाहिए

सारा नगर तो ख्वाबों की मैयत लेकर
श्मशान गया।
दिल की दुकाने बन्द पडी हैं, पर ये दुकाने खोले कौन।

ज्ञानरंजन जी की कहानियों को पढ़ते हुए लगा कि ये कहानियाँ अपने शहर को देखने व समझने के लिए नयी दृष्टि देती है। शहर और समय और व्यक्ति की अन्तःसूत्रता समझने और जीवन में कहीं गहरे धसने के लिए प्रतिबद्ध भी करती है। कहानी का पाठकीय अनुभव की साझीदारी का सबब भी बनता है फिलहाल बात 'अनुभव' कहानी को लेकर ही। दरअसल बन्द दुकानों को खोलने की गुहार लगाती अनुभव कहानी मुझे 'सत्यजीत रे' के सिनेमा की तरह लगी। शहर को किसी उदास शाम की तरह पेंट किया गया है स्तब्ध, खामोश इसी परिवेश समय के बीच अपने शहर में लौटा शहर को ढूँढ़ता विच्छिन्न मनुष्य की कहानी जिसे लगता है कि शहर जंगल में होना चाहिए। यह एक ठहरी हुई कहानी है। जिस समय में प्रतिक्षण भीतर और बाहर की दुनिया का नक्शा बदल रहा हो उस समय अकेले होने पर भी एकान्त की सुविधा नहीं होती। कहानी अत्यन्त बर्फीली भाषा में अर्थहीन निष्ठुर संसार को व्याख्यायित करती है। दरअसल 'सेंस ऑफ आब्जर्वेशन' ने कहानी के फार्म को महत्त्वपूर्ण बना दिया है। 'ऑक्टियो पॉज' की कविता की तरह यह कहानी चलती है।

मुझे कुछ नहीं कहना है,
किसी को कुछ नहीं कहना है।

कोई कुछ नहीं कहता फिर भी कहानी सुनाई देती है और दिखाई देती है। ''यह दुखद और हैरत भरा अनुभव था कि स्थानों से निकलते हुए लगा कि उन्हें चीरना पड़ रहा है।'' दरअसल स्पन्दनहीन शहर की यह दशा ही कहानी की व्यथा है। विलुप्त विस्मृति होता अपना शहर ढूँढ़ता नायक दीवाना नहीं है बल्कि वह

जानता है कि मशीनी होती ज़िन्दगी में भी सुबह-शाम के अपने मर्म हैं, हर चीज का अपना रूप है। शहर ने उसे उदास जरूर किया, परन्तु सम्भावनाओं के द्वार बन्द नहीं किये। जो कुछ सिल्वर रंग की तरह रहस्यमता किए हैं 'अनुभव' कहानी में चित्रित किया गया है। उसके पीछे मनुष्य की अदम्य जिजीविषा को तड़प कर छू पाने की कोशिश है। अनकहा केवल अर्थगम्य ही नहीं बल्कि प्रतिध्वनित भी हो उठता है। इस बेरंग होती दीवारों के पीछे मानव की आशाओं और आकांक्षाओं से भरी दुनिया है सागर से मिलने जाती नदी है। चिडियों की चहक सी हँसी है चारों ओर। अभी आम आदमी के सपनों में जान बाकी है। "मैंने सोचा यह सब जल्दी ठीक हो जायेगा, मुझे साथियों की जरूरत है। मुझे उनके पास जाना चाहिए।" वह चाहता है दोस्त सर्दियों की धूप बनकर उसके गले में बाँहे डाल दे। पर ऐसा हुआ नहीं। नायक को लगता है कि दोस्त गणेश के घुटने जवान आदमी के नहीं है। दरअसल समूचे मनुष्य को रचने की प्रक्रिया में ज्ञानरंजन 'काल' रिक्रियेट करते हैं।

शहर में एक ऊँचा और चमकीला मार्ग होता है...वहाँ पर धड़ा-धड़ कोकाकोला खुल रही थी। वहाँ छोटे-छोटे समूह बन गये थे, जिनका उद्देश्य कोकाकोला था। समझ, सन्तुलन और संवेदना को साधे कहानी अपने समय के विविध मूडों को अंकित कर जाती है! कहानी दो राहों या दो दुनियाओं की नाभिकीय केन्द्र में स्थित है एक तरफ कोकाकोला की दुनिया दूसरी तरफ गणेश की दुनिया—

लड़ते-लड़ते हार गया मैं
लगता है, बेकार गया मैं।

'शहर ज्ञानरंजन की कहानियों का अभिन्न हिस्सा है शायद उनकी आत्मा का भी। इसलिए शहर के भीतर का बदलता समाज उन्हें घायल करता है, लेकिन मुक्त होने का अवसर नहीं देता। 'पीड़ा टपकती रही; निर्माण प्रक्रिया चलती रही।' (अनुभव) दरअसल उनकी दृष्टि साफ तरीके से देख पाती है कि, कब्रिस्तानों पर कालोनियों के सिर तन गये और शहर धीरे धीरे कब्रिस्तानों में खामोश होने लगा। बकौल ज्ञानरंजन वास्तविकताओं के पकड़ने के लिए एक धुन्ध में छुप जाना होता है सचमुच ज्ञानरंजन जी धुन्ध में खडे होकर पाठकों को धुन्ध से आर पार साफ-साफ देखने की दृष्टि प्रदान करते है। उनकी कहानियों के पात्रों तक पहुँचने के लिए उस काल तक नहीं जाना होता है। बल्कि उनके पात्र हमारे समय तक पहुँचते है। अपने शहर को गुम होते हुए देखने की त्रासदी एक उदास समय का अनुभव सबका अनुभव बन जाता है। शहर के व्यामोह में जकड़ा शहर के स्पंदनहीन बदलाव से डरा व्यक्ति देख रहा है जिन्दादिली की सारी सम्भावनाएँ नष्ट होती जा रही है।

सूरत, कपड़ों, अदाओं के समाजववाद से कहानी मुठभेड़ करती है। धीरे-धीरे ऊँची सोसायटी से फैलती क्रूर सभ्यता से कहानी मुठभेड़ करती है। गणेश की मनसूहियत सब पर तारी हो जाती है। महसूस तो हर शख़्स करता है कि जो लम्हे इन्सान को हँसने के लिए मिले, उनमें हँस क्यों न ले। लेकिन क्या करे समय बड़ा बेदर्द है यादों का आदर नही करता। वर्तमान में हँसना एक खौफ़नाम क्रिया है। 'सोवियत के असाधारण कथा लेखक इसाक बाबेल ने कहा था'—'मैं एक नयी साहित्यिक विधा का इस्तेमाल करने जा रहा हूँ और वह है—मौन की विधा।' ज्ञानरंजन की कहानी को हम मौन की विधा कह सकते है और यही मौन उनकी कहानियों की सबसी बड़ी शक्ति है। उनकी धीमी गुनगुनाहट की आवाज में भी परिवेश का सत्य अत्यन्त मजबूती और स्पष्टता से अपनी मौजूदगी दर्ज़ करता है। यही कारण है 'अनुभव' कहानी अवसाद ग्रस्त होने के बावजूद मानवीय गरिमा को बचा ले जाने में सक्षम होती है।

ये दुनिया अगर मिल भी जाए तो क्या

"कला मूलभूत मानवीय सत्य की नींव डालती है, जिसका उपयोग न्याय की कसौटी के रुप में किया जा सकता है, मैं एक ऐसे अमेरिका की कामना करता हूँ, जो कला के स्तर को क्रमशः बुलन्दियों तक ले जाए और जहाँ सभी नागरिकों को बृहद सांस्कृतिक अवसर मिले।"

–राष्ट्रपति जॉन एफ. कैनेडी
(अक्टूबर 1963)

निसन्देह कलाएँ एवं कलाकार किसी भी राष्ट्र व समाज के लिए गर्व का विषय है। सांस्कृतिक समृद्धि के बिना कोई राष्ट्र कितना ही बलशाली क्यों न हो, अन्ततः दयनीय है? कलाएँ ऐन्द्रिक अनुभव को आध्यात्मिक आभा प्रदान कर सकने में समर्थ होती हैं। कलाकार भीड़ मे अकेलेपन कर सन्ताप उसकी नियति है। एक महान कलाकार तो कलाकारों की भीड़ से भी अलग होता है, उसे दोहरा अभिशाप झेलना पड़ता है। ये दुनिया उनसे जीवन का अवसर छीन लेती है, कितनी अजब बात है कि हत्या और आत्महत्या की एक संगति यहाँ नजर आती है गोरख पांडेय की आत्महत्या, पाश की हत्या, सफदरहाशमी की हत्या, इसी क्रम में थोड़ी उलटी गिनती कर गुरुदत्त की आत्महत्या। दरअसल इनका जीवनशास्त्र इतना जटिल होता है कि इसे केवल श्वेत श्याम रंगों में रेखांकित नहीं किया जा सकता। इन्हें खोने का मतलब खोना ही है, यहाँ क्षतिपूर्ति का सिद्धान्त नहीं लागू होता। 'बिछुड़े सभी बारी-बारी' कृति से गुजरते हुए ऐसा ही भीगा अहसास दूर तक पश्चाताप एवं ग्लानि लिए चला आता है। यह संस्मरण उस व्यक्ति पर केन्द्रित है, जिसकी परेशानी की सलवटें और आँखों की गहराई निरन्तर रहस्य और पीड़ा की सृष्टि रचती है, जो सिनेमा के नये सौन्दर्यशास्त्र की व्याख्या करता अपनी बेहिसाब प्रतिभा का अधिकांश हिस्सा इस दुनिया को दिये बिना चला गया। 'गुरुदत्त' हाँ गुरुदत्त रहस्य भरे आकर्षण का नाम। गुरुदत्त की साँसे थम

जाना केवल एक जीवन की गति थम जाना ही नहीं था बल्कि एक काल प्रवाह का निरवधि काल समुद्र में विलुप्त हो जाना था।

गुरुदत्त पर मराठी में 'भाऊपाध्ये' की और हिन्दी में 'प्रह्लाद कक्कड़' की पुस्तक आ चुकी है। गुरुदत्त की मुहब्बत में डूबी दोनों ही कृतियाँ, गुरु के निकटस्थ लोगों से खफ़ा सी लगती है। विमलमित्र के गुरुदत्त अपनी मुखर प्रतिभा परन्तु खामोश कमियों के साथ हमारे सामने आते हैं। बनता ढहता फिर बनता ढहता, गुरुदत्त जो कहता है—"विमल बाबू मृत्यु से मैं नहीं डरता लेकिन ज़िन्दगी के लिए भयभीत रहता हूँ" कैसा था गुरुदत्त का जीवन। दूर तक नाउम्मीद खिड़कियाँ दरवाजे, बेरंग आसमानी चादर ओढ़े थकी जमीन, शहर का सन्नाटा। सृष्टि का हर कण अधूरा है यह भान रखने वाला गुरु किस पूर्णता की तलाश में अपनी दुनिया रच-रच ध्वस्त करता है, पाली हिल पर अपने सपनों का महल तैयार करने के बाद एक दिन मजदूरों द्वारा उसी को ढहा कर जमींदोज कर देता है। ज़िगर के शब्दों मे कहीं गुरुदत्त की ही सच्च्याई तो नहीं-

बना-बना के जो दुनिया मिटाई जाती है।
जरूर कोई कमी है, जो पाई जाती है।

कहा जाता है, पीड़ा सर्जनात्मकता की प्रक्रिया में है, गुरुदत्त जब तक जीवित रहा सर्जनात्मकता की इसी प्रक्रिया में लगा रहा। गुरुदत्त की पीड़ा के साक्षी विमलमित्र संस्मरण के कैनवस पर गुरुदत्त के भीतरी घर (घर के भीतर, और भीतर का घर) का चित्र उकेरते हैं। उदासी, खुशी, बेचैनी, पीड़ा, प्रेम, तन्हाई, तड़प, सौन्दर्य के अनेक रंगों का कुशल संयोजन करते हैं। और जीवित बिम्बों को शब्दों के फ्रेम में सन्देह उतार देते हैं। इस संस्मरण की शब्दयात्रा बंगला से होती हुई हिन्दी तक आयी। कृति का मर्म ज्यों का त्यों अक्षुण्ण रहा। कृति का यूँ हिन्दी में उतरना दरअसल अनुवाद एवं सुशील गुप्ता दोनों के प्रति आस्था पैदा करता है।

गुरुदत्त की फिल्में जख़्मों का प्रतिरूप ही थी। डायरेक्टर की हैसियत से कई बार वह निर्मम भी हो उठता था लेकिन इस निमर्मता को कला के सापेक्ष में देखना ही औचित्यपूर्ण है। प्रसिद्ध शिल्पकार सोमनाथ होर लिखते हैं—"एक कुल्हाड़ी तेज़ाब बिना किसी पूर्वयोजना के जब भयंकर से ताँबे की प्लेट पर आक्रमण करती है तो अन्त में ज़ख्म ही मूर्तरुप में बाहर निकलता है।" ये दुनिया अगर मिल भी जाए तो भी हासिल होने का बोध नहीं बल्कि निचाट सूनापन और व्यर्थता का अहसास करने वाले गुरुदत्त की फिल्में जीवन की इन्हीं विडम्बनाओं का प्रतिरोध करती हैं। व्यक्ति के आन्तरिक जीवन की गहन प्रक्रिया, शारीरिक

क्रिया द्वारा अभिव्यक्त होती हैं, गुरुदत्त कभी खिड़कियाँ तो कभी दरवाजे रंगता हुआ जीवन के गहरे रंगों को पकड़ने की कोशिश करता है। प्रयोगधर्मिता गुरुदत्त का स्वभाव है कला के क्षेत्र में कभी 'सिनेमास्कोप' की सफलता तो कभी 'कागज के फूल' की असफलता। दोनों ही जायज है परन्तु जीवन के साथ प्रयोग? भीतरी सन्नाटे से भयजदा गुरुदत्त कभी फिल्मी (हुड़दंगई) पार्टी मनाता है, कभी रसोई में सब्जियाँ पकाता है। कभी तेज ड्राइव करता है, तो कभी पेड़-पौधे भी मुझे अच्छे लगते हैं। गुरुदत्त के भीतर विद्यमान हो अन्तर्विरोधी सत्ताओं का निरन्तर संघर्ष उनकी बेचैनी का मूल है। गुरुदत्त की तड़पती आकांक्षा है, एक उन्हें समझ पाने वाला साथी मिल जाए। दरअसल यह जेनुइन आकांक्षा हर शख़्स की होती है, कि उसके पास कोई ऐसा मित्र साथी हो जो उसे ठीक-ठीक वैसा ही समझे, जैसा वो है। विमलमित्र गुरुदत्त की 'मुझे सब कुछ चाहिए और कुछ भी नहीं चाहिए।' के अन्तर्द्वन्द से भलीभाँति परिचित थे। गुरुदत्त का व्यक्तित्त्व "एक तरफ वह परमविलासी, इनकमटैक्स स्टूडियों में परम व्यस्त, पैसे रुपये की कभी चिन्ता करता अपनी लाईफ स्टाईल को लेकर असुरक्षित महसूस करता है। दूसरी तरफ एक ऐसा सन्त जिसकी दुनिया सैण्डो, बनियान, लुंगी व एक जोड़ी स्लीपर, छप्पन भोग, छोड़ कोने में बैठकर सूखी रोटी चबाता था। निस्पृह निर्विकार और अहंकार मुक्त रात भर जाग-जाग कर विज्ञान और साहित्य पढनेवाला।" विमलमित्र की कसक यह है कि, "गुरुदत्त की इस दूसरी सत्ता को कोई पहचान नहीं पाया। वहीदा रहमान ने नहीं, गीतादत्त ने नहीं, गुरुदत्त की माँ ने भी नहीं।"

अच्छी फिल्में बनाना गुरुदत्त की प्रतिबद्धता है, तो बाजार की सफलता ध्यान में रखना जीवन की गरज। 'कागज के फूल' की असफलता गुरुदत्त को आहत करती है। एक फिल्ममेकर के जीवन की त्रासदी है, बहुत कुछ गुरु के जीवन जैसा। 'दुख ही जीवन की कथा रही।' इस फिल्म की असफलता से गुरु का घायल हृदय कराह उठा "यह फिल्म मैंने अपने लिए बनाई है, पब्लिक के लिए नहीं। जनता एक मशहूर डायरेक्टर की निर्धनता पचा नहीं पाई या फिर ट्रेजडी को परुष से जोड़ कर नहीं देख पाई। गुरु सजग है। अब की बार फिल्म सुपरहिट 'चौदहवीं का चाँद'। गुरुदत्त के कर्म और भाग्य ने वह सब दिया जिसे पाकर कोई भी व्यक्ति अपने को शिखर की उस चोटी पर महसूस करता, जहाँ से दुनिया छोटी नजर आती। पर गुरुदत्त न आँख भर नींद जुटा सका, ना ही पल भर का सुकून। एक लम्बी नींद, हृदय का थोडा सुकून यही अतृप्त आकांक्षा गुरुदत्त को मृत्यु का आशिक बना देती है। बार-बार उससे मिलने को वह मचलता रहा जिद्द और जुनून ने उसे मृत्यु से मिला दिया। गुरुदत्त के सन्दर्भ

में क्षतिपूर्ति का सिद्धान्त लागू नहीं होता। सिनेजगत दूसरा गुरुदत्त नहीं बना सका। भाऊ पाध्ये में वहीदा रहमान के प्रति ठीक वैसा ही रोष दिखाई देता है, जैसा गोपियों में अक्रूर के प्रति दिखाई देता है; परन्तु विमलमित्र तीनों (गुरुदत्त, गीतादत्त, वहीदा रहमान) के सम्मान को ठेस न पहुँचाते हुए उनके जीवन की स्थितियों को तर्कसंगत तरीके से पाठक के समक्ष रखते हैं। विमलमित्र गुरु के सन्दर्भ में यह जानकर क्षुब्ध होते हैं कि वे गीता जी से गाना छोड़ देने का आग्रह करते हैं। इसके बावजूद गुरु के ज़िन्दगी के ताप को जिस भाषा में विमलमित्र रुपायित करते हैं उससे गुजरते हुए ऐसा महसूस होता है कि हल्का सा दबाव पड़ा तो शब्द पिघलने लगेगा। विमलमित्र लिखते हैं—"बहुत बार ख़याल आया है कि काश गुरु जरा कंजूस होता, तो बेहतर होता। काश औरतों के प्रति जरा सी कमजोरी होती तो बेहतर होता, औरों का चाहे भला न होता। कम से कम अपने दिल की बात भूला रहता, अपने दिल के दर्द से उसे रिहाई मिल जाती।" सच मानव मन का अध्ययन करने के लिए बना हर शास्त्र विफल नजर आता है जो शख्स साधारण नहीं उसे समझ पाना तो लगभग असम्भव। औसत फ्रेम में न फिट होने वाले व्यक्ति को लाँक्षित करने का क्रूर इतिहास है हमारे पास। ऐसा कोई शास्त्र नजर नहीं आता जो संवेदनशील मन को क्षत-विक्षित होने से बचा सके। संस्मरण के हर पृष्ठ पर फैली हुई आर्द्र उदासी जो निरन्तर गुरुदत्त और पाठक के बीच नमी का रिश्ता बनाये रखती है। उदय प्रकाश किसी के सन्दर्भ में लिखते हैं उनका लिखा उद्धृत करने का लोभ संवरण नहीं कर पा रही हूँ क्योंकि गुरुदत्त के सन्दर्भ में यह कथन अक्षरशः चरितार्थ होता है—"कलाओं का धर्म है कि घोर ऐन्द्रिक अनुभव को एक आध्यात्मिक आभा प्रदान करे। हर ऐन्द्रिक अनुभव कलात्मक अनुभव से गुजर कर एक किस्म की दिव्यता और एक किस्म की समता पा लेता है। 'फिल्मिंग इज थिंकिंग'। फिल्मों के एक-एक दृश्य फ्रेम तक में उनका अभिकल्पन और उनकी योजना प्रकट होती थी।" यही कारण था कि गुरुदत्त की फिल्में साहित्य की संगिनी सिद्ध होती थी। रंगों, ध्वनियों, बिम्बों, शब्दों अनेक कलाओं का संगुफन साहित्य का रसबोध, कैमरे का मर्म, रुपहले पर्दे की प्राणवत्ता समाहित थी उसमें।

विमलमित्र गुरुदत्त एवं गीतादत्त के रिश्तों को बहुत शिद्दत एवं कसक के साथ खोलते हैं, वेदना की वेदी पर दो अत्यन्त प्रेम करने वाले जबरन जीवन को जोखिम में क्यों डाले हुए थे। मुहब्बत को शत्रुता की तरह निभाने का समीकरण कैसे बन जाता है? क्यों वफा का रंग गहरा होते-होते अचानक धूसर हो उठता है? गुरुदत्त के ही शब्दों में "घर न होने की तकलीफ से घर होने की तकलीफ

और भयंकर होती है।" प्रेम करने वाला जीव स्वयं अपने प्रेम की सबसे बड़ी बाधा है। पति-पत्नी के मध्य थोड़ी सी भी खाली जगह दिख जाये तो सारी दुनिया धक्कमपेल मचाती हुई नकारात्मक भूमिका के साथ पसर जाती है। कट्टरपन्थियों से अधिक भयावह बुद्धिजीवियों, का फसाद होता है। अनाम पत्र, खुफिया बातें। गीता सुलझा भी ले जातीं यह सब, परन्तु गाने के लिए गुरुदत्त का मना करना एक कलाकार द्वारा दूसरे कलाकार की अस्मिता को चोट पहुँचना था। काश गुरु गीता की इस छटपटाहट को समझ पाता। गीता दत्त को लेकर शुरु की गयी 'गौरी' फिल्म आधे में ही बन्द कर दी गयी। 'त्रासदी' के भँवर में तीनों ही घुट रहे थे। वहीदा रहमान हमेशा के लिए जीवन से चली गयी। अब भी गीतादत्त अशान्त थी और गुरु भी। विमलमित्र लिखते हैं—"उनके जीवन में होने वाला अँधेरा वहीदा रहमान का नहीं बल्कि उनके अपने मन का था।" गुरुदत्त और गीतादत्त दोनों ही आत्महत्या का प्रयत्न कर चुके थे, परन्तु होश में आते ही दोनों ही सबसे पहले एक दूसरे को ही ढूँढ़ते थे। इसके बावजूद एक दूसरे के साथ जीना कठिन हो गया। स्त्री पुरुष के प्रेम में उपजने वाले प्रश्न शाश्वत हैं। अबूझ हृदय से जन्में प्रश्न शायद अनन्तकाल तक यूँ ही बने रहेंगे।

गुरुदत्त अपनी 'कला' (सिनेमा) के माध्यम से मानव अस्तित्व के असंगत, अराजक और अर्थशून्य हादसों को उसके कालातीत मर्म के फ्रेम में संयोजित करता था। इसलिए नहीं कि मनुष्य पृथ्वी के केन्द्र में एक सार्वभौम प्राणी है बल्कि इसलिए कि प्रकृति के अन्य प्राणियों की तरह मनुष्य भी अपना एक विनयशील, विवेकपूर्ण अर्थसंगत कोना ढूँढ़ सकता है। मानवीय भावना को अपनी कला के बल पर जीवन्त कर देने वाला गुरुदत्त, मुश्किल को अपना स्वभाव बना लेने वाला गुरुदत्त, अपने अन्दर की कला को टूट कर प्यार करनेवाला गुरुदत्त, महामानव तो नहीं था पर जो भी उसके नजदीक गया बँध कर गया। विमलमित्र लिखते हैं—"हे ईश्वर गुरु को थोड़ी सी शान्ति प्रदान करना। उसकी आँखों को थोड़ी-सी नींद जरूर देना। वह अर्से से जगा हुआ विनिद्ध इन्सान था। वह असहनीय दर्द की आग में जलता रहा था। काल के सीने पर सफल कीर्तिमान का हस्ताक्षर रखने के बावजूद वह जीवन की लड़ाई में हार गया। मौत के बाद उसे राहत देना प्रभु।"

सब कुछ पाकर खो देने वाला, सब कुछ खोने में पा लेने का सुख अनुभव करनवाला जीवित किंवदंति बन जाने वाला कोंकणस्थ देवशरीरा की ज़िन्दगी के बेशकीमती पल विमलमित्र के किताबी सफों में बिखरे हुए उदास समय की तरह है, जब कोई हृदय से पन्ना पलटेगा समय बह चलेगा।

अलकों में मलयज बन्द किये : 'देवप्रिया'

"नख से शिख तक पाँच कोशों को अपने में समेटती हुई नृत्यविधा ने मुझे पहले तो अपने पाश में बाँधा और फिर पाशमुक्त होने की युक्ति सिखायी है। अनन्त आकाश के एक बिन्दु में अपना घर बसाने का बोध दिया है।"

–सोनल मानसिंह

देवप्रिया (यतीन्द्र मिश्र) के आखिरी पन्ने तक पहुँचते–पहुँचते एक सम्मोहन से घिर चुकी थी मैं। यह आभास भी नहीं हुआ कि मुझे नृत्य की समझ ही नहीं। मेरा जन्म नृत्य के वर्जित इलाके की देन है। कैसे सम्भव है, कि 'आँख का अन्धा नाम नयन सुख।' पर यह सम्भव हुआ। न जाने कौन–सा रस था जो मुझे पन्ने-दर-पन्ने सराबोर करता गया। चेतना और शक्ति की अविभाज्य इकाई सोनल मानसिंह के संवादों से मन्त्रकीलित सी मैं उनके नृत्य की सी.डी.ले आयी। सुर और ताल मेरे लिए केवल स्क्रीन की लिपि बन जाते हैं, लेकिन उसके अलावा भी बहुत कुछ है, जो समझ में आता है, मुझे और मुझ जैसे हजारों श्रोताओं को। समझ में आता है शब्द और मुद्रा (जेस्चर) का सहसम्बन्ध। मुद्रा को अर्थ में तथा अर्थ को मुद्रा में स्थपित करती हुई सोनल की भंगिमाएँ। मुद्राएँ वस्तुतः अवयवों की भाषा में लिखी गयी एक अवाच भाषा की रचना है। कहीं रूठती राधा है तो कहीं पालना झुलाती यशोदा है, तो कहीं लीला कमल की पँखुरियाँ गिनती पार्वती तो कहीं अपनी आर्तनाद से नरपशुओं के भीतर मनुष्यभाव जगाने को संकल्पकृत द्रौपदी। यह सब देखते हुए श्रोता स्वयं को भी इसी लीलाभूमि का अभिन्न हिस्सा पाता है। नृत्य में एक भाषिक विन्यास छिपा होता है।

यह सत्य है, कि कलाओं की प्रतीकवत्ता अपकथानात्मक होती है, और दृश्यकलाओं में एक जटिल तथा अनेक सूक्ष्म सम्बन्धों वाला भाव विचार प्रक्षेपित किया जा सकता है। लेकिन देवप्रिया को भाषा की जिस ऊर्जा से रूपायित किया

गया है वह सूक्ष्मातिसूक्ष्म भावों से पाठकों को कुछ दे पाने में सहज ही सक्षम हो गयी है। यह कृति केवल पढ़ने की नहीं बल्कि सजीव, सदेह दृश्यविधान बन गयी है। पाठक को एक तरह की विराटता का अनुभव देती है। चारो तरफ अभिनय नृत्य, शब्द, सुर की सुरभि फैलाती हुई। यहाँ देह नश्वर नहीं, अमर है। लोकोत्तर है। देह एक ऐसा शास्त्र है, जिसमें समस्त कलाओं का संगुफन होता है। नृत्यांगना 'मैं' से 'सब' में तब्दील हो जाती है। एक पूरा भावलोक तैयार होता है। रति भाव के भीतर अलौकिक अध्यात्म का अनुभव होने लगता है। यह केवल ऐन्द्रिक स्तर पर संवेगों को जगाने का नहीं, बल्कि आध्यात्मिक स्तर पर 'नर में नारायण' देखने की उक्ति को चरितार्थ करता है। यही कारण है, कि यतीन्द्र मिश्र की 'देवप्रिया' के अन्तस्थल तक पहुँचने की राह गम्भीर किन्तु सहज है।

'देवप्रिया' का अन्तःस्थल आवरण पृष्ठ ही पाठक को अखण्ड आनन्द की मानसिक भूमि पर अवस्थित कर देता है। खजुराहों को खण्डित-अखण्डित मूर्तिशिल्पों के चौखट मध्य अर्धपद्मावस्था में दीर्घनयन मूँदे चेहरे पर बुद्ध की शान्ति और करुणामयी स्मित हास्य समेटे 'देवप्रिया' (सोनल मानसिंह) एक रचना के 'त्रिकाल' की तरह एक समय से दूसरे समय में संक्रमित हो जाने की दिव्यता से आलोकित दिखती है।

''कला का चेहरा कुछ कुछ सूर्य जैसा होता है। यह सम्प्रेषित नहीं करता लेकिन देता है''। जगदीश स्वामीनाथन का उक्त कथन का अहसास 'देवप्रिया' पढ़ते समय होता है। 'देवप्रिया' का प्रारम्भ ही नृत्य परम्परा के गम्भीर विमर्श से होता है। नृत्य और साहित्य के गहरे अटूट नाते से सन्दर्भित होती हुई भक्ति से श्रृंगार से पगी बातचीत एक छोर पकड़ कर ऊपर की ओर उठती जाती है।

नृत्य को सोनल मानसिंह चाक्षुष यज्ञ मानती हैं। नृत्य एवं उसकी परम्परा की व्याख्या करते हुए वह जिस उदात्त शैली को आत्मसात करती, उससे साधारण पाठक भी अन्तर्मन से यह महसूस करता है कि नृत्य मनोरंजन से कहीं ऊपर की चीज है। नृत्य में देह साधन और साध्य दोनों बन जाते है। सुर बाँधने की तरह शरीर बाँधना पड़ता है। सोनल के ही शब्दों मे ''जैसे आप एक वाद्य का सुर बाँधते हैं। सितार का कोई तार ठीक करते हैं, तानपुरे की जवारी कसते हैं और तबले की पूड़ी पर बेहतर आवाज पाने के लिए बँध सकते हैं। इसी तरह नृत्यागंना को अपना पूरा शरीर बाँधना पड़ता है, जिससे वह कला की शर्तों पर खरी उतर सके। सुर बाँधने की तरह अंगों को बाँधना पड़ता है। बिना इसके कला कहीं जायेगी, शरीर कहीं और पड़ा मिलेगा। नृत्य की शर्तों पर कसा हुआ शरीर ही सही बोलेगा, तब आकर उसमें सुर, ताल, ठेका छन्द लय विन्यास,

हस्तमुद्रा भावभंगिमा ठीक-ठीक निकलेगी। नृत्य का काम क्षणिक है, पानी के बूँद सरीखा। एक बुदबुदा उठा बैठ गया और फिर वह पानी में विलीन हो गया''। यह पुस्तक संवादों के इन्द्रधनुषी विमान पर पाठकों को सवार कराके कला की लोक से लोकोत्तर यात्रा कराती है। इस यात्रा में सोनल जी से न जमीन छूटती है, ना जमीनी सोच। एक कालजयी कलाकार के भीतर स्त्री मन भी है, जो धर्म की ध्वजाओं से आवृत्त नहीं होता। 'देवदासी' के मन की जटिलताओं को बड़ी सघनता और सूक्ष्मता से महसूस करती है। सोनल मानसिंह कहती हैं, देवदासी पूर्णतया देवता को समर्पित होती है। उसका नृत्य प्रभु की सेवा में की गयी आराधना है। एक तरफ तो वह 'गीत गोविंद' और 'कालीदास' के पदों पर नृत्य करती अपना उल्लास और पारलौकिक अनुभूति व्यक्त कर रही होती है। उसके पश्चात उसे अनिच्छा से किसी राजा या अर्चक के पास भेज दिया जाये शारीरिक व मानसिक स्तर पर न तो पूरी तरह से वे सांसारिक हो पाती थीं ना ही आध्यात्मिक प्रेम में पूर्णतः समर्पित हो पाती थीं। भगवाधारियों के लिए उनके पास यक्ष प्रश्न है, ज्ञान पवित्रता यदि केवल भगवा और सफेद रंग में है, तो बाकी के रंगों को दुनिया से खत्म हो जाना चाहिए। रंगों की अस्मिता के लिए संघर्ष करता सोनल का मन 'कैवल्य' के बरअक्स ऐसा कैवल्य रचता है, जहाँ सब कुछ निरन्तर गति, निरन्तर नृत्य, निरन्तर चाल, निरन्तर आनन्द सब कुछ समरसता की भूमि पर चल रहा है। सभी रंगों की समान पहचान है। समान उल्लास और यह उल्लास ही मोक्ष है।

सोनल 'परम्परा' में निहित परिवर्तनशीलता को व्याख्यायित करती हैं, प्रयोगधर्मिता उनका मूल स्वभाव है, इसी कारण उन्हें, अपने गुरुओं का भी कोपभाजन बनना पड़ा। वे शास्त्रीय संगीत और लोकसंगीत के समन्वय पर बल देती हैं। वे कहती हैं, लोकनृत्य और शास्त्रीयनृत्य एक साथ कवर हो चुका है। लोक व शास्त्रीय को एक ही वेणी में गूँथा जायेगा तब जाकर सही संरचना होगी। बकौल सोनल कलाकार को भ्रमरवत होना पड़ेगा। जहाँ जो कुछ सुन्दर, सरस, समझ से परिपूर्ण है, लेकर अपना बनाना पड़ेगा।

श्रेष्ठ कलाओं में अन्तर्विरोध नहीं होते, विभिन्नताओं का समन्वय और सहअस्तित्व होता है। हर रंग का अपना अलगपन भी होता है, और सब रंगों के साथ एक विशिष्ट संयोग भी। प्रत्येक कला की स्थिति समान गरिमामयी नहीं है। मुझे विद्वान कामरेड 'शरद पाटील' की बरबस याद आ जाती है कि साहित्य प्राचीन समय में ब्राह्मणों ने लिखा था बाकी की कलाओं को ब्राह्मणेतर लोगों से प्रश्रय मिला। इसीलिए बाकी की कलाओं को दोयम दर्ज़े का स्थान मिला। नृत्य

की सामाजिक स्थिति को लेकर सोनल मानसिंह कहती हैं, हर एक नृत्य में काम को जगाने की शक्ति होती है, फिर वह शरीर स्त्री का हो तो उद्दीपन आयेगा ही। सहज स्वाभाविक है, स्त्री के सजे-धजे शरीर और उसके अंगों–उपागों के कंपन देख कामबोध जगे। शायद इसी कारण नृत्य विधाओं के साथ सामाजिक बहिष्कार भाव साथ में चला आया है। आज स्थितियों में बदलाव आया है।

नृत्यकला जीवन और सौन्दर्य से भरी हुई है। सोनल की धमनियों में रक्त की तरह ही गीत-गोविन्द का प्रवाह है, उनका आत्मिक तत्व कृष्ण और भगवती के संयुक्त रूप से बना है। गीत-गोविन्द की राधा कृष्ण से बड़ी है। जयदेव ने स्त्री पात्र को देवपात्र से बड़ा बना दिया शक्तिपात की प्रक्रिया में कृष्ण राधा के दासानुदास है। सोनल मानसिंह इसका उत्स जयदेव की ज़िन्दगी में पाती है। जयदेव की पत्नी पद्मावती स्वयं देवदासी थी और जयदेव की तन्त्रसाधना में 'भैरवी' का काम करती थी। गीत-गोविंद के श्रीकृष्ण कहते हैं–"हे राधा, मैं तुम्हारे चरणों में पड़ा हुआ हूँ, अपने चरण कमलों को मेरे सिर पर मण्डित कर दो"। एक स्त्री की शक्ति से भरी छवि है, और सोनल राधा की सबसे बड़ी शक्ति मानती हैं, कृष्ण के प्रति उनका अनकंडीशनल लव। यह अनकंडीशनल लव कलाओं और नृत्य की दुनिया को भी अनकंडीशनल ढ़ंग से सर्पोट करता है। सोनल नृत्य की आकाशगंगा हैं, उनके भीतर प्रतिपल राधा धड़कती है। उनकी आँखों में निर्जन प्रान्त में कृष्ण की चेतनाविहीन देह के समक्ष बिलखते शबर के आँसू भी झिलमिलाते हैं। (सीताकान्त महापात्र की कविता 'जार' पर आधारित सोनल मानसिंह का नृत्य।) नृत्य का महाभाव ही 'दौप्रदी' के गरिमामयी रूप का साक्षात्कार करवाता है। सोनल मानसिंह मानती हैं–महाभारत के 'धर्मयुग' (1) की पहली शिला ही अधर्म पर रखी गयी, जब कुंती के मुँह से निकला–'भुङ्कतेति समेत्य सर्वे' सब लोग इकट्ठे होकर समान रूप से भोगो'। द्रौपदी की तड़प को उसी मानसिक स्तर पर महसूस कर पाने के कारण वह नृत्य के माध्यम से द्रौपदी के इनर स्ट्रगल को सशक्त ढंग से अभिव्यक्त कर पाती है।

सोनल मानसिंह नृत्य के अलंकार और परिधान के चयन की पृष्ठभूमि में आर्थिक और समाजिक तह में जाकर उनका खुलासा करती हैं। सोनल राजनीति, समय और समाज पर मुकम्मल टिप्पणी करती हैं। ब्रहमचर्य और राष्ट्रभक्ति के सम्बन्ध पर गाँधी जी से असहमत होती हैं, साथ ही विक्षुब्ध भी कि वे चार सन्तानों को जन्म देने के बाद कस्तूरबा को शामिल किए बिना एकतरफा निर्णय ले लेते हैं, ब्रहमचर्य का। सोनल मानसिंह विदुषी हैं, थियेटर फिल्म संगीत, धर्म को लेकर की गयी उनकी तमाम टिप्पणियाँ साहित्य और कला की दीर्घजीवी

धरोहर है। उन्हें पढ़ते-पढ़ते मिथकीय संसार सत्य स्वप्न सा उजागर होने लगता है अपाला, घोषा, गार्गी, मैत्रेयी की ही पंक्ति में सोनल मानसिंह भी दिखाई देती है।

नृत्य प्रदर्शन के समय सोनल मानसिंह के लिए सर्वाधिक आहलाद् का क्षण वह होता है जब शरीर का आभास चला जाता है, स्व का बोध भी चला जाता है। नृत्य केवल नृत्य बना रहता है।

'देवप्रिया' (पुस्तक) को यतीन्द्र मिश्र के प्रश्न, संवाद, विचार, टिप्पणियाँ, मुकम्मल करती हैं। नृत्य के जन्म से लेकर कला की चौहद्दी रचती कहीं कबीर का पद 'नाच रे मेरे मन मत्त होय!' कहीं मीरा की 'पग घुँघुरू बाँध मीरा नाची रे!' की तन्मयता में नृत्य को परिभाषित करते हैं, तो कहीं काली और गणिका महामाया और महावेश्या के विलयीकरण की बात करते हुए स्त्री शक्ति का प्रभामण्डल रचते हैं। परम्परा में नर्तकी की प्रतिभा, अस्मिता सत्ता से सम्बन्ध महत्त्व एवं प्रभाव को रेखाकिंत करते है। साधारण में असाधारण के विलोपन को ही नृत्यकला की सबसे बड़ी चुनौती मानते हैं। सोनलमानसिंह के नृत्य के सन्दर्भ में अत्यन्त मार्मिक टिप्पणी करते हैं—"सोनलमान सिंह को नृत्यरत देखना मात्र एक स्त्री या नृत्यांगना को नहीं, बल्कि नृत्य की भंगिमाओं उसके स्वरूप लोच सौन्दर्य के कलात्मक रूपक को देखना है, यदि हम शास्त्र का सहारा लेकर कहें, तो उन्हें नृत्यरत देखना प्रजापति द्वारा सजाये हुए विष्णु के संसार में अलंकृत भगवती को देखना हैं।" भरतनाट्यम एवं ओडिसी के सम्मिलित प्रयोग से सोनल मानसिंह 'रामचरितमानस' के सीता स्वयंवर के प्रयोग से उस विलक्षणता तक ले जाती हैं, जहाँ भाषा और संगीत का द्वन्द मिट जाता है। काल और व्यक्ति समीप आ जाते है। इतिहास और वर्तमान एक ही समय में साथ-साथ घटित होने लगते हैं। आनन्द और पीड़ा के लयात्मक संयोजन से सोनल मानसिंह का शास्त्रीय नृत्य अत्यन्त भावप्रवण और अर्थपूर्ण बन जाता है। यतीन्द्र कहते हैं—"कलाएँ हमें मनोरंजन से आगे ले जाती हैं। और वे हमे अपने लोक से, संस्कृति से, वर्तमान से, बड़े मनन भाव से जोड़ती हैं।"

—भरतनाट्यम-सोनल मानसिंह

यतीन्द्र मिश्र देवदासियों के जन्म और मुत्यु के मध्य फैले स्पेस में विरोधाभासी आड़ी-तिरछी, काले, लाल, धूसर रंग की रेखाओं की और इनसे उपजे अवसाद को और इस अवसाद की अन्तिम परणति (देवदासी की मृत्यु) को जिस तरह ऐश्वर्य मंडित किया जाता है, उस पर अफसोस जताते हैं और व्यथित भी होते हैं।

कलाओं से बने समाज को ही शास्त्रीय ढ़ंग से सामाजिक कहलाने का अधिकार है। भले ही यह ज्ञान सरस्वती के मेले से अर्जित किया जाय या वेश्याओं

के आसनबँध सभा से अथवा साक्षात शिव का नटराज रूप देखते हुए। यही सामाजिक शिव और सुन्दर की सृष्टि करने मे सक्षम होता है।

'देवप्रिया' सोनल के विभिन्न मूडों को व्याख्यायित करती पुरस्कारों और नृत्यों की तालिका के साथ समापन करती है। पाठकों के भीतर हौले-हौले संगीत लहरी की तरह उठती-गिरती, थोडी देर के लिए ही सही मशीनी शोरगुल, बाजार की विवकेहीन दुनिया से न केवल ऊपर उठाती है, बल्कि हमें संशयों से पार ले जाती है। हमारी क्षुद्रताओं, दुर्बलताओं, ईर्ष्याओं को हमसे दूर हटाती है। मनुष्यता का उम्मीद भरा स्वर धीरे-धीरे सुरभित होता हुआ ऊपर की ओर उठता है और पाठक कलाओं के मूर्त रूप में 'अलकों में मलयज' बन्द किये 'देवप्रिया' को अपने आस-पास महसूस करता है। यह पुस्तक पाठक की अपनी निजी अनुभूति का हिस्सा बन जाती है। बार-बार एकान्त में पढ़ी जाने वाली किन्तु हर बार दोहराव नहीं कला के अनन्त विस्तार की ओर ले जाती है। अद्भुत रस से भरी।

यतीन्द्र समकालीन साहित्य में अपनी अलग महत्त्वपूर्ण और विशिष्ट उपस्थिति दर्ज़ करा चुके हैं। यह पुस्तक उनके दस्तावेज़ी कार्यों की श्रृंखला की सशक्त और अनमोल कड़ी है। प्रत्येक पृष्ठ पर तस्वीरों के रूप में मौजूद विलक्षण नृत्य भंगिमाएँ और मुद्राएँ इसे मोहक व दर्शनीय बना देती हैं।

पिया तोसे नैना लागे...रे

क्रॉसवर्ड में यूँ ही किताबों को देखते सहलाते हुए घूम रही थी कि हाथ एक किताब पर ठहर गया 'संगीतकक्ष' तानपूरा लेकर बैठी एक युवती। युवती का पृष्ठ भाग आवरण पृष्ठ पर अंकित है। सुर में बन्धी इस भंगिमा से मुखरित होती हुई लय पन्ने की कैद से बाहर की ओर निकलती है। लेखिका का नाम पढ़ती हूँ नमिता देवीदयाल। नहीं जानती उन्हें। अनुवादक, 'जानती हूँ उन्हें।' तब पता ही न था मेरे हाथ अद्‌भुत खजाना लगा है।

भारतीयशास्त्रीय संगीत की तरह अमूर्त और तरल तीन संगीत की अद्‌भुत शख्सयित की संगीतात्मक संस्मरण कथा। सही सुर में लगे इस संस्मरणात्मक कथा से तादात्म स्थापित करने से पहले प्रेम की एक कौंध को रेखांकित करना चाहती हूँ क्योंकि उदात्त प्रेम के छोटे से प्रसंग ने 'संगीतकक्ष' में वह तासीर पैदा की कि पढ़ते हुए पाठक की आँखों से सच्चे मोती की आब लिए आँसू आ जायें। 'केसरबाई केरकर' महान गायिका। केसरबाई एक राग को धीरे-धीरे खोल रही हैं। एक-एक सुर को अनावृत्त करते हुए। उसे इस तरह गा रही हैं, जैसे प्यार कर रही हों, पहले हलके-हलके सहलाते हुए फिर पूरे जोश के साथ जो प्रेमी के लिए संजो कर रखा जाता है। आनन्द की लहर दर लहर के साथ एक विराट चरमोत्कर्ष पर पहुँचते हुए। केसरबाई के महबूब सरपरस्त गोपालदास के लिए किस कदर कठिन क्षण रहा होगा, अब उन्होंने केसरबाई से कहा होगा केसर अब हम तुमसे नहीं मिलेगें (अल्लादिया खाँ ने संगीत सिखाने की शर्त रखी थी कि दस साल तक केसर बच्चे को जन्म नहीं देगी) तुम जवान हो, संगीत तुम्हारा भविष्य है। मेरा स्वार्थ तुम्हारे आड़े नहीं आयेगा। प्रेम से इन दो रागों के मिश्रण से अब तक तीसरी राग 'सुमनताई' का जन्म हो चुका था। जहाँ प्रेम है, वहाँ निष्ठुर प्रभुत्व नहीं हो सकता। सेठ गोपालदास केसरबाई के जीवन से चले गये। परन्तु सुमनताई और केसरबाई के जीवन पर उनका प्रेम आजन्म दायित्व बन कर बरसता रहा। सूखी भूमि पर बारिश बहुत अद्‌भुत चीज होती है, उसका मर्म तो बस उस भूमि का

हृदय ही बूझ सकता है। 'पिया तोसे नैना लागे रे, जाने क्या हो अब आगे रे'। कि सारी दुविधाओं को चीर कर सूर्य की सारी शक्ति निचोड़ कर सेठ गोपाल दास ने केसरबाई की अंजुरी में इन्द्रधनुषी सप्तसुरों का रंग और राग सौंप दिया।

आज जब अलगाव के कर्कश अनर्गल कौवारोर में सब डूबता नजर आ रहा हो, कन्दराओं, गुफाओं के मुहाने पर लगे पत्थर के पीछे सहमा मालकोश अपनी मुक्ति के लिए छटपटा रहा हो, इतिहास के पन्नों से कवि संगीतकार नवाब वाजिद अलीशाह की पंक्तियाँ गुहार लगा रही हों—''हम इश्क के बन्दे हैं, मज़हब से नहीं वास्ता।'' 'बाबरनामा' (सन 908 हिजरी) की पंक्तियाँ भी तड़प उठी हों—'बुझा सके तो आज ही बुझा दे, चिनगारी ज़हान ख़ाक करेगी', लवें जो बढ़ी कहीं'। एक व्यक्ति रामतनु मिश्र के रूप में पैदा होकर मियाँ तानसेन में बदल जाता है। काशी से लेकर कोल्हापुर तक, केसरबाई से लेकर रसूलनबाई तक कंठे महाराज से लेकर यशवन्त केरकर तक संगीत के स्वर पर जगता और उसी के थापों पर सोता है। 'मिले सुर मेरा तुम्हारा की बन्दिश पूरे भारत में तन्मयता से लोगों के भीतर भी भीनती चली जाती है, तब लगाव के कोमल सुर की दृढ़ता का अहसास होता है, साथ यह आस्था भी जगती है, कि 'संगीतकक्ष' अखण्ड भारतीयता का राग बुलन्द आवाज में गानेवाली वह कृति है, जिसमें केवल राग, रियाज और आलाप का सम्मोहन नहीं है, बल्कि वह उस त्रिआयामी चित्र की तरह है। जहाँ से युवाओं में आनेवाले कल के मोहक समाज का बीज बोया जा सकता है। यहाँ मानवीय आकांक्षा का फूल चटख और गहरे रंग के साथ वसन्त का अहसास कराता है।

दस वर्षीय नमिता के माता-पिता चाहते थे उनकी नन्हीं बीटिया संगीत सीखे। नमिता की इच्छा अनिच्छा का महत्त्व माता-पिता के लिए उसकी उम्र के मुताबिक ही था। अतः नमिता को जाना पड़ा जयपुर घराने की सम्मानित संगीत गुरु 'ढोण्ढूताई' के पास छोटा कमरा (मुम्बई) पंखे 'घड़ी' बच्चों, फेरीवालों की आवाजों की पृष्ठभूमि, में तानपूरा अपने आवाज के लिए जगह तलाश ही लेता है। उसके बाद गुरु व नन्हीं शिष्या जिस भाषा को बोलते व सुनते वह भाषा संगीत की होती थी। गुरु साध रही थी, शिष्या सध रही थी। केवल संगीत नही बल्कि मनुष्यता भी। 'ढोंढूताई' कहती हैं—''चाय बनाना ज़िन्दगी का एक सबक है। जरा गहराई से देखो तो क्या कुछ हो रहा है? किसी ने उन्हें छाँटा है, किसी बेचारे ने उन्हें थैलियों में डाला किसी ने गाय दूहा, किसी ने गन्ना पेरा, भला हो आग का कि तुम पानी उबाल सकते हो। तुमने जो किया है, वह चाय बनाने के तामझाम में नहीं के बराबर है। कभी बेकार घमण्ड मत करो, क्योंकि जो कुछ

हासिल किया तुम बताते हो उसमें बहुत सी अदेखी अजानी शक्तियों का योगदान होता है।'' पपड़ायी, बेरंगत दीवारों के मध्य ढोंढूताई नमिता को जीवन का सबसे बड़ा दर्शन समझा रही थी जो दरअसल उसी कमरे मे रहने वाली तीनों औरतों के सृजन, तन्हाई, विस्मृति की अनोखी संगत से ऊपजा था। ढोंढूताई जिन्होंने ब्याह नहीं किया उन्हें लगता था कि संगीत और पति दोनों की फरमाइशें बहुत ज़्यादा होती हैं, ईमानदारी से एक ही की फरमाईश पूरी की जा सकती है। ढोंढूताई ने वरण किया संगीत का। ढोंढूताई ने जो चुन लिया था उसके समक्ष तो उन्हें सारी कायनात नगण्य ही नजर आनी ही थी फजल तबिश के शब्दों में कहें तो—

हम मसलये खुर्शीद ले के निकले हैं,
हमें कुबूल नहीं जुगनुओं की रहबरी!

ढोंढूताई की स्मृतियों में संगीत साँस की तरह रचा बसा है, इसीलिए जब वह स्मृतियों में लौटती हैं, तो एक भी सुर गलत नहीं लगता। हर तान बिजली की तरह तड़पती हुई सामने बैठे व्यक्ति को चीर कर फिर सम पर लौट आती है। नमिता बड़ी हो गयी शिक्षा के लिए अमेरिका भी गयी। उनकी संगीत की शिक्षा अधूरी रही, नमिता की आवाज में ढोंढूताई अपनी गुरु केसरबाई की आवाज सुनती थी। नमिता की अधूरी संगीत शिक्षा और विशिष्ट आवाज गुरु शिष्य के भरे-पूरे रिश्ते का संवाहक था। परन्तु एक विशिष्ट आवाज और अधूरा संगीत गुरु शिष्य के भरे-पूरे रिश्ते का संवाहक था। नमिता ने जब अपनी गुरु के बाल सखा के बारे में जाना, उसके मन में अनेक प्रश्न कौंधें। 'बाबा' अल्लादिया खाँ के पोते। संगीत खजाने के अनोमल रत्न ढोंढूताई के बाल सखा। नमिता 'बाबा' और ढोंढूताई के सम्बन्धो में अपनी अटकलों का घोड़ा सरपट दौड़ा देती। 'शायद कभी घनीभूत होते अँधेरे में किसी सूने गलियारे में दो जिस्मानी तनाव आपस में टकरा गये हों और दोस्ती की सरहद लाँघ दी गयी हो।' फिर नमिता तुरन्त अपने सोचे पर चौंक जाती कि ढोंढूताई के विषय में किसी तरह का कयास लगाना व्यर्थ है, वह एकदम तलवार की धार पर चलती हैं। वहाँ बीच का रास्ता नहीं होता। 'बाबा' ढोंढूताई के मित्र ही नहीं गुरु भी थे, उन्होंने बहुत से दुर्लभ राग और बन्दिशे उन्हें सौंपी थीं। 'सती अनसूया' के परिवार की वशंज ढोंढूताई को संगीत सिखाने का प्रण उनके पिता ने जिस काल में लिया था दरअसल वह काल में खड़े होकर काल के पार जाने के लिए जिस अपार साहस की माँग कर रहा था वह था, उनके पास। अल्लादिया खाँ, केसरबाई केरकर की छाँव में पनपा संगीत का सागर समेटे, जिसे हासिल थी मुकम्मल जमीं और आसमाँ भी। फिर कौन-सी वजह थी जो ढोंढूताई जैसी महान कलाकार की सम्भावनाओं को

सोख गयी। मुम्बई के समुद्र तट पर अपने सुरों को लहरों से अठखेलियाँ करने के लिए छोड़ 'राग भैरवी', काली तुलसी की चाय और पहाड़ी पर उगते सूरज का सपना बसाये कोल्हापुर लौट आयीं। महानगर की कहीं इस त्रासदी से तो ख़ौफ नहीं 'खा' गयी—

है, बहुत भीड़भाड़ सड़कों पे
चल रहे हैं, पहाड़ सड़कों पे

बस एक कलाकार धीरे-धीरे
जन के जेहन से नेपथ्य में चला गया।

'कोल्हापूर' की शान अल्लादिया खाँ पूरा परिवार संगीत के लिए समर्पित। यह सत्य है, कि कलाओं की सरपरस्ती राजाश्रयों में हुई वहीं से संरक्षित होकर सम्वर्धित होती गयी। दिल्ली और उसके आसपास दरबारों में संगीत परवान चढ़ता गया। इसके साथ ही ग्वालियर, जयपुर, पटियाला, मैसूर, बनारस और कोल्हापूर में राग-रागिनियाँ सँवरती रही। कोल्हापूर के बीस वर्षीय युवराज शाहूजी ने अनेक असाधारण कार्य कर दिखाए शिक्षा, शूद्रों के उत्थान के साथ-साथ संगीत व अन्य कलाओं को भी समृद्ध किया। खाँ साहब इनके दरबार में सम्मानित गायक रहे। खाँ साहब गोश्त खाते थे लेकिन जनेऊ भी पहनते थे। वे इस्लाम के अनुयायी थे पर उनकी बन्दिशों में हिन्दू दर्शन की पैनी समझ दिखाई देती थी। वे हर रोज नमाज़ पढ़ते थे लेकिन पूरी श्रद्धा के साथ मन्दिरों में गाते थे। उन्होंने अपने संगीत के सबसे अनमोल जवाहरात गैर मुस्लिम गायकों को दिये थे। संगीत उनका धर्म था। कितनी अजीब बात है कि संगीत सम्राट चिरनिद्रा में चला गया। संगीत की रूह खामोशी के इस छोर से उठी और आकाश में विलीन हो गयी। जनाजे में कुल जमा पन्द्रह बीस लोग। एक महान फनकार को हिन्दू और मुसलमान में कबीर की तरह बाँट दिया गया।

अल्लादिया खाँ की शिष्या थी केसरबाई। महान गायिका केसरबाई केरकर पद्मभूषण लेकर लौटते हुए केसरबाई तत्कालीन प्रधानमन्त्री इन्दिरा गाँधी से टकरा गयी। इन्दिरा जी ने कहा आप मेरे गले पर हाथ रख दें, ताकि मेरी आवाज उम्रभर बुलन्द रहे। केसरबाई ने कहा, ''देवी जी आपकी आवाज बिल्कुल ठीक है। आप पहले ही काफी जोर से चीख़ती चिल्लाती हैं। ''प्रधानमन्त्री को भौचक्क छोड़कर वह सीढ़ियाँ उतर गयी। केसरबाई मुँहफट हैं। केसरबाई सार्वजनिक स्थल पर तूफान की तरह फट पड़ती है, वह किसी का भी अपमान कर सकती हैं। महान गायिका और इतनी ओछी हरकतें। दरअसल यह सत्य था परन्तु इस तरह से केसरबाई को जानना चौराहे से जानना था। उनकी शिष्या ढोंढूताई जैसे-जैसे

उनकी दुनिया में उतरती गयीं वैसे-वैसे यह भी थाह लगती गयी कि केसरबाई के इस व्यवहार की जड़े वह अकल्पनीय पीड़ा है,जो केसरबाई ने भोगी है। सुबह केसरबाई के एक सिगरेट की अनिवार्यता उनके किस तनाव को बयाँ करती है? बीसवीं सदी के प्रारम्भ की लगभग सभी महान गायिकाएँ देवदासी परम्परा की थीं जिनके लिए समाज का रवैया दोहरे मानदण्डों का था। ऐसा पितृसत्तात्मक पुरुष समाज जो कला के जरिये आनन्द तो चाहता था परन्तु उसी गायिकाओं के साथ अपने परिवार की महिलाओं से मेलजोल नहीं चाहता था। महिला समाज के बीच अलंघ्य खाई खोद रखी थीं। सन् 1914 का वाक्या है एक विवाह में आमन्त्रित केसर को अपमानित होकर विवाह में शामिल होने से पहले छोड़कर जाना पड़ा 'बड़े बेआबरू होकर तेरे कूचे से हम निकले।' लेकिन केसरबाई ने मोती जैसे तरल आबदार आँसुओं को कजरारी आँखें में ही साध लिया। दृढ़ संकल्प एक दिन इसी भद्रलोक को अपने लिए तरसने पर मजबूर कर देगी। केसरबाई ने वह कर दिखाया। केसरबाई का संगीत ब्रह्मण्ड में चक्कर काट रहा है। केसरबाई में ग्रामोफोन व रिकार्ड के प्रति तीख़ी अरुचि थी। केसरबाई ही क्यों तमाम महान गायक रिकार्डिंग का विरोध ही करते हैं। उन्हें लगता है, (और सत्य भी है) कि धनाढ़यों घरों में शराब पार्टी के मध्य जब उनके संगीत का रिकार्ड चलता है, तब लगता है सुप्तसरों में की गयी प्रार्थनाएँ धूलधूसरित हो गयी है। ढोंढूताई कहती हैं "चालीस की उम्र के बाद ही कोई सचमुच कलामय बनने लगता है। आपकी आवाज बदल जाती है, भावनाएँ बदल जाती है तभी संगीत पकता अच्छे अचार की तरह और संगीतकार के पूरे वजूद में रच बस जाता है।" बचपन से की जानेवाली साधना का असर चालीस के बाद मिलता है, और ऐसे में इस तरह संगीत मूर्ति का भंजन उन्हें सहय् नहीं है। बड़े गुलाम अली खाँ का भी मानना है -कि "रिकार्डिंग उपकरण आवाज़ से उसकी ज़िन्दगी खींच लेते थे और कलाकार को बस पुंसत्वहीन करके छोड़ देते है"। किशोरी अमोनकर से लेकर राजन, साजन मिश्र तक में रिकार्डिंग के प्रति उदासीनता दिखाई देती है।

सम्पूर्ण सृष्टि संगीतमय है। मनुष्य की साँस व धड़कन भी तो लय में ही चला करते हैं। उर्ध्वमूल की संकल्पना शायद संगीत से ही विकसित हुई होंगी। संगीत की जड़े आकाश में है। जो लोग इस दायरे में शामिल हुए संगीत सुरा का पान किए वह? मृत्युलोक से कुछ ऊपर ही तैरे, ऐसे में उन्हें परमतत्व के साक्षात्कार का अहसास हुआ तो इस अहसास को वैज्ञानिक तर्क पर खारिज़ नहीं किया जा सकता। अल्लदिया खाँ, केसरबाई, बिस्मिल्ला खाँ, ढोंढूताई, सोनल मानसिंह इस अनुभव से गुजर कर ही कला के सच्चे साधक की तरह तपे और निखरते ही

गये। इन्होंने ज़िन्दगी भर अपनी कलाओं की प्रार्थना ही की 'तू सध जा'। प्रेम की ऐसी अविरल धारा कलाओं में बहती है, जहाँ द्वेष-ताप मिट जाते हैं। यहाँ तक कि साधक के मध्य सजीव-निर्जीव का भेद मिट जाता है वह केवल प्रेम की भाषा समझता है। ढोंदूताई नमिता से कहती हैं, तुम तानपुरे का ऐसा ख्याल रखो जैसे अपने बेटे चैतन्य का। तानपुरा कोई चीज़ नहीं है, समझी उसमें प्राण है, समझी। वह मनुष्य के कान की तरह स्पन्दित होती है। कंठे महाराज अपने तबले को दो हजार की पश्मीना शाल ओढ़ाते थे और स्वयं दो सौ रुपये की शाल ओढ़ते थे। वह जब तबले की थाप से कोमल संवाद साधते थे तो उनका स्नेह छलक-छलक पड़ता था। (यह संस्मरण मैंने पंडित राजन मिश्र जी से सुना है।) न...न...ना...ना...ना। शायद इन्हीं कोमल संवेगों के कारण आज परम्परागत कलाओं का ही एक मात्र क्षेत्र ऐसा बचा है, जहाँ आज भी गुरु और शिष्य का सम्बन्ध अपनी पूरी श्रद्धा के साथ जीवित है। कला और कलाकारों की बिना शर्त इज्ज़त की जाती है।

संगीत मनोरंजन से बहुत ऊपर है। मानवता के धर्म का प्रतीक जिस समय सरजू का जल रक्ताभ हो उठा था और साधुओं के पखावज मौन। बाबरी मस्जिद से पैगम्बर और राम मन्दिर से राम का निष्कासन किया जा चुका था। उसी समय में एक थर्राती रात को शिवाजी पार्क (दादर मुम्बई) में रंग से राग और राग से अनुराग की सुरभि फैलायी जा रही थी। हिन्दू मन्दिरों की प्रसिद्ध 'ध्रुपद शैली' को मुस्लिम परिवार गा रहा था। किसी भी किस्म के दरारों से ऊपर उठे कलाकार झुककर दरारों को पाटने की कोशिश कर रहे थे। थी कोई ऐसी शक्ति कि नम आँखें लिए लोगों की आत्मा उनके आगे झुकी जा रही थी। क्या संगीत घराना महज़ शैली की विशिष्टता को ही रेखांकित करता है? नहीं बल्कि वह रागों और बन्दिशों का भण्डार भी होता है। 'सवाई गन्धर्व' सीखने के लिए पं. भीमसेन जोशी घर से भाग गये थे। बाद में वही किरानेघर के प्रतिरूप हुए। हरिप्रसाद चौरसिया पहलवानों के घर पैदा हुए और आजन्म बांस की नाजुक पोरी से बँध गये। बिस्मिल्ला खाँ नमाज़ के बाद सज़दे में गिड़गिड़ाते हैं, "मेरे मालिक एक सुर बख्श दे।" इतना ही नहीं अपनी शिष्या को जो उन्हें 'पद्मश्री' मिलने के बाद कहती है, फटी लुंगी न पहने, उन्हें इतना बड़ा पुरस्कार मिला है, खाँ साहब कहते हैं, 'लुंगिया' फटी है तो आज नहीं तो कल सी जायेगी मालिक फटा सुर न बख़्शे। संगीतकारों (गायकों) एवं संगतकारों के आपसी सम्बन्धों की भी अनेक बारीक परतें होती हैं। महज साहचर्य के कारण समय के साथ एक अनकहा सम्बन्ध विकसित हो जाता है। एक-दूसरे की भूलों को ढ़कना (कृपया

गलती न पढ़े) प्रस्तुति के समय एक दूसरे की अभिव्यक्ति को और ऊँचा उठाना सीख जाते हैं। दरअसल यही तो मानवीय मूल्य का सुगढ़ मोती है, जहाँ दूसरों की प्रतिभा निखारने में आन्तरिक खुशी और रूहानी सुकून मिलता है।

ढोंढूताई की कसक का अन्दाजा भी नहीं लगाया जा सकता जो उन्हें अपनी गुरु केसरबाई के जीवन 'सान्ध्यबेला' को देख कर होती रही। केसरबाई के जीवन उत्तरार्ध में उदासीनता का राग बजता रहा। 1977 सितम्बर में जब महाराष्ट्र गणेश के आगमन के लिए पलकें बिछाए खड़ा था तब सुरों की यह देवी जाने की तैयारी कर रही थी। धरती से एक प्रखर लपट उठी आसमान तक जा पहुँची और वहाँ 'अनहद नाद' गूँजने लगा। ब्रह्मण्ड को अखण्ड सूत्र में बाँधने की शक्ति नाद के संवाहकों में होती है, बस हर राष्ट्र और समाज की यह जिम्मेदारी है कि, उन्हें भौतिक आवश्यकताओं और तनावों से मुक्त रखा जाय। और उनके कलाकार मन को अपने सामाजिक मानदण्डों पर न परखा जाय—

न कर शुमार की हर शै गिनी नहीं जाती
ये ज़िन्दगी हिसाबों से जी नहीं जाती

चलते-चलते बस इतना ही कि 'संगीत कक्ष' कला और कलाकारों की दुनिया को देखने समझने की एक तमीज़ पैदा करती है। हमारी श्रवणेन्द्रिय को इतना संवेदनशील बनाती है कि, आकाश में छोटे-छोटे अणुओं के अनुरणन से जो 'नाद' पैदा होता है, उसे भी सुन सके! अनुवादक नीलाभ के प्रति श्रद्धा व्यक्त करते हुए उन्हें मैं अपने समय के गर्व के रूप से देखती हूँ।

किताबें ज़िन्दा रहेंगी

“बिना पुस्तकों के ईश्वर मौन है। न्याय निद्रित है। प्राकृतिक विज्ञान स्तब्ध है। दर्शन लंगड़ा है। शब्द गूँगा है, और सभी वस्तुएँ अन्धकार में हैं।”

–बारथोलिन

बारथोलिन पुस्तकों की बात करते हैं (भाषा की नहीं) श्रेष्ठ पुस्तकों की आवाजाही के लिए भाषाई दरवाजे खुले और खिले भी होने चाहिए। अखबार सम्भाले नहीं जाते पुस्तकें सहेजी जाती हैं। रामविलास शर्मा का मानना है कि ‘‘सौ राजनीतिक मिलकर जो परिवर्तन समाज में नहीं ला सकते। दो समर्पित साहित्यकार ला सकते हैं।’’ अगर यह सत्य है, तो हमें अपनी प्रतिबद्धता की कमजोर पड़ती शिराओं को पुनः बलिष्ठ बनाना होगा। और अगर यह ख़्वाब है तो हक़ीकत में बदलने का सबसे सही समय यही है। हेरम्ब कुलकर्णी की चार लाइन की कविता मुझे झकझोर देती है। दरअसल उनकी कविता बुद्धिजीवी समाज की निष्क्रियता और बड़बोलेपन का आईना बन जाती है। फिर यह आईना केवल मराठी भाषी बुद्धिजीवी के लिए कैसे हो सकता है? कविता भाषाई परिधि को लाँघकर भारतीय समाज के केन्द्र में आ जाती है और इसका अनुवाद प्रतिबद्ध व्यक्ति का नैतिक कर्तव्य बन जाता है–

“माझ्या सारखे कवि कविता करतील
चित्रकार मित्र चित्र काढ़तील
फोटोग्राफर घेवून समाज सेवक येतील
राखेवर धर्मगरु प्रार्थना गातील
प्रश्न फक्त इतकाच
रस्त्यावर सैतान फिरताना मित्रानों
आपण सारे कुठे होते?”

(मुझ जैसे कवि कविताएँ लिखेंगे
चित्रकार मित्र चित्र बनाएँगे
फोटोग्राफर लिए समाज सेवी आयेंगे
राख पर बैठ धर्मगुरु प्राथनाएँ गायेंगे
प्रश्न केवल इतना ही मित्रों
घूम रही थी रास्तों पर जब शैतानों की टोली
हम सब कहाँ थे?)

अनुवाद भाषाई अवरोधों को तोड़ते हुए सांस्कृतिक सेतुओं का निर्माण कर राष्ट्रीय एकता और विश्वबन्धुत्व की भावना को दृढ़ करता है। आज के समय को 'अनुवाद क्रान्तियुग' कहा जा सकता है और कहा भी जाता है। अनुवाद दो भिन्न भाषाओं की विकसनशीलता और प्रक्रिया का साक्षी होता है, लेकिन अनुवादक की भूमिका इससे भी आगे की है। श्रेष्ठ अनुवादक मुझे रिफॉर्मर की तरह दिखाई देता है, कोई साहित्यिक कृति अनुभूतियों को विस्थापित करके कालजयी नहीं हो सकती। एक समय व्यक्ति का, होता है, दूसरा देश का और देश का समय साझा समय होता है। साझे समय पर गहराता संकट साझी चिन्ता को जन्म देता है, इन्ही साझी चिन्ताओं में एक शक्ल उपन्यास की भी है। थोड़ी-सी चर्चा उस समय की भी जिसके कारण हमारी भाषिक ईकाइयाँ टूटती है, और अनुवाद के पुल का निर्माण एक जरूरी काम बन जाता है। आज का समय दो विपरीत ध्रुवों के एकत्रीकरण का है। एक तरफ तकनीकी क्षेत्र का उत्थान तो दूसरी ओर मानवीय मूल्यों का पतन। अरुन्धती रॉय लिखती हैं–"इस समय सब कुछ, हमारे घर, हमारी जमीन, हमारी नौकरियाँ, बिजली पानी यहाँ तक कि संघर्ष करने के हमारे बुनियादी अधिकार और हमारे स्वाभिमान पर हमला हो रहा है। मानवता का यही तीखा और जबरदस्त एहसास आने वाले दिनों में हमारा हथियार होगा, हमारी लड़ाई का आधार बनेगा।" मैं इसी तरह के तीखे एहसास वाली कृतियों को चाहती हूँ कि प्रान्त-प्रान्त में पहुँचे, खास तौर पर उस समय जब क्षेत्रीय भाषा के आधार पर नखलिस्तानों को विकसित करने में लोग लगे हैं। इसमें सन्देह नहीं कि भारतीय लोग आज भी भारत के किसी न किसी विचार से प्रतिबद्ध दिखाई दे रहे हैं। नब्बे का दशक जिस सांस्कृतिक तस्वीर को लेकर हमारे सामने आया है वह भारतीय राजनीतिक अस्मिता से एक गम्भीर सम्बन्ध विच्छेद के अन्देशे में निहित है। समस्या यह है कि उस अस्मिता की जगह लेने लायक सुसंगत विचार अभी तक सामने नहीं आ पाया है। प्रत्येक सांस्कृतिक खेमा एक दूसरे के प्रति संदिग्ध और क्षुब्ध है, यह खेमें एक-दूसरे की भाषा भी

बोलने के लिए तैयार नहीं है। इससे भी बड़ी त्रासदी है, भारतीय शिक्षा का ही विशेष रूप से इतिहास व संस्कृति का साम्प्रदायिकरण करने की भयानक मुहिम बदस्तूर जारी है। देश के धर्मनिरपेक्ष जनतान्त्रिक गणतन्त्र के चरित्र को नष्ट करने वालों को हम यूँ ही देखते चले जा रहे हैं। उदारीकरण की नीति ने आम आदमी की खुली लूट का दरवाजा खोल दिया। कुल मिलाकर सेहत भी आटे दाल की तरह एक जिन्स या चीज बन गयी। आपकी जेब में पैसे हो तो खरीद लीजिए, वर्ना चलते बनिये। सैनसेक्स के अंकों के उछाल पर भारत की समूची अर्थव्यस्था के स्वास्थ्य का पता नहीं चलता। इन सारी अमानवीय स्थितियों के प्रतिरोध में खड़ी रचनाओं के चयन में स्वतः ही कालक्रम और शिल्पपक्ष गौण हो गया। यद्यपि ये उपन्यास अपने विचार उपन्यास की शर्तों पर ही सम्प्रेषित करते है। बस उनके भीतर का औजार बदल गया है। क्योंकि अरुन्धती राय कहती है—''इस समय नाभिकीय युद्ध की चर्चा, संगीत कला, साहित्य और वे सारी चीजें जिनसे सभ्यता परिभाषित होती है, उसका मखौल उड़ाती है, ऐसे में मुझे किस तरह की किताब लिखनी चाहिए।''

राजनीतिक दबाव को संवेदना के स्तर पर समझते हुए। यथार्थ का पुनर्न्वेषण करते हुए साम्प्रदायिक सद्भाव का बीज हाथों में लिए कुछ हिन्दी उपन्यासों को महाराष्ट्र की गीली ज़मीन की दरकार है। 'टोपी शुक्ला' (राही मासूम रज़ा), 'हमारा शहर उस बरस' (गीतांजलि श्री), 'काला पहाड़' (भगवान दास मोरवाल), 'त्रिशूल' (शिवमूर्ति), फाल्गुन की उपकथा का अन्त, (प्रियंवद), (फिल्म अनवर) ये सारे उपन्यास अपनी चेतना में विराट हैं। ये कथा की आड़ में समय और समाज के असली ब्यौरे हैं। महाशक्तियों के क्लब में शामिल होने के लिए गिड़गिड़ाने वाले इस देश को इस बात से कोई मतलब नहीं, कि इतिहास के विद्वान, प्रोफेसर और धर्मनिरपेक्ष प्रगतिशील इरफान हबीब के साथ इस देश में क्या हुआ? इन उपन्यासों में सारी कथाएँ उन बच्चों की है, जो गिरती दीवारों के साए में पैदा हुए है। जहाँ राष्ट्र, हिन्दू, भारत, भारतीयता, चरित्र, संस्कृति जैसे शब्दों को कुचल कर रख दिया गया है। वहाँ इन्हें कैसे समझायें कि दो नदियाँ मिलकर तीन नहीं, बल्कि एक हो जाती है। मनुष्यता, प्रतिबद्धता, अच्छाई, गरिमा, सरलता, अपारदर्शी होकर अपना अर्थ खो चुके हैं। युगों-युगों की संचित सहिष्णुता, उदारता। विश्वबंधुत्व की पूँजी की रक्षा यदि करनी है तो मानवीय सरोकारों से जुड़े संवेदना की आँच पर सीझे इन उपन्यासों का अनुवाद किया जाना चाहिए। दरअसल इन कृतियों का अनुवाद मानव और मानव के बीच जीवित पुल बनाने जैसा है। इतिहास में बैठकर वर्तमान से संवाद नहीं स्थापित किया जा सकता है। अयोध्या के 'नासिर

साहब' किसी उपन्यास के पात्र नहीं हैं। उनका कहना है, जिन्होंने आयोध्या देखा ही नहीं वे ही हमारी किस्मत का फैसला करेंगे। अयोध्या के 'नासिर साहब', कालापहाड़ का 'सलेमी', हमारा शहर उस बरस के ददद्, अनवर, इकबाल, शरद, हनीफ सारे चरित्र एक में गड्डमड्ड हो जाते हैं। दुर्घटना, हादसे दंगा, बाहर-भीतर। उपन्यास की संरचनात्मकता के किनारे टूट रहे है। लिखने की शैलियाँ दरअसल समझने की शैलियाँ हो गयी हैं। ये उपन्यास पाठक को कनविंस कर पाते है कि हत्या और प्रतिहत्या एक दुष्चक्र होता है, जिसे उन्मादी मानसिकता से तोड़ा नहीं जा सकता। विभाजन ने अपने दुष्प्रभावों के साथ ज़िन्दा रहने वाले लोगों की आशंकाओं और भय को खत्म नहीं किया, बल्कि और बढ़ाया। साम्प्रदायिकता की सफलता का अर्थ है भारतीय जनता की सदियों पुरानी संस्कृति परम्परा और धार्मिक एथॉस का ध्वंस। मार्ख्वेज ने अपने एक इंटरव्यू में कहा था। "लगता है हमें तमाम किताबें समुन्दर में फेंक देनी चाहिए। हम यथार्थ से बुरी तरह पराजित हो चुके हैं।" निश्चित रूप से इस असफल योद्धा के चिन्तन में बदलाव लाने के लिए इन उपन्यास की जड़ों को तलाशना चाहिए। 'बचाना' हमारे समय का श्रेष्ठ मुहावरा है। अपने भीतर की नमी, बच्चों का बचपन, पेड़ों की उम्र बचाने की जिद्द लिए उपन्यासों का अनुवाद एक जरूरी मानवीय कर्तव्य बन जाता है।

आदिवासियों के जीवन पर आधारित दो महत्त्वपूर्ण उपन्यासों का जिक्र करना चाहूँगी। 'जंगल जहाँ शुरू होता है' (संजीव) और 'गगन घटा गहरानी' (मनमोहन पाठक) दो मुट्ठी अन्न के लिए भटकता आदिवासी समाज कब आतंकवादियों के फेहरिस्त में शामिल हो जाता है, उन्हें पता ही नहीं चलता। इस्तेमाल की राजनीति सबसे दुखद लेकिन इस समय का प्रचलित मुहावरा है। कई बार इन जनजातियों के लिए यह पहचानना मुश्किल हो जाता है कि यातना देनेवाला पुलिस था या डाकू। इन दोनों ही उपन्यासकारों ने समय के सम्पूर्ण परिप्रेक्ष्य में एक कड़े और बड़े प्रश्न को उछाला है "क्या अन्याय को साहस के साथ अन्याय कह सकेंगें"?

शिवमूर्ति की 'तर्पण' बदलती दलित चेतना का संवाहक है। सम्पूर्ण घटना का केन्द्र वह बलात्कार है जो घटते-घटते रह गया। अत्यन्त क्षीण कथानक। ढीबरी की रोशनी की तरह मद्धिम परन्तु प्रकाश दलित ज्योति। मानवीय भाषाएँ एक ही दुनिया में जन्म लेती हैं किन्तु हर भाषा की दुनिया अपने में अलग है। संघर्ष के खिलते हुए सौन्दर्य की हिन्दी 'तर्पण' में देखी जा सकती है।

जंगल और देहातों को अपनी डूब में बहा ले जानेवाले विशाल बाँधों ने जिस विकास की स्वैर कल्पना को जन्म दिया था वह हमारी आबो-हवा के प्रति बड़ी

निष्ठुर निकली। उसने लोगों को अपने घरों में ही शरणार्थी बना दिया। मेधा पाटेकर और अरून्धती राय के विचारों से लय बनाती एक कथा विनाश की इसी ढेरी से उपजती है। 'डूब' (वीरेन्द्र जैन) लेखक का अपना गाँव डूब के क्षेत्र में आ चुका है। जीवन की विभिन्न संवेदनाएँ, अनुभव, विश्वास, शंकाएँ इस उपन्यास में मूर्तिमान हो उठती हैं। उपन्यास की दिवारों, छतों, मुंडेरों, अंगनों, खप्परों यहाँ तक कि दरवाजों पर लटकते तालों तक को इनके पात्रों से अलग नहीं किया जा सकता। 'झीनी-झीनी बीनी चदरिया' (अब्दुल बिसिमिल्लाह) बुनकर मजदूरों की ऐसी कथा है जो अब्दुल बिस्मिल्लाह को प्रेमचन्द की परम्परा का उपन्यासकार बनाती है। कला की जड़ें ज़मीन में होती हैं और उनका सौन्दर्य अन्तर्वस्तु में निहित होता है। इन उपन्यासों का भी एक व्यापक पाठक संसार बनना चाहिए।

एक नौकरानी की डायरी (कृष्णबलदेव वैद्य) ''मैं जानती हूँ मैं नौकरानी हूँ लेकिन चाहती यही हूँ लोग मुझे नौकरानी न समझे। मैं जानती हूँ सब, मुझे नौकरानी समझते हैं लेकिन मैं चाहती हूँ उनकी नजरों की यह समझ की समझ मुझे नजर न आए। इसलिए अपनी चप्पलों और बालों का खास ख्याल रखती हूँ।'' यह उपन्यास नौकरानी की बदलती हुई मानसिकता का वर्णन ही नहीं करता, बल्कि समाज की बुनावट के ढीले पड़ते तारों को भी करता है, क्योंकि मालिक अच्छा हो तो भी अन्ततः होता तो मलिक ही है। 'काशी का अस्सी' राजनीतिक चेतना से लबरेज उपन्यास है। बच्चन जी इस उपन्यास के टक्सचर और स्ट्रक्चर को ही लोकतान्त्रिक मानते हैं। राजनीतिक घटनाओं और राष्ट्रीय दृष्टि के सारतत्व के बीच बहुत वास्तविक सम्बन्ध है। रचना में भाषा का तनाव फट पड़ने की स्थिति में है सम्पूर्ण भारतीय मध्यम वर्ग की जनता का चित्र यूँ है उपन्यास में–

- बूढ़े अखण्ड कीर्तन में
- कुछ धर्म प्रवचन की संघ सभा में
- युवा प्रतियोगी परीक्षाओं में
- नौकरी दफ्तर से लौटे लोग टी.वी. सीरियलों
- बाकी के लोग किराना सब्जी की दुकानों में मोल भाव कर रहे हैं

लोकतन्त्र से 'लोक' जैसा मिसिंग शब्द पाठक का दूर तक पीछा करता है। भविष्य की छवियाँ जब उम्रदराज होती हैं, तो उनकी शक्ल सबसे ज़्यादा बिगड़ जाती है साठ साल बाद यह माननेवालों की संख्या ज़्यादा है कि यह छवि एक बहुत बड़ी खुशफ़हमी थी जिसका आडम्बर व्यर्थता और विनाशकारी चरित्र अब साफ हो रहा है। मैंने अपनी समझ से उन्हीं उपन्यासों को केन्द्र में रखा, जो बुद्धि को बुद्धि का आतंक बनने के प्रतिरोध में और हृदय को हृदय का विरोधी

न बनने देने के पक्ष में है। इतना ही नहीं नफरत, भय और सन्देह खत्म करने के संकल्प में जुटे हैं।

विष्णु खरे का मानना है यदि एक उपन्यास दूसरी भाषा में अनूदित हो और सराहा जाय तो निश्चित रूप यह प्रतिष्ठा साहित्य अकादमी के पुरस्कार से कम नहीं। 'काशी का अस्सी', 'तर्पण' और 'झीनी-झीनी बीनी चदरिया' का अनुवाद एक चुनौती है, क्योंकि इसमें लोकभाषा और जीवित गालियों की भरमार है, परन्तु भाषा ही इसका प्राण है। आश्वास्ति इस बात की है जिस भाषा ने दीवार में खिड़की रहती थी, और 'कलि कथा वाया बाई पास' जैसे उपन्यास का पुनसृर्जन किया उसकी क्षमता सन्देह से परे है।

सन्दर्भ

1. टोपी शुक्ला—राही मासूम रज़ा
2. हमारा शहर उस बरस—गीतांजलि श्री
3. त्रिशूल—शिवमूर्ति
4. फाल्गुन की उपकथा का अन्त—प्रियंवद
5. काला पहाड़—भगवानदास मोरवाल
6. झीनी-झीनी बीनी चदरिया—अब्दुल बिस्मिल्लाह
7. जंगल जहाँ शुरू होता है—संजीव
8. गगन घटा गहरानी—मनमोहन पाठक
9. एक नौकरानी की डायरी—कृष्णबलदेव बैद्य
10. तर्पण—शिवमूर्ति
11. डूब—वीरेन्द्र जैन
12. काशी का अस्सी—काशीनाथ सिंह

आभार

1. भारतनामा—सुनील खिललानी
2. भूमंडलीकरण की चुनौतियाँ—सच्चिदानन्द सिन्हा

खोजनी है, फिर से अपनी भाषा

"जब अभिव्यक्ति के खतरे उठाने थे
वे हमारी भाषा छीन ले गये
वातानुकूलित सभा भवनों में विमर्श के लिए।"

—शशिप्रकाश

'आमचा बाप आन् आम्ही' एक दलित उच्चपदाधिकारी का आत्मवृत्त है। बकौल प्र. ना. पराजंपे, दलित आत्मवृत्त सामाजिक आयामवाली ठोस कृति है, कार्य है। इस कृति का तथाकथित अनुवाद 'तथाकथित' इसलिए कि इसे अनुवाद माना जाय या नहीं, यह बहस का विषय है। 'असीम है आसमाँ' शीर्षक से हिन्दी में आता है और आसमाँ को बादल ढक लेता है। 'बाप और हम' दोनों खो जाते हैं। मैं इसे पढ़ना शुरू कर लेती हूँ। और पूरे धैर्य के साथ बीस पृष्ठ पढ़ती हूँ, उसके आगे पढ़ना मुझे अपने पाठक होने की तौहीन करना लगता है। सोचती हूँ शायद कृति की अन्तर्वस्तु कमजोर है, और अभिव्यक्ति पक्ष उबाऊ। हिन्दी दयनीय है। पढ़ते वक्त लगता है प्रशासनिक परिपत्रक का अनुवाद पढ़ा जा रहा है। सुनती हूँ यह कृति मराठी में बहुचर्चित और बेस्टसेलर भी है। तो क्या मैं 'मिसरीडिंग' की शिकार हो गयी? क्या इसकी सम्पूर्ण अर्थवत्ता मेरे हाथ से छूट गयी। इसकी लोकप्रियता पर मुझे सन्देह क्यों? यही सन्देह मुझे मूलकृति तक ले जाता है। पढ़ने के बाद आनन्द यादव जी को याद करती हूँ। आनन्द यादव जी सचमुच अनुवाद नहीं हो सकता। लोग कहते हैं 'इश्क आग का दरिया है और तैर कर जाना है'। इसका तो मुझे पता नहीं पर किसी कृति का अनुवाद करना जरूर 'आग का दरिया' है और तैर कर जाना है। "तैराक कुशल न हो तो, 'हम तो डूबेंगं सनम तुम्हे भी ले डूबेंगे।' वाला हाल हो जाता है। रक्त, पसीने और आँसू से जो रसायन तैयार होता है उसे समझ, सन्तुलन संवेदना के साथ यदि दूसरी भाषा में प्रत्यारोपित न किया जाय तो दूसरी भाषा का पाठक सिर धुनता हुआ

खाली हाथ लौटेगा। मुझे लगता है, अनुवाद दरअसल धान रोपने की प्रक्रिया है।

'आमचा बाप आन् आम्ही' से 'असीम है आसमाँ' तक आते-आते इस आत्मवृत्त की भाषा चोरी हो गयी। जबकि इस आत्मवृत्तात्मक उपन्यास का नायक 'दामू' डंके की चोट पर भाषा का नया शास्त्र गढ़ रहा था-"अरे भाश्या म्हंजे कशी पायजे? झनझनीत, एकदम बोंबलाच्या चटनीबानीं, हे काय तुम्ही वडील वडील म्हंता, ते भेंडीच्या भाजीवानी बुलबुलीत लागतंय" दरअसल मनुष्य उन्ही शब्दों से बँधा हुआ है, जो उन्हें अपनी परम्परा और पूर्वजों से मिले हैं, इन्हीं शब्दों को अपनी स्वाधीन चेतना से पुनर्संयोजित करता हुआ एक उपन्यास, कहानी, कविता, और आत्मकथा की रचना करता है। वाक्देवता के प्रति समर्पित होकर वह इतना साहस जुटाता है, वह उस समस्त झूठे देवताओं के दर्प और दहशत को ठुकराने का जोखिम उठा सके, जो उसकी स्वतन्त्रता को झूठलाने का प्रयास करते हैं। निःसन्देह शब्दों की सत्ता यहाँ केवल साधन बन कर नहीं रह जाती। बहुतों की तरह मैं भी भाषा को केवल साधन नहीं मान पाती। 'भाषा मनुष्य के सामाजिक परिवेश का सबसे संवेदनशील अंग है। आत्मान्वेषण का सबसे सक्षम आयुध है, भाषा एक जाति की अस्मिता, उसकी चारित्रिक विशिष्टता को निर्धारित करती है। जब हम एक भाषा से दूसरी भाषा में अनुवाद करते हैं, तो वह सिर्फ शब्दों का नहीं बल्कि शब्दों द्वारा भाषा की एक समूची सृष्टि अपने माल-असबाब के साथ दूसरी भाषा में अवतरित होती है। प्रश्न अच्छे और बुरे अनुवाद का नहीं है, बल्कि परिवेश की उस विलक्षणता का है जो इस आत्मवृत्त में मौजूद है। इस आत्मवृत्त में मिट्टी का वह धूसर व उपजाऊ रंग मौजूद है। जिसमें क्रान्ति का बीज अपनी नीली आभा के साथ अंखुआ रहा था और उपेक्षित जनसमुदाय का नवजीवन दर्शन गढ़ा जा रहा था। हर भाषा संस्कृति सापेक्ष होती है। दो नितान्त भिन्न पृष्ठभूमियों की भाषा का घालमेल एक घातक स्थिति है। नहीं, मैं मराठी और हिन्दी भाषा की बात नहीं कर रही हूँ बल्कि अभिजात और दलित पृष्ठभूमि की भाषा की बात कर रही हूँ। आत्मवृत्त में अनुभव की भाषा हमें एक ओर ले जाती है और 'अनुवाद' में अभिव्यक्ति विहीन तर्कशास्त्रीय भाषा ठीक दूसरी ओर ले जाती है। 'आमचा बाप आन् आम्ही' और 'असीम है आसमाँ' को आमने सामने रख कर वाक्यों को तलाश पाना असम्भव है। संरचनात्मक तोड़-फोड़ को बर्दाश्त भी किया जा सकता है बशर्ते 'उमर खय्याम' की रूबाइयाँ मधुशाला तो बने, यहाँ कुछ बनता ही नहीं है। कुछ उदाहरण दे रही हूँ 'असीम है, आसमाँ' से—

- घोड़े की तेज रफ्तार को मात देता, 'दामू' ऐसे दौड़ रहा था मानों उसके पैर जम जायेंगें!

'पैर जम जाएँगे का' तेज रफ्तार से क्या सम्बन्ध है? तो मैं (मानो उसके पंख लग गये हों।

- रुक जा बे अफसर मेरा जबड़ा खुला तो मैं इससे भी गन्दी गाली दूँगा) जबड़ा की जगह मुँह भी खोलते तो गन्दी ही गाली देते।
- दामू बेचारा सारे हादसे और जख्मों कें घावों से विह्वल और भयग्रस्त था।
- ज़ख्मों के घाव क्या होते हैं? मुझे मालूम नहीं। क्या इतने से काम न चल जाता 'घायल दामू? सदमाग्रस्त था।'
- अपने आदमी के खोपड़े में जरा ज्ञान ठूँसो!
- मुझे लगता है ज्ञान के बजाय अक्ल ज़्यादा असरदार तरीके से ठूँसी जा सकती है।
- जी-जान की ताकत लगाकर वह घर की ओर भाग निकली।
- जी-जान में अलग से ताकत लगाने की जरूरत है, क्या?
- जी-जान से वह घर की ओर भागी।
- उसे डर था कि कहीं उसका हृदय न फट पड़े। (उसे लग रहा था कि उसका कलेजा फट जायेगा।)
- उन्होंने करीब-करीब मुझे मारने के लिए हाथ उठाया।
- (करीब-करीब क्यों? मुझे मारने के लिए हाथ उठाया काफी था।)
- मुझे लगता है 1926 के अक्टूबर महीने में मेरी शादी हो गयी। (लगता से क्या मतलब है?)

विचारों के व्यापार में शब्दों की करेंसी केन्द्रीय भूमिका अदा करती है। सोनू की अपनी ठेठ भाषा हैं जो अभिव्यक्ति में सशक्त है किन्तु उच्चारण और व्याकरण का अपना ही एक मानक है अगर ऐसा नहीं होता तो दलित साहित्य का अलग से सौन्दर्यशास्त्र रचने की जरूरत न पड़ती। वही उसे विश्वसनीय बनाता है, किताबी भाषा उसकी प्राणवत्ता हर लेती है जैसे 'तितली को मार कर नोटबुक पर चिपका दिया गया हो सब कुछ वही बस उड़ान और प्राण गायब हो जाता है। सोनू के कुछ उदाहरण

- तुमने ये लड़के के कानफड में कायकोच मारा।
- धुरवा आज तुला सनवारची सुट्टी नाही का रे।
- नरेन्द्र नरिन्दर वसुन्धरा वसुबाई हो जाती है।
- चईत्र, वयशाक, आखाड, सरावण, विशेष को इशेस कहने वाली मातेसरी 'असीम है आसमाँ' में संस्कृतनिष्ठ या अभिजात हिन्दी बोलती हैं–

- एक नयी सूझ-बूझ और संवेदना से प्रेरित होकर साथ चलनेवाले अपने पति की ओर देखा।
  अधःपतन की ओर जानेवाले अन्याय को अब से सह नहीं सकते थे उनके मनोनिग्रह से मैं अचम्भित थी।
- जगह-जगह काले बालों वाले बलशाली हाथ का प्रयोग हुआ है। हाथ पर बाल नहीं रोयें होते हैं। वे चाहे जितने बड़े हो, चाहे कितने काले हो।
- अपने आदमी को गरमागरम चाय दो फिर हाथ मुँह धुलवाओ। हाथ मुँह धुलवाकर चाय देने में क्या दिक्कत है, भाई?
- लक्ष्मी काकी सोनू को सांसारिक जीवन का पाठ पढ़ा रही है–तुम्हारी जनमगाँठ अब हमेशा के लिए उसके साथ बँधी है। अब मेरे मरने पर ही तुम्हारा उसका साथ छूटेगा!

अब लक्ष्मी काकी के मरने पर दामू व सोनू एक-दूसरे को क्यों छोड़ेंगे? यह सोचने की बात है।

भाषा हमें वह जमीन देती है, जिस पर पैर टिकाकर ही हम यथार्थ का आकलन कर सकते हैं–पैंरो के नीचे से यदि वह जमीन खिसकती दिखाई दे, तो आसपास का परिदृश्य ही गड़बड़ा जाता है। कृति की समूची संरचना यहाँ धोखादायक स्थिति में आ गयी है। कहे में अनकहा ध्वनित होना चाहिए, पर यहाँ तो कहीं भी ध्वनित नहीं होता। भाषा का रेगिस्तान कैसा हो सकता है? इसका बोध यहीं होता है।

- उनको आते देख मैं झट से रसोई में चली गयी और चाय बनाकर छानने लगी।
- मैं चाय बनाने चली गयी! इतने से काम नहीं चलता क्या?
- मैंने अपनी थोड़ी सी चाय तश्तरी में डाल ली (कप बशी प्रयोग प्रचलित रहा है खास तौर से लोअर परेल, लालबाग दादर जैसे इलाके में और तत्कालीन समय में)
- मैंने चाय की एक घूँट ली चेहरा ऐंठ लिया। (मुँह स्वाद बिगड़ गया पर्याप्त था चेहरा ऐंठने की जरुरत नहीं थी।)
- लाज और शरम से मेरी आँखो में आँसू आ गये।
  केवल शरम से भी आँसू तो ही आ जाते न।
- उन्होंने मेरे आँसू पोंछे अपने पास खींचा और वहीं सहारा दिया। अपने पास बिठाकर धीरे-धीरे मेरी पीठ सहलाने लगे।

- मैं हड्डी कँपाने वाली धार से भीग चुका था मुहावरे में हाड़ काँपते हैं।
- गिट्टी का गट्टी
- ढिबरी का ढिबड़ी
- सभी के रोने-धोने से घर में कोहराम मच गया!
- घर में हँसने से कभी कोहराम नहीं मचता। कोहराम मच गया। या (रोना-धोना मच गया। पर्याप्त था!)
- सोनू तुम ज़िन्दगी भर एक बेहूदी गधी रहोगी!
- (शालीन गधी कौन-सी है भई?)
- जत्रा यात्रा हो गयी। (जबकि जत्रा का अर्थ मेला होता है।)
- (मेला और सफर की साँठ-गाँठ अनुवाद के मिजाज के लिए ठीक नहीं है।)
- दँराती से भैंसे की गर्दन तोड़ डाली।
- मेरा दिल सीने में उछल रहा था।
- क्या किसी का दिल दिमाग में भी उछलता है?
- होना चाहिए था कि मेरी छाती धड़क रही थी।
- मैं मिस्सी बाबा के लिए एक शावक ले जाना चाहता था।
- खरगोश नहीं लेते क्या मिस्सी बाबा?
- केहुँनी तक हरी चूड़ियाँ। 'भर बाँह चूड़ियाँ' पहनी जाती है।
- सासू जी बुड्ढी हो गयी थी उनके शरीर में तरह-तरह के रोग उभरने लगे थे! जुगुप्सा पैदा करता है। सासू जी बूढ़ी हो चली थी। वे अक्सर बीमार रहने लगी थी।
- उनका भारी हाथ मेरे सीने और छाती पर पड़ा।
- (एक तरफ सीना और दूसरी तरफ छाती थी क्या?)
- बाढ़ की तरह फूट पड़ा। (बाढ़ आती है। झरना फूटता है!)
- आ जाओ मेरा माल सीधे स्वर्ग से आया है।

मुम्बई के प्लेटफार्म पर फेरीवालों से ऐसी हिन्दी सुनना पत्थर पर दूब जमने के समान है। लखनऊ की बात और है।

आशय यह कहता है कि जख्मों पर नमक छिड़कने आया है। वाक्य कहता है—जले पर मरहम लगाने आया है, वैसे मुहावरा जख़्मों पर मरहम का है। (पृष्ठ संख्या 88)

भाषा की अराजकता, प्रकृति विहीनता से न केवल संवेदना की सघनता का क्षरण हुआ बाल्कि आत्मवृत्त अपनी अर्थवत्ता में भी काफी चलताऊ किस्म

का हो गया है। हद तो तब हो गयी 'आमचा बाप आन् आम्ही' की 'मी अपूर्वा जाधव' 'असीम है आसमाँ' में 'उपसंहार' में तब्दील हो जाती है 'मेरा जन्म 1985 में ब्लूमिंगटन इंडिया में हुआ उसके आगे जब मैं दो साल की हुई तो हम लोग वापस भारत गये। (इंडिया से भारत तो हमें भी जाना है। कोई पासपोर्ट वीजा ही नहीं बनाता।) एक गम्भीर कृति चुटकुले में बदल गयी। जब 'आमचा बाप आन् आम्ही' 'असीम है आसमाँ' की शक्ल में आया, पूत के पाँव पालने में तभी दिख रहे थे ये हाल तो होना ही था। शिकायत मुझे अनुवादकों से अधिक मूल लेखक व प्रकाशक से है। नरेन्द्र जाधव जी ने प्रकाशन से पूर्व संजीदगी से पढ़ा ही नहीं। कितनी अजीब बात है कि इस समय कथात्मक लेखन (अनुवाद) नीरस और शुष्क होता जा रहा है, जबकि गैरकथात्मक लेखन का अनुवाद कथारस से भरा और इतना रोचक हो रहा है कि हाथ से किताब छूटती ही नहीं, 'सुनील खिललानी' का 'भारतनामा'। 'न्याय का गणित' अरुन्धती राय, अनुवादक जितेन्द्र भारत की 'अर्थव्यवस्था : एक नजर' पी. चिदम्बरम अनुवादक जयन्ती! आदि पुस्तकों को पढ़ने के बाद आप भी मुझसे सहमत होंगे! 'असीम है आसमाँ' राजकमल से प्रकाशित हुई। राजकमल प्रकाशन हिन्दी का प्रख्यात शीर्ष प्रकाशन है, उनसे बस इतना ही कि 'गैरों पर करम अपनों पर सितम, ऐ जाने वफा ये जुल्म न कर। रहने दे अभी थोड़ा सा भरम!'

❑❑